SUE GRAFTON
C van crimineel

Uitgeverij BZZTôH
's-Gravenhage, 1988

BZZTôH crime staat onder redactie van
Joost de Wit en Phil Muysson

© Copyright 1986, Sue Grafton
© Copyright Nederlandse vertaling, 1988 Uitgeverij BZZTôH, 's-Gravenhage
Vertaling: Ingrid Tóth
Ontwerp omslag: Tokkio Synd.
Zetwerk: Zetcentrale Meppel
Drukwerk: Tulp bv, Zwolle
Bindwerk: Pfaff, Woerden

ISBN 90 6291 387 3

CIP-GEGEVENS KONINKLIJKE BIBLIOTHEEK, DEN HAAG

Grafton, Sue

C van crimineel / Sue Grafton ; [vert. uit het Engels]. –
's-Gravenhage : BZZTôH. – (BZZTôH crime)
Vert. van: "C" is for corpse. – New York : Holt, Rinehart
and Winston, 1986.
ISBN 90-6291-387-3
UDC 82-31 NUGI 332
Trefw.: romans ; vertaald.

HOOFDSTUK EEN

Maandag die week leerde ik Bobby Callahan kennen; donderdag was hij dood. Hij was ervan overtuigd dat iemand zijn dood beraamde en dit bleek inderdaad het geval, maar geen van ons bracht de waarheid op tijd aan het licht om hem nog te kunnen redden. Ik heb nooit eerder voor een dode opdrachtgever gewerkt en hoop dat ook nooit weer te hoeven doen. Dit verslag is voor hem, al betwijfel ik of het nu nog iets uitmaakt. Ik heet Kinsey Millhone. Ik ben beëdigd privé-detective, kantoor houdend te Santa Teresa, een Californisch stadje honderdvijfenveertig kilometer ten noorden van Los Angeles. Ik ben tweeëndertig en heb twee scheidingen achter de rug. Ik ben graag alleen en verdenk mezelf ervan dat ik meer op mijn onafhankelijkheid gesteld ben dan goed voor me is. Bobby riep vragen op over die leeftrant, al weet ik niet eens precies hoe of waarom. Hij was nog maar drieëntwintig. Ik had niets met hem, zeker geen romantische verhouding, maar hij was me bijzonder sympathiek. Zijn dood wreef mij weer eens onder de neus – net als zo'n taart die clowns elkaar in het gezicht smijten – dat het leven soms je reinste gemene rotgrap is. Zo'n grap waarbij niets te lachen valt, die alleen maar wreed is, van het soort dat jongetjes van twaalf al sinds mensenheugenis uithalen.

Het was augustus en ik had net in het Santa Teresa Fitness Center mijn oefeningen gedaan waarmee ik probeerde het herstel van mijn gebroken linkerarm te bespoedigen. Het waren hete dagen, waarin een onverbiddelijke zon aan een felblauwe hemel stond. Ik werkte sikkeneurig en verveeld het ene apparaat na het andere af. Ik had net twee kort op elkaar volgende opdrachten voltooid, en had heel wat meer schade opgelopen dan een gebroken bovenarm. Ik voelde me emotioneel platgeslagen en was hard aan rust toe. Gelukkig zag mijn bankrekening er blakend uit en kon ik me best een vakantie van twee maanden veroorloven. Anderzijds kreeg ik de kriebels

5

van dit nietsdoen en werd ik stapelgek van mijn fysiotherapie-programma. Het Santa Teresa Fitness Center is geen snobtent maar gewoon een sportschool zonder franje of poeha. Geen jacuzzi, geen sauna, geen achtergrondmuziek. Gewoon een zaaltje met spiegelwanden, bodybuilding-apparaten, en ijzersterk asfaltkleurig laagpolig tapijt op de vloer. Een ruimte van vijftien bij twintig meter waar de onvervalste geur van mannen-gymbroekjes heerst.

Ik kwam daar drie dagen per week om acht uur 's ochtends aanzetten, deed een warming-up van een kwartiertje, en stortte me dan op een reeks oefeningen die erop ontworpen waren mijn linker deltaspier, pectoralis major, biceps en triceps op te vijzelen, en wat verder ook maar beschadigd was toen ik in elkaar getimmerd was en bovendien het pad van een kogel uit een .22 had gekruist. De orthopeed had zes weken fysiotherapie voorgeschreven, waarvan ik er nu drie achter de rug had. Er zat niets anders op dan geduldig alle apparaten af te werken. Om deze tijd was ik meestal de enige vrouw in de zaal en ik probeerde mijn aandacht af te leiden van pijn, zweet en vlagen van misselijkheid door steelse blikken te werpen op de mannenlijven waarvan de eigenaars op hun beurt het mijne inspecteerden.

Bobby Callahan kwam om dezelfde tijd als ik. Ik wist niet zeker wat hem overkomen was, maar het had duidelijk pijn gedaan. Hij was tegen de één meter tachtig, en had een lichaamsbouw die op American Football was berekend: een brede kop en hals, massieve schouders, stevige benen. Nu hield hij dat hoofd met woeste blonde manen evenwel vreemd schuin, terwijl de linkerkant van zijn gezicht in een grimas vertrokken was. Speeksel sijpelde uit zijn mond alsof hij net een Novocaïne-injectie had gekregen en geen gevoel in zijn lippen had. Hij klemde zijn linkerarm tegen zijn middel en had meestal een opgevouwen witte zakdoek in de hand waarmee hij zijn kin afwiste. Hij had een lelijke rode jaap over zijn neus, en een tweede over zijn borst, en zijn knieën zaten onder de kriskras in elkaar overlopende littekens, als was een zwaardvechter hem

6

te lijf gegaan. Hij liep mank, zijn linkerachillespees was duidelijk te kort, zodat zijn linkerhiel de grond niet raakte. Zijn oefeningen in de gymzaal vergden ongetwijfeld al zijn krachten, maar hij kwam trouw elke dag. Hij had een verbeten volharding die ik bewonderde. Ik sloeg hem geïnteresseerd gade en schaamde me over mijn eigen zelfbeklag. Ik zou zonder enige twijfel mijn verwondingen volledig te boven komen, hetgeen niet van hem gezegd kon worden. Ik bezag hem niet zozeer met medelijden als wel met belangstelling.

Die maandagochtend was de eerste keer dat we met zijn tweeën alleen in de gymzaal waren. Hij lag op zijn buik op het bankje naast mij zijn beenspieroefeningen te doen, met al zijn aandacht bij zijn inspanningen. Ik waagde me voor de afwisseling aan het been-press apparaat. Ik weeg vierenvijftig kilo en zo verschrikkelijk veel valt er niet aan mijn bovenlichaam uit te bouwen. Ik had sinds mijn verwonding niet meer hardgelopen, dus leek het mij een goed idee wat extra beenspieroefeningen te doen. Ik werkte met een tegenwicht van maar vijfenvijftig kilo, maar het deed evengoed pijn. Om mezelf af te leiden speelde ik een spelletje waarin ik probeerde uit te maken aan welk apparaat ik het meest de pest had. Het apparaat voor de been-curls, waar Bobby net aan lag, kwam beslist in aanmerking. Ik keek toe hoe hij een serie van twaalf deed en toen opnieuw begon.

'Ik heb gehoord dat jij privé-detective bent,' zei hij zonder zelfs maar een moment uit zijn ritme te raken. 'Klopt dat?' Zijn stem sleepte ietwat, maar hij wist dat goed te verbergen.

'Ja. Zoek je er soms eentje?'

'Toevallig wel, ja. Iemand heeft me om zeep proberen te helpen.'

'Zo te zien is hij daar bijna in geslaagd. Wanneer was dat?'

'Negen maanden geleden.'

'Waarom had-ie 't op jou gemunt?'

'Geen idee.'

De achterkant van zijn dijbenen kneep zich samen, zijn pezen waren strakgespannen als snaren. Zweet gutste langs zijn gezicht. Onwillekeurig begon ik met hem mee te tellen. Zes, zeven, acht.

'Ik heb 'n pesthekel aan dat apparaat,' zei ik.

Hij glimlachte. 'Doet verdomde pijn, hè?'

'Hoe is 't gebeurd?'

'Ik reed 's avonds laat met 'n vriend op de bergpas. Opeens doemde achter ons 'n auto op die ons begon te rammen. Toen we de brug opreden, net na het hoogste punt, raakte ik de macht over 't stuur kwijt en schoten we de weg af. Rick, m'n vriend, kwam om. Hij werd de auto uitgeslingerd en die is toen bovenop hem gerold. Ik had 't normaal gesproken ook niet kunnen overleven. Die tien seconden waren de langste van m'n leven, als je dat maar weet.'

'Dat neem ik meteen van je aan.' De brug waar hij was afgeraasd overspande een rotsachtige, met doornstekelige struiken overwoekerde kloof van zo'n honderdvijftig meter diep, een geliefkoosd punt voor zelfmoordenaars die zich van een hoogte willen werpen. 'Je gaat goed vooruit,' zei ik. 'Je werkt je dan ook te pletter, hè?'

'Ik zal wel moeten. Vlak na het ongeluk kreeg ik te horen dat ik nooit meer zou kunnen lopen, dat ik nooit meer wat dan ook zou kunnen.'

'Wie zei dat?'

'Onze huisarts. Ouwe kwakzalver. Mam heeft hem meteen de laan uitgestuurd en er 'n orthopeed bij gehaald. Die heeft me erdoor gesleept. Ik heb acht maanden fysiotherapie in 't ziekenhuis achter de rug en nou gooi ik me hierop. Wat is jou overkomen?'

'Een boef heeft me in m'n arm geschoten.'

Bobby lachte, een schitterend snuivend geluid. Hij deed zijn laatste been-curl en richtte zich toen op zijn ellebogen op.

Hij zei: 'Ik heb nog vier apparaten te gaan. Laten we daarna maken dat we hier wegkomen. O, ik heet trouwens Bobby Callahan.'

'Kinsey Millhone.'

Hij strekte zijn hand uit en toen we elkaar de hand schudden gingen we een onuitgesproken overeenkomst aan. Ik wist zelfs toen al dat ik hoe dan ook voor hem zou gaan werken. We zijn naar een vegetarisch eethuisje gegaan, zo'n restaurantje dat als specialiteit namaak-gehaktballen op het menu heeft staan die bedrieglijk veel op echte gehaktballen lijken, maar niemand laat zich in de luren leggen. Ik snap trouwens niet waarom ze daarnaar zouden streven. Me dunkt dat een vegetariër zou griezelen van iets dat aan gemalen koe doet denken. Bobby bestelde een burrito met bonen en kaas, een geval zo groot als een opgerolde badhanddoek, zwemmend in de avocadosaus en zure room. Ik hield het op gesmoorde groente en bruine rijst, met een glas witte wijn uit een weinig vertrouwenwekkende kruik.

Eten was voor Bobby een al even moeizame aangelegenheid als zijn gymoefeningen, maar de verbeten aandacht die hij noodgedwongen aan deze taak besteedde gaf mij de gelegenheid om hem van naderbij te bestuderen. Hij had zongebleekt stevig haar en bruine ogen met het soort wimpers die de meeste vrouwen in een doosje moeten kopen. De linkerhelft van zijn gezicht was levenloos, maar hij had een stevige kin, waarop nog eens extra de aandacht werd gevestigd door een litteken dat de vorm van een halve maan had. Ik veronderstelde dat zijn tanden zich, ergens tijdens die gruwelijke val in dat ravijn, in zijn onderlip hadden gebeten. Hoe hij het had overleefd was me een raadsel.

Hij keek op. Hij wist dat ik hem had zitten bekijken, maar hij maakte geen bezwaar.

'Je hebt geluk dat je nog leeft,' zei ik.

'Ik zal je vertellen wat het ergste is. Ik mis hele brokken uit m'n hersenpan.' Zijn woorden kwamen er moeizamer uit dan voorheen, als deed het zijn stem pijn dit onderwerp aan te roeren. 'Ik heb twee weken lang in coma gelegen, en toen ik bijkwam, had ik geen idee hoe het allemaal was gekomen. Dat heb ik nog steeds niet. Maar ik weet nog wel hoe ik vóór 't ongeluk was en dat is vreselijk. Ik was 'n scherpe jongen, Kinsey, ik had heel wat in m'n mars. Ik kon me concentreren en ik had goeie ideeën. M'n brein kon fantastische gedachtensprongen maken, als je snapt wat ik bedoel.'

9

Ik knikte. Ik kende die fantastische gedachtensprongen uit eigen ervaring.

Hij vervolgde: 'Nu heb ik allemaal gaten en leemtes. Ik mis van alles en nog wat; ik ben hele brokken van m'n verleden kwijt. Ze bestaan gewoon niet meer.' Hij zweeg even, depte ongeduldig zijn kin en wierp toen een verbitterde blik op zijn zakdoek. 'Het is God nog toe erg genoeg dat ik kwijl. Als ik altijd zo was geweest, dan wist ik niet beter en dan zou 't me niet zo dwarszitten. Dan zou ik ervan uitgaan dat iedereen net zulke hersens had als ik. Maar ik was voorheen intelligent, dat weet ik nog heel goed. Ik haalde hoge cijfers, ik zou medicijnen gaan studeren. Nu werk ik me te pletter in die gymzaal. Ik probeer genoeg coördinatie te herwinnen om godbetert zelfstandig naar de plee te kunnen. Als ik niet aan die apparaten lig, ren ik naar Kleinert, dat is 'n zieleknijper, om te proberen met dit alles in 't reine te komen.'

Opeens sprongen de tranen hem in de ogen en zweeg hij. Hij zette alles op alles om zich te beheersen. Hij haalde diep adem en schudde fel het hoofd. Toen hij het woord hernam, klonk een diepe zelfverachting in zijn stem door.

'Tsja, dat was dan míjn zomervakantie. Hoe was de jouwe?'

'Dus je bent ervan overtuigd dat het 'n poging tot moord was? Waarom niet 'n gestoorde figuur, of iemand die dronken achter 't stuur was gekropen?'

Daar moest hij even over nadenken. 'Ik kende die auto, of ik geloof tenminste van wel. Ik weet 't nu natuurlijk niet meer, maar ik heb 't idee dat ik... dat ik toen 't gebeurde die auto herkende.'

'Maar niet degene die achter 't stuur zat?'

Hij schudde zijn hoofd. 'Dat zou ik je nu niet meer kunnen zeggen. Misschien dat ik 't destijds heb geweten, nu in elk geval niet meer.'

'Was 't een man of een vrouw?' vroeg ik.

'Dat weet ik ook niet meer.'

'Hoe weet je dat ze 't niet op Rick gemunt hadden, in plaats van op jou?'

Hij schoof zijn bord van zich af en wenkte de serveerster dat ze koffie moest brengen. Hij worstelde met zijn geheugen. 'Ik had ergens weet van. Er was iets gebeurd en ik had de ware toedracht doorzien. Dat weet ik nog, al kan ik me verder niks herinneren, behalve dat ik wist dat ik gevaar liep. Ik was bang, maar ik weet niet meer waarom.'

'En Rick dan? Was die erbij betrokken?'

'Ik geloof niet dat het ook maar iets met hem te maken had. Daar kan ik geen eed op doen, maar ik weet het bijna zeker.'

'Waar gingen jullie die avond heen? Kan dat er iets mee te maken hebben?'

Bobby keek op. De serveerster stond met de koffiepot vlakbij zijn elleboog. Hij wachtte tot ze ons beiden koffie had ingeschonken. Toen ze wegliep lachte hij gegeneerd. 'Tsja, ik weet niet wie mijn vijanden zijn, snap je? Ik weet niet of de mensen in m'n omgeving "ervan" weten, wat 't ook zijn moge. Ik wil niet dat ook maar iemand toevallig hoort wat ik je vertel... je weet maar nooit. Dat zal best je reinste paranoia zijn, maar ik kan 't niet helpen.'

Hij volgde de serveerster met zijn blik terwijl ze naar de keuken liep. Ze zette de koffiepot weer in het apparaat en raapte een briefje met een bestelling bij het raampje op. Toen keek ze naar hem om. Ze was jong en had duidelijk door dat we het over haar hadden. Bobby wiste zijn kin nog eens af. 'We waren op weg naar de Stage Coach Tavern. Daar speelt 's avonds meestal 'n folk-groep, *Blue Grass* stijl, en Rick en ik wilden gaan luisteren.' Hij haalde zijn schouders op. 'Misschien zat er nog meer achter, maar ik geloof van niet.'

'Waar draaide je leven op dat moment om?'

'Ik wachtte op plaatsing voor m'n specialistenopleiding. Ik werkte zolang halve dagen in St. Terry's.'

Het ziekenhuis van Santa Teresa heet al sinds jaar en dag in de volksmond St. Terry's. 'Was 't daar niet wat laat in 't jaar voor? Ik dacht dat kandidaten voor de specialistenopleiding in de winter hun aanvraag doen en in 't voorjaar uitsluitsel krijgen.'

'Ja, en ik had te horen gekregen dat ik er dat jaar niet bij was, dus moest ik mijn volgende kans afwachten.'

'Wat voor werk deed je in St. Terry's?'
'Ik was 'n manusje-van-alles. Ik heb 'n tijdlang bij de receptie gewerkt. Daar tikte ik paperassen uit voor de opname van patiënten. Ik moest telefonisch gegevens opvragen, wat voor verzekering ze hadden en ga zo maar door. Toen heb ik 'n tijdje op de administratieve afdeling gewerkt, dossiers op orde brengen tot die m'n neus uitkwamen. 't Laatste werkje dat ik daar deed was als administratieve hulp op Pathologie. Daar werkte ik voor dr. Fraker. Prima vent. Ik mocht soms van hem de labtests uitvoeren, de eenvoudigste, wel te verstaan.'
'Dat klinkt niet direct gevaarlijk,' zei ik. 'En de universiteit? Kon het gevaar waarin je verkeerde misschien te herleiden zijn tot je studententijd? Je faculteit? Studiegroep? Studentenvereniging?'
Hij schudde het hoofd, kon duidelijk nergens op komen. 'Ik zou niet weten hoe dat zou kunnen. Ik ben daar in juni weggegaan en dat ongeluk was pas in november.'
'Maar je had 't gevoel dat jij als enige over bepaalde kennis beschikte, wat 't ook zijn moge.'
Zijn blik zwierf door het eethuisje en keerde toen naar mij terug. 'Ik neem aan van wel. Alleen ik en degene die probeerde me 't zwijgen op te leggen.'
Ik bleef hem een tijdlang zitten aanstaren, terwijl ik een en ander probeerde te bevatten. Ik roerde een scheutje ongetwijfeld rauwe melk door mijn koffie. Dat soort supergezonde lieden eet graag microben en wat dies meer zij. 'Heb je enig idee hoe lang je al over die kennis beschikte? Ik vraag me namelijk af... als 't je zozeer in gevaar bracht... waarom je 't dan niet meteen van de daken hebt geschreeuwd.'
Hij keek me belangstellend aan. 'Hoe bedoel je? 't Aan de politie doorgeven of zo?'
'Precies. Als je op 'n diefstal was gestuit of iets dergelijks, of als je erachter was gekomen dat iemand 'n Russische spion was...' Ik somde op goed geluk een stel mogelijkheden op, net zoals ze bij me opkwamen. 'Of als je had ontdekt dat er 'n samenzwering bestond om 'n aanslag op de president te plegen...'

'Waarom ik dan niet naar de eerste de beste telefoon ben gerend en 't hebt gemeld?'
'Precies.'
Daar had hij niet meteen antwoord op. 'Misschien heb ik dat wel gedaan. Misschien... Jezus, Kinsey, ik weet 't niet. Je hebt geen idee hoe klote dat is. In 't begin, die eerste twee, drie maanden in 't ziekenhuis, kon ik aan niks anders denken dan aan de pijn. Dat vergde al m'n krachten, enkel en alleen dat gevecht om in leven te blijven. Ik heb in die periode niet eens aan 't ongeluk gedacht. Maar stukje bij beetje, naarmate ik me beter ging voelen, begon ik ernaar terug te keren, begon ik pogingen te doen me te herinneren wat er was gebeurd. Vooral toen ze me eenmaal verteld hadden dat Rick dood was. Dat was pas weken later. Ze waren natuurlijk bezorgd dat ik me schuldig zou voelen en dat dit mijn herstel zou belemmeren. Ik was er dan ook, toen ik 't eindelijk hoorde, behoorlijk kapot van. Stel dat ik dronken was geweest en domweg de macht over het stuur had verloren? Ik moest te weten komen wat er precies was gebeurd, want ik wist dat ik anders echt uit m'n bol zou gaan. Hoe dan ook, toen ben ik dus begonnen deze hele puzzel weer in elkaar te passen.'
'Misschien komt de rest ook wel terug als je je al zoveel weer te binnen hebt kunnen brengen.'
'Maar dat is nu net de ellende,' zei hij.
'Stel dat 't me weer te binnen schiet. Ik ga er van uit dat de enige reden dat ik nu leef is omdat ik me niks meer kan herinneren.'
Dit laatste flapte hij er behoorlijk luid uit; hij zweeg abrupt en keek om zich heen. Zijn nervositeit was aanstekelijk en ik betrapte mezelf erop dat ik net als hij om me heen begon te loeren, en de neiging had mijn stem te dempen opdat niemand mee kon luisteren.
'Heeft iemand je sinds je hier weer bent ingedoken daadwerkelijk bedreigd?' vroeg ik.
'Nee, dat niet.'
'Geen anonieme brieven of rare telefoontjes?'
Hij schudde zijn hoofd. 'Maar ik verkeer wel degelijk in ge-

vaar. Dat weet ik heel zeker. Dat gevoel heb ik nu al weken. Ik heb hulp nodig.'
'Ben je naar de politie gegaan?'
'Ja, dat heb ik al geprobeerd. Wat hun betreft was 't een ongeluk. Ze hebben geen aanwijzingen dat 't om 'n misdrijf ging, behalve dan dat de andere automobilist is doorgereden. Ze weten dat iemand van achteren op me is ingeramd en me de brug af heeft geduwd, maar moord met voorbedachten rade? Kom nou toch. En zelfs als ze me geloofden, dan nog hebben ze niet genoeg mankracht om er iets aan te doen. Ik ben maar 'n gewone burger. Ik kan geen aanspraak maken op vierentwintig uur per dag politiebescherming.'
'Misschien moest je maar 'n lijfwacht inhuren...'
'Niks lijfwacht! Ik wil jou.'
'Bobby, ik zeg niet dat ik je niet wil helpen. Natuurlijk wil ik dat wel. Ik wijs je alleen op de verschillende mogelijkheden. Zo te horen heb je meer nodig dan mijn diensten.'
Hij leunde over 't tafeltje naar me toe, en keek me fel aan. 'Zoek dit tot op de bodem uit. Vertel me wat hier gaande is. Ik wil weten waarom iemand 't op me gemunt heeft en ik wil die iemand tegenhouden. Dan heb ik geen politie nodig, geen lijfwacht, niemand.' Hij zette zijn kaken op elkaar, duidelijk van streek, en ging toen verzitten, weer verder achterin zijn stoel. 'God kolere,' zei hij. Hij schoof rusteloos op zijn stoel heen en weer en stond toen op. Hij trok een briefje van twintig uit zijn portefeuille en smeet dat op het tafeltje. Hij ging met die slepende tred van hem op de deur af, opvallender mank dan tevoren. Ik greep mijn handtas en haalde hem in.
'Jezus, kalm nou even. Kom, we gaan naar mijn kantoor, dan tik ik 'n contract uit.'
Hij hield de deur voor me open en ik liep naar buiten.
'Ik hoop dat je je mijn diensten kunt veroorloven,' zei ik, over mijn schouder naar hem omkijkend.
Hij lachte flauwtjes. 'Maak je daar maar geen zorgen over.'
We sloegen linksaf en liepen naar het parkeerterrein.
'Sorry dat ik me zo liet gaan,' mompelde hij.
'Laat maar zitten. Geen probleem.'

'Ik wist niet zeker ofje me wel serieus nam,' zei hij.

'Waarom zou ik dat niet?'

'Mijn familie denkt dat ik ze niet allemaal meer op 'n rijtje heb.'

'Ja, nou ja, daarom heb je mij dus ingehuurd, en niet je familie.'

'Bedankt,' fluisterde hij. Hij gaf me een arm en ik keek hem van opzij aan. Hij had een hoogrode kleur en er stonden tranen in zijn ogen. Hij deed een slordige uitval naar die tranen, zonder mij aan te kijken. Voor het eerst drong het tot me door hoe jong hij was. God, 't was nog maar 'n jongen, gehavend, in de war en doodsbang.

We liepen langzaam terug naar mijn auto en ik werd me bewust van de nieuwsgierige blikken, de gezichten die zich vol medelijden of gêne afwendden. Ik had met graagte iemand een rotklap verkocht.

HOOFDSTUK TWEE

Tegen tweeën die middag was het contract getekend en had Bobby mij een voorschot van tweeduizend dollar gegeven. Ik zette hem af bij de gymzaal,waar hij voor we gingen lunchen zijn auto had laten staan. Zijn invaliditeit gaf hem recht op een invaliden-parkeerplaats maar het viel me op dat hij daar geen gebruik van had gemaakt. Misschien had iemand anders bij zijn aankomst op die plek gestaan, of misschien gaf hij er uit louter koppigheid de voorkeur aan om die extra twintig meter te lopen.

Toen hij was uitgestapt leunde ik over de voorbank heen en vroeg:'Wie is je advocaat?' Hij hield het portier aan de passagierskant open, en keek met zijn hoofd scheef gehouden naar binnen.

'Varden Talbot van Talbot & Smith. Hoezo? Wil je dat ik met hem ga praten?'

'Vraag hem of hij misschien kan zorgen dat ik inzage in de politierapporten krijg. Dat zou me 'n hoop tijd besparen.'

'Goed, komt in orde.'

'O, en ik denk dat ik maar 't beste bij je naaste familieleden begin. Misschien hebben die zo hun eigen denkbeelden over het gebeurde. Ik bel je later vandaag wel om te zien wanneer ze me kunnen spreken, wat zeg je daarvan?'

Bobby trok een lelijk gezicht. Op weg naar mijn kantoor had hij me verteld dat zijn invaliditeit hem ertoe had gedwongen om tijdelijk weer zijn intrek in het ouderlijke huis te nemen, en dat zat hem helemaal niet lekker. Zijn ouders waren enige jaren tevoren gescheiden en zijn moeder was hertrouwd, haar derde huwelijk. Bobby kon het duidelijk niet met zijn huidige stiefvader vinden, maar hij had een stiefzusje van zeventien dat Kitty heette, op wie hij duidelijk wel gesteld was. Ik wilde ze alle drie spreken. Meestal begin ik mijn onderzoek met het doorploegen van paperassen, maar deze zaak voelde van meet af aan anders aan.

'Ik heb 'n beter idee,' zei Bobby. 'Kom vanmiddag langs. Mam heeft 'n stel mensen op de borrel gevraagd, die komen om zo'n uur of vijf. M'n stiefvader is jarig. Op die manier leer je ze allemaal kennen.'
Ik aarzelde. 'Weet je zeker dat dat 'n goed idee is? Misschien ziet ze me liever niet zomaar bij 'n dergelijke gelegenheid komen aanzetten.'
'Dat maakt niet uit. Ik vertel haar van tevoren dat je komt, dan stoort 't haar echt niet. Heb je 'n pen bij je? Dan leg ik je uit hoe je moet rijden.'
Ik rommelde in mijn handtas naar een pen en mijn notitieblok en krabbelde de bijzonderheden neer. 'Ik kom dan tegen zessen,' zei ik.
'Prima.' Hij sloeg het portier dicht en liep weg.
Ik keek hem na zoals hij naar zijn auto strompelde en reed toen naar huis.
Ik woon in een garage die tot een eenkamerflatje is omgebouwd dat ik voor tweehonderd dollar in de maand huur. Het is ongeveer vijf bij vijf meter, een ruimte die dienst doet als woonkamer, slaapkamer, keuken, badkamer, bergruimte en washok. Al mijn bezittingen hebben meerdere toepassingen en zijn van uiterst geringe afmetingen. Ik heb een keukenblok dat een ijskastje, aanrecht en tweepitsstelletje omvat, een op een poppenhuis bedacht wasmachientje met een centrifugetje er bovenop, een sofabed (al doe ik zelden de moeite dat uit te klappen) en een schrijftafeltje dat af en toe ook dienst doet als eettafel. Ik ben sterk op mijn werk gericht en mijn woonruimte is op de een of andere manier in de loop der jaren tot deze minieme afmetingen teruggebracht. Ik heb een tijd lang in een stacaravan gewoond maar dat werd me op den duur te luxe. Ik ben veel van huis en geef niet graag geld uit aan ruimte waar ik geen gebruik van maak. Misschien breng ik op een dag nog eens mijn persoonlijke eigendommen terug tot een slaapzak die ik op de achterbank van mijn auto kan smijten, hetgeen het betalen van huur geheel overbodig zou maken. Ook nu al kan ik met uiterst weinig toe. Ik heb geen huisdieren of planten. Vrienden heb ik wel, maar die ontvang ik niet thuis. Voor

zover je kunt zeggen dat ik hobby's heb, bestaan die uit het poetsen van mijn revolver en het lezen van bewijsschriften. Ik ben dus niet direct een grote lolbroek, maar ik betaal mijn rekeningen, heb een appeltje voor de dorst, en ben voldoende verzekerd om de gevaren die mijn beroep met zich meebrengt te dekken. Ik vind mijn leven zo prima, al kan het natuurlijk altijd beter. Zo om de zes tot acht maanden kom ik een man tegen die me seksueel uit mijn tent lokt, maar tussen die uitbarstingen van hartstocht doe ik 't zonder, hetgeen heus geen ramp is. Na twee gestrande huwelijken heb ik de neiging mijn reserve niet al te snel terzijde te smijten, evenmin als mijn directoirtjes.

Mijn garagewoninkje bevindt zich aan een bescheiden, met palmen omzoomd straatje niet ver van het strand en is eigendom van een man die Henry Pitts heet en in het huis op het perceel woont. Henry is een eenentachtigjarige gepensioneerde bakker, die zijn AOW aanvult met het bakken van brood en gebak waarmee hij bij de middenstanders in de buurt een ruilhandeltje drijft. Hij levert gebak aan de oude dames in de buurt voor hun wederzijdse theevisites, en in zijn vrije tijd stelt hij kruiswoordraadsels op die je het bloed onder de nagels vandaan halen. Hij is een bijzonder knappe verschijning: rijzig, slank, gebruind, met verblindend wit haar zo fijn als babykrulletjes, en een mager aristocratisch gezicht. Hij heeft lavendelblauwe ogen waaruit een scherpe geest spreekt. Hij is een alleraardigste man en een fijne vriend. Ik had dan ook geen reden om zo verbaasd te zijn toen ik hem aantrof in gezelschap van het 'wijffie' dat toen ik thuiskwam met hem in de tuin *mint juleps* zat te drinken.

Ik had zoals gebruikelijk mijn auto voor de voordeur geparkeerd, en liep om naar achteren, naar mijn eigen 'voordeur'.

Mijn flatje kijkt uit op de achtertuin, en die biedt een pittoreske aanblik. Henry heeft achter een grasveldje met een treurwilg, rozenstruiken, twee piepkleine citroenboompjes en een betegeld zitje. Hij kwam net met een dienblad zijn achterdeur uit toen hij mij zag.

'Ha Kinsey, dat komt mooi uit. Kom hier, dan kunnen jullie kennismaken.' zei hij.

Mijn blik volgde de zijne en ik zag een vrouw languit op een van de tuinstoelen liggen. Ze was zo te zien in de zestig, een mollig vrouwtje met bruin geverfde krulletjes. Haar gezicht was zo gerimpeld als zacht leer maar ze had vol vakkennis haar make-up aangebracht. Het waren haar ogen die me zorg baarden: fluweelbruine grote ogen waarin heel even een giftige blik verscheen.

Henry zette het dienblad op een rond tafeltje tussen de stoelen. 'Dit is Lila Sams,' zei hij en toen, met een hoofdgebaar naar mij: 'Mijn onderhuurster, Kinsey Millhone. Lila is pas in Santa Teresa komen wonen. Ze is momenteel bij Mrs. Lowenstein van drie huizen verder op kamers.'

Ze stak met een gekletter van rode plastic armbanden haar hand naar me uit en maakte aanstalten overeind te krabbelen. Ik liep over de tegels op haar toe. 'Blijf toch lekker zitten,' zei ik. 'Welkom in de buurt.' Ik schudde haar met een beleefd lachje de hand. Ze schonk mij een glimlach die de ijzige blik uit haar ogen verbande en ik vroeg me even af of ik me die maar had verbeeld. 'Waar woonde u voorheen?'

'Och, hier en daar en overal,' zei ze, met een verlegen lachje naar Henry. 'Ik wist eerst niet hoe lang ik hier zou blijven maar nu ik Henry ken, vind ik 't hier zo enigjes.'

Ze had een diep uitgesneden zomerjurkje aan, met groen-en-gele meetkundige figuren op een witte ondergrond. Haar borsten leken net baaltjes meel van tweeëneenhalve kilo waaruit een deel van de inhoud was ontsnapt. Ze had een vettige romp, maar haar stevige heupen en dijen liepen slank toe in heel aardige kuiten en bepaald damesachtige voetjes. Ze had rode linnen schoentjes aan en droeg rode plastic oorknoppen. Ik probeerde opnieuw haar blik te vangen maar ze vestigde die nu op het blad dat Henry haar voorhield.

'O gunst, wat nu dan weer? Wat ben je toch een schattebout!' Henry had een schaal met hors d'oeuvres klaargemaakt. Hij is een van die lieden die de keuken in kunnen schieten om met een paar diep in de kastjes schuilende blikjes en tubes iets verrukkelijks toe te bereiden. Het enige dat ik doorgaans vind als ik kijk wat ik nog heb staan is een pak bloem waar torretjes in blijken te zitten.

Lila's rode vingernagels vormden een piepklein hefkraantje. Ze pikte een heerlijk hapje op en bracht dat naar haar mond. Het was zo te zien een rond toastje met een flintertje gerookte zalm en een toefje mayonaise met dille. 'Hmmmm, verrukkelijk,' zei ze met volle mond en likte toen één voor één haar vingertoppen af. Ze had verscheidene rijkelijk met diamanten ingelegde ringen om, waar tussen de diamanten ook de nodige robijnen huisden, en eentje met een vierkant geslepen smaragd zo groot als een postzegel, omkranst door diamanten. Henry hield me de schaal met hapjes voor. 'Proef hier maar van, dan maak ik intussen een *mint julep* voor je klaar.'

Ik schudde mijn hoofd. 'Laat ik dat maar niet doen. Ik wilde nog gaan hardlopen en dan moet ik verder met m'n werk.'

'Kinsey is privé-detective,' zei hij tegen haar.

Lila zette grote ogen op en knipperde met haar wimpers ten teken dat ze diep onder de indruk was. 'Gunst, wat interessant, zeg!' zei ze met gemaakt enthousiasme. Ik was lang niet zo enthousiast over haar en ik weet wel zeker dat ze dat heel goed aanvoelde. Meestal kan ik goed met oudere vrouwen opschieten. Ik kan in wezen met de meeste vrouwen prima overweg. Ze nemen doorgaans geen blad voor de mond, en als het gesprek op mannen komt, vertrouwen ze je de kostelijkste dingen toe. Dit vrouwtje was er een van de oude school: een flirtzieke trut. Ze had op het eerste gezicht de pest aan mij.

Ze keek naar Henry op en klopte met haar hand op de zitting van het bankje. 'Kom dan toch bij me zitten, stouterd van me. Me zo op m'n wenken bedienen, wat is dat voor manier van doen. Kinsey, je hebt geen idee, hij loopt al heel de middag te tuttelen.' Ze boog zich vol verrukking over de schaal met hapjes. 'En wat hebben we hier?'

Ik keek naar Henry, half verwachtend dat die een scheve bek naar me zou trekken, maar hij was braaf naast haar gaan zitten en keek naar het hapje dat ze aanwees. 'Dat is gerookte oester.

En dat is roomkaas met chutney. Dat vind je vast lekker, proef maar.'

Hij stond op het punt het hapje in haar mond te stoppen maar ze ontweek hem met een smakzoen.

'Niks daarvan, eet er zelf nou 's van. Je verwent me gruwelijk, en als ik niet oppas word ik zo rond als 'n tonnetje!' Ik voelde mijn gezicht vertrekken tot een gespannen masker terwijl ik ze de koppen bij elkaar zag steken. Henry is vijftig jaar ouder dan ik en onze verhouding is altijd eerzaam en betamelijk geweest, maar ik vroeg me af of hij ditzelfde gevoel had bij die zeldzame gelegenheden als hij om zes uur 's ochtends een manspersoon bij mij de deur uit zag komen. 'Tot straks, Henry,' zei ik en liep naar mijn voordeur. Ik geloof niet eens dat hij me hoorde.

Ik trok een T-shirt en een shortje aan, mijn atletiekschoenen waarin ik hardloop, en glipte toen weer weg zonder verder de aandacht op mezelf te vestigen. Ik liep eerst in stevige wandelpas naar Cabana Boulevard, de brede straat die parallel aan het strand loopt, en zette het toen op een drafje. Het was een warme, volslagen wolkeloze dag. Het was drie uur en zelfs de branding was loom. De bries die vanaf de oceaan kwam waaien was zilt en het strand lag vol stinkende rommel. Ik snap eigenlijk niet waarom ik zo nodig moest gaan hardlopen. Ik was slecht in vorm, ik pufte en hijgde, en voor ik mijn eerste halve kilometer erop had zitten, was ik buiten adem. Mijn linkerarm deed pijn en mijn benen voelden aan als blokken hout. Ik loop altijd hard als ik een opdracht heb, dus dat zal wel de reden zijn geweest waarom ik die dag ook ging. Ik deed het omdat het tijd was weer aan de slag te gaan en omdat ik dat stijve gevoel uit mijn ledematen wilde schudden. Hoe plichtsgetrouw ik mijn rondje ook loop, bepaald dol op lichamelijke inspanning ben ik nooit geweest. Ik zou alleen niet weten hoe je anders moet zorgen dat je je redelijk prettig blijft voelen. De eerste kilometer of twee waren je reinste martelgang en ik had stevig de pest in. Tegen het einde van de tweede kilometer evenwel voelde ik de endorfinen in mijn hersenen vrijkomen, en tegen de tijd dat ik mijn vierde kilometer erop had zitten, was ik goed op gang en had ik eindeloos zo door kunnen hollen. Ik keek op mijn horloge. Het was 3.33. Nu ja, ik heb nooit beweerd dat ik echt snel ben. Ik vertraagde mijn gang tot ik weer wandelde. Het zweet gutste van mijn lijf. Morgen zou ik hier spijt van hebben, dat wist ik heel zeker, maar nu voelde ik me losgerend, met soepele warme spieren. Tijdens de wandeling naar huis terug koelde ik weer af.

Tegen de tijd dat ik weer thuis was, voelde ik me koud van het verdampende zweet en keek ik uit naar een hete douche. De patio was verlaten, op twee innig naast elkaar staande lege glazen na. Henry's achterdeur was dicht en zijn luxaflex was neer. Ik liet mezelf mijn stulpje binnen met een sleutel die ik aan mijn schoenveter had vastgebonden.

Ik waste mijn haar en schoor mijn benen, schoot een peignoir aan en scharrelde wat rond, terwijl ik de keuken aan kant maakte en mijn bureau opruimde. Tenslotte deed ik een broek aan met een hesje, sandalen en een vleugje eau de cologne. Om kwart voor zes pakte ik mijn grote leren handtas en ging de deur weer uit.

Ik las mijn aanwijzingen hoe ik bij Bobby's huis moest komen nog eens over en sloeg linksaf Cabana Boulevard op, in de richting van de riviermond, en reed zo verder Montebello in, dat naar verluidt meer miljonairs per vierkante kilometer huisvest dan welke woonwijk in welke Amerikaanse stad dan ook. Ik weet niet of dat waar is of niet. De inwoners van Montebello vormen een gemengd gezelschap. Hoewel de enorme villa's afgewisseld worden met normale burgerhuizen, valt aan alle percelen geld af te lezen, keurig bijgehouden en verzorgd geld, elegantie die teruggrijpt naar een tijd toen men met gepaste terughoudendheid rijkdommen aan de dag legde en alleen onderling materiële weelde toonde. Onze huidige rijkelui zijn een vulgaire parodie op hun vroege voorgangers in Californië. Montebello heeft bovendien een eigen 'krottenwijk', een merkwaardig kluitje houten optrekjes, die per stuk evengoed zo'n $140.000 kosten.

Het adres dat Bobby me had gegeven lag aan West Glen Road, een smal weggetje dat in de schaduw van eucalyptus en esdoorns lag, omzoomd door lage muurtjes van met de hand gehouwen natuursteen die kronkelend vanaf de weg naar villa's liepen die zo ver van de weg lagen dat ze vanuit voorbijkomende auto's niet zichtbaar waren. Hier en daar duidt een poorthuisje op de aanwezigheid van al dat fraais verderop, maar voor het grootste deel lijkt West Glen Road een doelloos kronkelpaadje dat tussen eikebomen door zwerft, met niets op het geweten dan het vlekkenmotief van zonneschijn die door het gebladerte valt, de geur van lavendel, en het gezoem van bijen die tussen de felroze geraniums rondscharrelen. Het was zes uur en het zou nog een uur of twee duren voor het donker werd.

Ik zag het nummer dat ik zocht en sloeg een oprijlaan in, waar ik vaart minderde. Rechts van me zag ik drie witgepleisterde huisjes die eruit zagen alsof de drie kleine biggetjes ze hadden gebouwd. Ik tuurde door mijn voorruit, maar zag nergens een plaatsje waar ik kon parkeren. Ik reed langzaam verder, in de hoop dat er na de eerstvolgende bocht een parkeerplaats zou komen. Ik keek nog eens om en vroeg me af waarom er geen andere auto's te bekennen waren en welk van de bungalowtjes van Bobby's ouders zou zijn. Ik beleefde een moment van onaangename twijfel. Hij had toch echt deze middag gezegd, of niet soms? Ik zag me al op de verkeerde dag komen aanzetten. Ik haalde mijn schouders op. Het zou wel blijken. Ik was weleens erger afgegaan, al kon ik op dat moment niet bedenken wanneer. Ik reed de bocht om, op zoek naar een plek waar ik mijn auto kon zetten. Toen trapte ik opeens op de rem en kwam slippend tot stilstand.

'Allemachtig!' fluisterde ik.

Het weggetje kwam uit op een grote geplaveide binnenplaats en voor me lag een huis. Op de een of andere manier wist ik met absolute zekerheid dat dit het huis was waar Bobby Callahan woonde, en niet in een van die poppenhuisjes die ik net was gepasseerd. Die waren waarschijnlijk van het personeel. Dit was 'het' huis.

Het was een villa zo groot als de middelbare school die ik had bezocht en waarschijnlijk door dezelfde architect ontworpen, ene Dwight Costigan, die nu niet meer leefde maar die tijdens zijn veertigjarige loopbaan in zijn eentje Santa Teresa een nieuw gezicht had gegegeven. Dit noemt men als ik me niet vergis de Spaanse stijl. Ik moet bekennen dat ik doorgaans maling heb aan witgepleisterde muren en rode dakpannen. Ik heb weinig op met boogjes, bougainville, sierbalken en balkonnetjes, maar zoals hier had ik ze nooit eerder gecombineerd gezien.

Het middelste deel van het huis was twee verdiepingen hoog en werd omzoomd door twee overdekte arcades. Het ene boogje volgde na het andere, gestut door sierlijke pilaren. Er stonden groepjes palmbomen die in de bries wiegden, rijkversierde portaaltjes en raampjes met maaswerk. Er was zelfs een klokketorentje, net als bij een oude zendingskerk. Was het niet Kim Novak die in een van haar films uit zo'n torentje wordt geduwd? Het huis zag eruit als een kruising tussen een klooster en een filmdecor. Op de voorplaats stonden vier Mercedessen geparkeerd, net een sjieke advertentie, en een fontein midden-op de voorplaats spoot een waterstraal van vijf meter hoog de lucht in. Ik parkeerde zover mogelijk naar rechts en bezag mijn kledij. Het viel me nu opeens op dat er een vlek op de knie van een van mijn broekspijpen zat die ik alleen aan het oog kon onttrekken als ik zo ineengedoken liep dat mijn tuniek er overheen zou hangen. De tuniek zelf kon ermee door: een zwarte voile-achtige stof met een diepe vierkante halsuitsnijding, lange mouwen en een ceintuur van dezelfde stof. Ik overwoog heel even de mogelijkheid naar huis terug te rijden om me te verkleden. Toen bedacht ik dat ik thuis niets beters had. Ik kroop naar de achterbank en rommelde in mijn enorme verzameling ditjes en datjes die ik daar heb liggen. Ik heb een Volkswagen, zo'n onopvallend beige geval, waarmee je in de meeste buurten onopgemerkt kunt rondneuzen. Wilde ik bij mijn speurwerk hier niet opvallen, dan zou ik een limousine moeten huren, dat was duidelijk. De tuiniers van deze mensen hadden waarschijnlijk betere auto's dan ik.

Ik duwde mijn wetboeken, dossiermappen, gereedschapskist en attaché-koffertje waarin ik mijn revolver bewaar opzij. Aha, daar had ik wat ik zocht: een oude panty, die bij wijlen goed van pas kwam als filter. Op de vloer vond ik een paar zwarte pumps met naaldhakken die ik had gekocht toen ik van plan was geweest me in een rosse buurt van Los Angeles als hoer uit te geven. Toen ik ter plekke aankwam had ik ontdekt dat alle hoeren eruit zagen als schoolmeisjes, dus had ik deze vermomming weggedaan.

Ik gooide de sandalen die ik aan had op de achterbank en worstelde me uit mijn lange broek en in de panty. Ik spuugde op de pumps, poetste ze en trok ze aan. Ik deed de sjerp af en knoopte hem sierlijk om mijn hals bij wijze van shawltje. Onderin mijn handtas vond ik een oogpotlood en blusher en ik maakte me op in mijn achteruitkijkspiegeltje. Ik vond dat ik er raar uitzag, maar wisten zij veel? Behalve Bobby hadden ze me geen van allen ooit eerder gezien. Dat hoopte ik tenminste.

Ik stapte uit mijn auto en wist mijn evenwicht te bewaren. Ik had sinds ik als meisje van zes verkleedpartijtjes had gehouden met oude kleren en schoenen van mijn tante, geen hoge hakken meer gedragen. Nu ik de sjerp had afgedaan viel de tuniek tot middenop mijn dijbenen, en de dunne stof kleefde tegen mijn heupen. Als ik tegen het licht ging staan zouden ze mijn slipje kunnen zien, maar wat zou dat? Ik mocht me dan niet behoorlijk kunnen kleden, maar ik kon in elk geval de aandacht van dat feit afleiden. Ik haalde diep adem en klepperde op de deur af.

HOOFDSTUK DRIE

Ik belde aan en hoorde de echo door heel het huis weergalmen. Na enige tijd werd de deur opengedaan door een zwarte dienstbode in een witte voorschoot die net een verpleegstersuniform leek. Ik had mij het liefst in haar armen gestort om naar de ziekenzaal versleept te worden, zo'n pijn had ik in mijn voeten, maar ik beheerste me, gaf haar mijn naam en mompelde dat Bobby Callahan me verwachtte.

'Ja, Miss Millhone, komt u binnen.'

Ze deed een stap opzij en ik betrad de gang. Die was twee verdiepingen hoog, en er viel licht door een rijtje raampjes parallel aan een brede stenen trap die in een brede boog naar links leidde. De vloer was belegd met matrode tegels, die tot een satijnige glans waren gepoetst. Er lagen lopers van Perzisch tapijt met patronen die zich in zachte tinten aftekenden. Wandkleden hingen aan smeedijzeren roeden die eruit zagen als antiek wapentuig. De lucht was perfect van temperatuur, koel en stil, doordrongen van de geur van een enorm bloemstuk dat rechts van mij op een massieve wandtafel stond. Ik had het gevoel dat ik me in een museum bevond.

De dienstbode leidde me door de gang naar de woonkamer, die zo enorm was dat de gasten aan het andere uiteinde eruit zagen als waren ze op een andere schaal uitgevoerd dan ik zelf. De stenen open haard was zo'n meter of drie breed en zeker vier meter hoog, groot genoeg om er een os in te braden. Het meubilair zag er geriefelijk uit, zonder frutsels en tierelantijnen. De sofa's, vier in totaal, kwamen me degelijk voor, en de stoelen waren groot en hadden brede armleuningen, iets in de geest van zitplaatsen voor eersteklas luchtpassagiers. Er viel geen speciaal kleurschema te bespeuren en ik vroeg me af of alleen burgerlijke lieden het nodig vonden iemand te huren die alle tinten op elkaar afstemt.

Toen zag ik Bobby, die goddank mijn kant uit slenterde. Hij had kennelijk aan mijn gezichtsuitdrukking gezien dat ik weinig op deze pracht en praal voorbereid was.

'Sorry, ik had je moeten waarschuwen,' zei hij. 'Kan ik 'n drankje voor je halen? Waar heb je zin in? We hebben witte wijn, maar als ik je vertel welke, dan vind je me vast 'n opschepper.'

'Wijn is prima,' zei ik. 'En ik ben dol op wijn waarmee je kunt opscheppen.'

Een tweede dienstbode, niet de vrouw die had opengedaan, maar een ander die speciaal was opgeleid voor woonkamerwerk, kon kennelijk Bobby's gedachten lezen en liep op ons toe met twee volle glazen wijn. Ik hoopte werkelijk dat ik geen flater zou slaan en mijn wijn over mijn tuniek zou morsen of met een hoge hak in het tapijt zou blijven haken. Bobby gaf mij een van de glazen en ik nam een slokje.

'Ben je hier opgegroeid?' vroeg ik. Ik kon me moeilijk een rommeltje van jongensspeelgoed voorstellen in een kamer die eruit zag als het schip van een kerk. Toen eiste wat er met mijn gehemelte gebeurde mijn aandacht op. Deze wijn zou me grondig verpesten voor het goedkope bocht dat ik normaal gesproken drink, dat was duidelijk.

'Ja, daar zeg je wat,' zei hij en keek met nieuwe belangstelling om zich heen, als besefte hij opeens wat een vreemd denkbeeld dat was. 'Ik had natuurlijk 'n kindermeisje.'

'Tuurlijk, allicht… Wat doen je ouders? Of mag ik daarnaar raden?'

Bobby keek me met een scheve glimlach aan en depte zijn kin, naar mijn gevoel een tikkeltje gegeneerd. 'Mijn grootvader van moederszijde heeft rond de eeuwwisseling een groot chemisch bedrijf opgezet. Ik schat dat dat 'n patent heeft op de helft van de produkten waar onze samenleving nu niet meer zonder schijnt te kunnen. Mondwatertjes, vaginale spoelingen en voorbehoedsmiddelen, de nodige pillen en poeders die je zonder recept kunt krijgen, oplosmiddelen, legeringen, industriële produkten, ga zo maar door.'

'Heb je broers en zusters?'

'Ik ben enig kind.'

'Waar is je vader?'

'In Tibet. Op 't moment is hij bergen aan 't beklimmen. Vorig jaar was hij in 'n ashram in India. Zijn ziel ontwikkelt zich op één lijn met zijn VISA-rekening.'

Ik legde mijn hand om mijn oor. 'Ontwaar ik een zekere vijandigheid?'

Bobby haalde zijn schouders op. 'Hij kan zich veroorloven aan de Grote Geheimenissen te gaan ruiken met de maandelijkse toelage die hij bij de scheiding van mijn moeder toegewezen heeft gekregen. Hij beweert dat hij op 'n grote spirituele verkenningstocht is, maar in werkelijkheid zwalkt hij maar wat rond. Ik was vroeger eigenlijk best op hem gesteld, tot hij vlak na m'n ongeluk terugkwam. Toen zat hij me daar welwillend glimlachend aan m'n bed uit te leggen dat invaliditeit duidelijk iets was dat ik in dit leven moest doormaken, 'n karmische les.' Hij keek me met dat scheve lachje van hem aan. 'Weet je wat hij zei toen hij hoorde dat Rick dood was? "Wat fijn voor hem. Dat betekent dat hij zijn werk had volbracht." Ik was zo razend dat hij daarna van dr. Kleinert niet meer op bezoek mocht komen, dus toen is hij maar door de Himalaya's gaan zwerven. We horen niet al te vaak van hem en dat is allang best zo.'

Bobby zweeg en heel even welden tranen in zijn ogen op, die hij evenwel terugdrong. Hij staarde in de richting van een groepje mensen bij de open haard en ik volgde zijn blik.

'Wie van hen is je moeder?'

'De vrouw in ivoorwit. De man vlak achter haar is mijn stiefvader, Derek. Ze zijn nu drie jaar getrouwd, maar ik heb niet 't gevoel dat 't goed tussen ze is.'

'Hoezo?'

Bobby leek verscheidene antwoorden in overweging te nemen maar liet het toen bij een stilzwijgend hoofdschudden. Hij keek mij weer aan. 'Zal ik je dan maar 's aan ze voorstellen?'

'Vertel me eerst wat meer over de andere aanwezigen,' zei ik in een lafhartige poging tijd te winnen.

Hij overzag het groepje. 'Ik weet niet eens meer wie ze allemaal zijn. Die vrouw in het blauw ken ik helemaal niet. Die grijze man is dr. Fraker. Dat is de patholoog voor wie ik voor 't ongeluk werkte. Hij is getrouwd met die roodharige vrouw die met m'n moeder staat te praten. Mijn moeder zit in de Raad van Beheer van St. Terry's dus kent ze al die medische knapen. Die kalende dikke man is dr. Metcalf en de man met wie hij staat te praten is dr. Kleinert.'

'Jouw psychiater?'

'Precies. Hij denkt dat ik gek ben maar dat hindert niet, want hij denkt dat hij er wat aan kan doen.' Er was een bittere toon in zijn stem geslopen en ik was me scherp bewust van de woede die hij dag in dag uit moest voelen.

Als was dit zijn teken, draaide dr. Kleinert zich om. Hij richtte een strakke blik op ons en toen zwierf zijn blik weer af. Hij was zo te zien begin veertig, met dun golvend haar en een trieste gezichtsuitdrukking.

Bobby lachte smalend. 'Ik heb hem verteld dat ik 'n privé-detective heb ingeschakeld, maar volgens mij is hij er nog niet achter dat jij dat bent, anders was hij al wel op ons afgekomen om ons dit onzalige plan uit 't hoofd te praten.'

'En je stiefzus? Waar is die?'

'Waarschijnlijk op haar kamer. Ze heeft 't niet zo op mensen.'

'En wie is dat blonde vrouwtje?'

'M'n moeders beste vriendin, 'n operatiezuster. Kom nou maar,' zei hij ongeduldig. 'Spring in 't diepe.'

Ik liep met Bobby mee terwijl hij door het vertrek naar de open haard hompelde, op het groepje af. Zijn moeder zag ons aankomen, en de beide vrouwen die met haar stonden te praten zwegen even om te zien wat haar aandacht had getrokken.

Ze zag er jong uit voor de moeder van een jongeman van drieëntwintig, en ze had smalle heupen en lange benen. Ze had dik, glanzend lichtbruin haar dat net niet tot haar schouders reikte. Ze had kleine, diepliggende ogen, een smal gezicht, en een brede mond. Ze had elegante handen, met lange, dunne vingers. Ze droeg een ivoorwitte zijden blouse met een wijde linnen rok waarin haar smalle taille tot zijn recht kwam. Ze droeg gouden sieraden, fijne kettinkjes om haar polsen en hals. De blik die ze op Bobby richtte was intens en ik voelde bijna de pijn die door haar heenging bij de aanblik van zijn gehavende lichaam. Toen vestigde ze een beleefde glimlach op mij. Ze deed een stap in mijn richting en stak haar hand uit. 'Ik ben Glen Callahan. Jij bent vast Kinsey Millhone. Bobby zei al dat je zou komen.'

Ze had een diepe, hese stem. 'Ik wil niet meteen beslag op je leggen, maak eerst maar kennis met wat gasten, dan praten wij later wel.'

Toen ik haar een hand gaf, keek ik ervan op hoe hard en warm de hare aanvoelde. Ze had een ijzeren greep.

Ze richtte haar blik op de vrouw aan haar rechterhand en stelde me voor. 'Dit is Nola Fraker.'

'Hallo,' zei ik terwijl we elkaar een hand gaven.

'En Sufi Daniels.'

We mompelden elkaar vriendelijke frasen toe. Nola had rood haar, een lichte, fijne huid en stralende blauwe ogen. Ze droeg een donkerrode mouwloze jumpsuit met een diepe maar smalle uitsnijding, zodat haar blote huid van hals tot middel te zien was. Ik hoopte maar dat ze zich niet zou bukken of onverwachte bewegingen zou maken, en bovendien had ik het gevoel dat ik haar ergens van kende. Misschien had ik haar foto in de krant gezien of zoiets. Hoe dan ook, er luidde ergens een klok, en ik vroeg me af waar de klepel hing.

De andere vrouw, Sufi, was klein en enigszins misvormd, met een brede romp en een hoge rug. Ze droeg een lila velours trainingspak dat duidelijk niet voor het sportveld bedoeld was. Ze had fijn blond haar, dat ze naar mijn smaak langer droeg dan haar stond.

Na een beleefdheidspauze hervatte het drietal hun gesprek, en dat vond ik allang best. Ik had geen idee wat ik tegen ze zou moeten zeggen. Nola had het over een lapje van dertig dollar dat ze op de kop had getikt voor een jurkje dat ze op een bezoek aan een wijnkelder bij Los Angeles zou dragen. 'Ik heb alle winkels in Montebello uitgekamd, maar die vragen wanstaltig veel geld. Ik zou de helft nog niet willen neertellen!' zei ze resoluut.

Dat verraste me. Ze zag eruit als een vrouw die met geld smeet. Maar wist ik veel. Mijn voorstelling van vrouwen met geld is dat ze naar Beverly Hills rijden om hun benen te laten harsen, dan de nodige aardigheidjes aan Rodeo Drive oppikken, om vervolgens naar een liefdadigheidslunch te gaan waar je $1500 per persoon betaalt. Ik kon me Nola Fraker moeilijk voorstellen op zoek naar het goedkoopste couponnetje in de grabbelbak van de plaatselijke stoffenzaak. Misschien had ze een arme jeugd gehad en kon ze er maar niet aan wennen dat ze nu met een rijke arts getrouwd was.

Bobby pakte me bij de arm en stuurde me op de mannen af. Hij stelde me aan zijn stiefvader, Derek Wenner, voor en toen in snelle opeenvolging aan dr. Fraker, dr. Metcalf en dr. Kleinert. Voor ik wist wat ik van het geheel moest denken, troonde hij me mee de gang op. 'Kom mee naar boven, dan zoeken we Kitty op en laat ik je de rest van het huis zien.'

'Bobby, ik wil met die mensen praten!' zei ik.

'Onzin. 't Zijn saaie pieten en ze hebben niks te melden.'

Toen we langs een wandtafeltje kwamen, wilde ik mijn wijnglas neerzetten, maar hij schudde zijn hoofd. 'Neem dat glas nou maar mee.'

Hij griste een volle fles wijn uit een zilveren koeler en stak hem onder zijn arm. Hij zette er stevig de pas in, mank of niet, en ik hoorde mijn hoge hakken weinig elegant door de gang klepperen. Ik bleef even staan om ze uit te trekken en haalde hem toen weer in. Op de een of andere manier moest ik om zijn gedrag lachen. Hij was gewend gewoon zijn gang te gaan temidden van lieden voor wie mijn tante me respect had proberen bij te brengen. Zij zou onder de indruk zijn geweest van het gezelschap, maar dat was Bobby duidelijk niet.

We liepen de trap op, waarbij Bobby zich aan de gladde stenen leuning omhoog hees.

'Je moeder heeft de naam Wenner niet aangenomen, hè?' vroeg ik terwijl ik met hem mee liep.

'Nee. Callahan is trouwens haar meisjesnaam. Ik heb mijn naam in Callahan laten veranderen toen zij en mijn vader scheidden.'

'Is dat niet ongewoon?'

'Ik vind van niet. Hij is 'n klootzak. Op deze manier heb ik evenmin 'n band met hem als zij.'

De overloop was een weidse halve cirkel die aan weerszijden in vleugels uitwaaierde. We liepen door een poortje naar rechts en betraden een brede gang waarop op regelmatige tussenafstand kamers uitkwamen. De meeste deuren waren dicht. Het daglicht begon weg te sterven en boven was het schemerig. Ik had een keer een moord onderzocht die in een exclusieve meisjesschool had plaatsgevonden en daar had een soortgelijke sfeer geheerst. Het huis deed aan als een openbaar gebouw, een kil, onpersoonlijk instituut. Bobby klopte bij de derde deur rechts aan.

'Kitty?'

'Wacht even,' riep ze.

Hij wierp me een snelle, lacherige blik toe. 'Ze zal wel high zijn.'

Nu ja, waarom ook niet? Ze was tenslotte zeventien.

De deur ging open en ze keek naar buiten, met een argwanende blik die van Bobby naar mij gleed. 'Wie is dat?'

'Kom nou toch, Kitty, hou op met die flauwekul.'

Ze liep onverschillig van de deur weg. Bobby en ik gingen de kamer binnen en deden de deur achter ons dicht. Ze was lang en mager en had duidelijk anorexia; haar knieën en ellebogen staken knokig uit en ze had een ingevallen gezicht. Ze had blote voeten en droeg een shortje met een wit topje dat eruit zag als een grote mannensok.

'Waar sta jij naar te koekeloeren?' voegde ze mij toe. Ze verwachtte duidelijk geen antwoord, dus deed ik geen moeite. Ze liet zich op een groot, onopgemaakt bed vallen, en staarde me aan terwijl ze een sigaret pakte en aanstak. Haar nagels waren tot op het leven afgebeten. De kamer was zwart geschilderd en zag eruit als een parodie op een tienermeisjeskamer. Er waren de nodige posters en speelgoedbeesten, maar ze hadden allemaal iets nachtmerrieachtigs. Op de posters stonden rockgroepen met hoerige make-up, ongure smuiklachende figuren in poses die grotendeels vrouwvijandig aandeden. De kamer was bezwangerd met de geur van stickies, waarvan ze er naar mijn schatting zo veel gerookt had, dat je alleen maar je neus in

32

de sprei hoefde te steken om high te raken.

Bobby vond haar bokkige houding kennelijk amusant. Hij trok een stoel bij voor mij, nadat hij eerst zonder omhaal de kleren die erop lagen op de vloer had gesmeten. Ik ging zitten en hij strekte zich op het voeteneinde van het bed uit, met zijn ene hand om haar linkerenkel. Zijn hand sloot zich met een gemak om die enkel als was het een polsje. Ik moest aan Hans en Grietje denken. Misschien was Kitty bang dat Glen haar als ze dik werd in de pan zou stoppen. Ik bedacht dat ze meer kans liep in haar graf te belanden en dat was een angstaanjagende gedachte. Ze leunde op beide ellebogen achterover, en glimlachte flauwtjes naar me terwijl ze me over haar lange broze benen heen aankeek. Al haar aderen waren te zien, net een anatomische tekening met een vel doorzichtig plastic eroverheen. Ik zag de botjes in haar voeten, die tenen hadden die er haast als grijpvingers uitzagen.

'Wat spoken ze beneden uit?' zei ze tegen Bobby, met haar blik nog steeds strak op mij gericht. Ze sliste licht en haar ogen stonden niet al te helder. Ik vroeg me af of ze dronken was of alleen een paar pillen had geslikt.

'Ze staan zich zoals gewoonlijk te bezatten. A propos, ik heb 'n fles wijn voor ons drietjes meegepikt,' zei hij. 'Heb je 'n glas?' Ze leunde over haar nachtkastje heen en rommelde wat rond, waarna ze hem een glas voorhield waar nog een bodempje van een kleverig groen goedje in zat: absinth of crème de menthe. De wijn die hij erbij schonk werd troebel van het restje likeur.

'Wie is dat grietje?'

Ik heb er een pesthekel aan als mensen me een grietje noemen. Bobby lachte. 'O jee, neem me niet kwalijk. Dit is Kinsey. Zij is die privé-detective van wie ik je verteld heb.

'Had ik kunnen weten.' Haar ogen zochten opnieuw de mijne op, en haar pupillen waren zo wijd dat ik niet kon zien wat de kleur van haar iris was. 'Nou, wat zeg je van ons circus? Bobby en ik zijn de griezels van de familie. Mooi stel, hè?'

Het wicht werkte me nu al op de zenuwen. Ze was niet slim of geestig genoeg om die stoere act van haar geloofwaardig te maken, en je kon zien hoe heftig ze haar best deed, net een tweederangs komiek met povere grappen.

Bobby viel haar onopvallend in de rede. 'Dr. Kleinert is er ook.'

'Kijk 's aan, dr. Vernieling. En, wat vind jij van de goede man?' Ze nam een trekje van haar sigaret, en wendde onverschilligheid voor, maar ik voelde dat ze wel degelijk nieuwsgierig was naar wat ik daarop zou zeggen.

'Ik heb nog niet met hem gesproken,' zei ik. 'Bobby wilde dat ik eerst met jou kennismaakte.'

Ze staarde me aan en ik staarde terug. Ik herinnerde me dat soort onzin uit de zesde klas lagere school. Zo had ik dagelijks oog in oog gestaan met mijn aartsvijand, Tommy Jancko. Ik weet niet meer waarom we zo de pest aan elkaar hadden gehad, maar staarwedstrijden hadden een belangrijke rol in onze vete gespeeld.

Toen keek ze Bobby weer aan. 'Hij wil me op laten nemen, had ik je dat al verteld?'

'Ga je?'

'Kom nou! Ik laat me daar even vol naalden steken, ja ik ben mooi gek.' Ze zwaaide haar lange benen het bed uit en stond op. Ze liep door de kamer naar een lage toilettafel met een vergulde spiegel. Ze bekeek haar gezicht aandachtig en keek toen om naar mij. 'Vind je mij mager?'

'Bijzonder mager.'

'Meen je dat?' Ze vond dit kennelijk een fascinerend denkbeeld. Toen draaide ze zich half om, zodat ze haar eigen platte achterste kon zien. Ze bestudeerde haar gezicht nog eens, en bekeek zichzelf terwijl ze een trekje van haar sigaret nam. Toen haalde ze snel haar schouders op. Ze vond dat het er allemaal prima uitzag.

'Kunnen we 't over de poging tot moord hebben?' zei ik.

Ze liep sleepvoetend naar het bed terug en liet zich daar weer op neervallen. 'Nou, iemand heeft 't beslist op hem gemunt, hoor,' zei ze. Ze drukte geeuwend haar sigaret uit.

'Waarom denk je dat?'

'Zo voelt 't gewoon, weet je wel?'

'Afgezien van hoe 't voelt,' zei ik.

34

'Ach wat, jij gelooft ons ook al niet,' zei ze. Ze draaide zich op haar zij en nestelde zich in de kussens, met haar arm onder haar hoofd gevouwen.

'Heeft iemand 't soms ook op jou voorzien?'

'Nou nee, dat geloof ik niet. Alleen op hem.'

'Maar waarom zou iemand? Ik zeg niet dat ik je niet geloof, ik ben alleen op zoek naar een aanknopingspunt en ik wil graag horen wat jij te zeggen hebt.'

'Daar moet ik eerst 's over nadenken,' zei ze en deed er toen het zwijgen toe.

Het duurde enige minuten voor ik besefte dat ze was weggedommeld. God nog toe, wat voor rotzooi gebruikte dat kind?

HOOFDSTUK VIER

Ik wachtte op de gang, met mijn schoenen in mijn hand, terwijl Bobby haar met een deken toedekte en op zijn tenen de kamer uit sloop. Hij deed de deur zachtjes achter zich dicht.
'Wat mankeert die?' zei ik.
'Niks, ze is gewoon gisteravond te laat opgebleven.'
'Kom nou toch, dat kind is op sterven na dood!'
Hij schuifelde ongemakkelijk met zijn voeten. 'Denk je dat heus?'
'Bobby, kijk dan 's goed naar haar. Ze is vel over been. Ze komt om in de drugs, drank en sigaretten. En ze rookt 't ene stickie na 't andere. Denk je heus dat ze 't zo nog lang maakt?'
'Goh, nou ja, nee, ik had niet echt de indruk dat 't zo slecht met haar ging,' zei hij. Hij was niet alleen jong, hij was naïef, of misschien was ze zo geleidelijk achteruit gegaan dat het hem niet was opgevallen hoe beroerd ze eraan toe was.
'Hoe lang lijdt ze al aan anorexia?'
'Sinds Rick z'n dood, denk ik. Misschien daarvoor ook al. Hij was haar vriendje en ze was er behoorlijk kapot van.'
'Loopt ze daarom bij Kleinert? Voor haar anorexia?'
'Ik denk van wel, ja. Ik heb 't haar nooit echt gevraagd. Ze liep al bij hem voor ik naar hem toe ging.'
Een stem onderbrak ons. 'Is er iets?'
Derek Wenner kwam met een glas in de hand aanlopen. Hij was ooit een knappe verschijning geweest, een man van middelgroot postuur, met blond haar, met grijze ogen die achter brilleglazen in een staalblauw montuur nog groter leken. Hij was nu, als je hem welwillend inschatte, achterin de veertig, en een goede twaalf kilo te zwaar. Hij had dat pafferige, roodaangelopen gezicht van iemand die te veel drinkt en zijn haargrens was in een brede U teruggeweken, met achterlating van een smal baantje miezerig haar in het midden, dat hij kort knipte en opzij borstelde. Zijn extra gewicht uitte zich in een onderkin en een speknek waarvoor het boord van zijn over-

hemd te nauw was. Zijn gabardine broek zag er duur uit, even-als zijn schoenen, die inkepinkjes in het tabaksbruin-met-witte bovenleer hadden. Hij had voorheen een sportjasje aan gehad, maar dat had hij nu uitgetrokken, en hij had zijn das afgedaan. Hij knoopte met een zucht van verlichting zijn overhemd-boordje los.

'Wat is er aan de hand? Waar is Kitty? Je moeder wil weten waarom ze niet beneden gekomen is.'

Bobby voelde zich duidelijk opgelaten. 'Ik weet niet. Ze was met ons aan 't praten en viel toen in slaap.'

'Viel in slaap' leek mij nogal zacht uitgedrukt. Kitty's gezicht had de kleur gehad van zo'n plastic ringetje dat ik als kind ooit had besteld. Die ring was wit, maar als je hem een tijdje in het licht hield en er je hand over vouwde, kreeg hij een vage groene gloed. Weinig gezond, leek me zo.

'Verdorie, dan moet ik maar 's even met haar gaan praten,' zei hij. Ik wist haast wel zeker dat hij niet veel met haar zou kun-nen beginnen. Hij deed de deur open en ging Kitty's kamer binnen.

Bobby keek me half geschokt, half bezorgd aan. Ik keek door de open deur naar binnen. Derek zette zijn glas op de tafel neer en ging op Kitty's bed zitten.

'Kitty?'

Hij legde een hand op haar schouder en schudde haar zachtjes door elkaar. Ze reageerde niet. 'Kom op, liefje, word 's wak-ker.'

'Zal ik beneden een van de artsen halen?' zei ik. Hij schudde nog eens aan haar schouder. Ik wachtte haar reactie niet af, maar schoot mijn schoenen weer aan en liet mijn handtas bij de deur staan terwijl ik naar de trap liep.

Toen ik de woonkamer betrad, keek Glen Callahan me aan alsof ze voelde dat er iets mis was.

Ze kwam op me af. 'Waar is Bobby?'

'Boven, bij Kitty. Volgens mij moest iemand maar even bij haar gaan kijken. Ze is van haar stokje gegaan en je man kan haar niet wakker krijgen.'

'Ik haal Leo wel.'

Ik keek toe hoe ze naar dr. Kleinert liep en hem iets in het oor fluisterde. Hij keek in mijn richting en excuseerde zich toen bij zijn gesprekspartner. Gedrieën liepen we de trap op.

Bobby zat nu met Derek aan Kitty's bed, en zijn gezicht stond uiterst bezorgd. Derek probeerde Kitty tot een zittende houding overeind te hijsen, maar ze gleed telkens scheef onderuit. Dr. Kleinert liep snel op haar af en duwde beide mannen opzij. Hij controleerde snel haar ademhaling en pols, en haalde toen een zaklantaarn in de vorm van een vulpen uit het borstzakje van zijn colbertje. Haar pupillen waren tot speldeknopjes samengetrokken en haar groene ogen zagen er troebel en levenloos uit; ze reageerden amper op het licht dat hij eerst in haar ene oog, toen in het andere liet schijnen. Ze haalde langzaam en oppervlakkig adem, haar spieren waren slap. Dr. Kleinert pakte de telefoon, die op de vloer naast het bed stond en draaide 911.

Glen bleef in de deuropening staan. 'Wat is er met haar?'

Kleinert sloeg geen acht op haar en sprak met het noodnummer

'Met dr. Kleinert. Ik heb 'n ambulance nodig aan West Glen Road in Montebello. Ik heb hier 'n patiënte die te veel barbituraten heeft ingenomen.' Hij gaf het adres door en de aanwijzingen hoe je er moest komen. Toen hing hij op en keek Bobby aan. 'Heb je enig idee wat ze heeft geslikt?'

Bobby schudde zijn hoofd.

Derek merkte op, zich tot Glen richtend: 'Een half uur geleden mankeerde ze nog niks. Ik heb zelf nog met haar gepraat.'

'O Derek, hou toch op,' zei ze geprikkeld.

Kleinert trok de la van het nachtkastje open. Hij rommelde wat rond en trok er toen na een korte aarzeling een voorraad pillen uit die een olifant had kunnen vellen. Ze zaten in een nylon ritstasje, een stuk of tweehonderd capsules: Nembutals, Seconals, blauw met oranje Tuinals, Placidyls, Quaaludes, net de bonte kralen waarmee handwerksters iets exotisch maken.

Kleinert wierp er een wanhopige blik op. Toen keek hij op naar Derek, terwijl hij de tas aan een van de hoeken omhoog hield.

Bewijsstuk A in een bewijsvoering die naar ik vermoedde al geruime tijd aan de gang was.

'Wat is dat voor rommel?' vroeg Derek. 'Hoe komt ze daaraan?'

Kleinert schudde zijn hoofd. 'Laten we zorgen dat we geen pottekijkers hebben, dan kunnen we ons daar later wel mee bezighouden.'

Glen Callahan had zich al omgedraaid en was de kamer uitgelopen. Ik hoorde haar doelbewust op de trap af marcheren. Bobby pakte me bij de arm en met zijn tweeën liepen we de gang op.

Derek kon duidelijk nog steeds amper geloven dat dit echt gebeurde. 'Komt 't goed met haar?'

Dr. Kleinert mompelde hier iets op, maar ik hoorde niet wat. Bobby troonde me mee een kamer aan de overkant van de gang in en deed de deur dicht. 'Laten we nog niet naar de anderen gaan. We gaan zo meteen wel naar beneden.' Hij wreef zich over de vingers van zijn slechte hand alsof het een talisman was. Hij had weer moeite zijn woorden te articuleren.

Het was een grote kamer met erkerramen die uitzagen op de achterkant van het perceel. Er lag wit kamerbreed tapijt, dat zo kort geleden was gestofzuigd dat ik Bobby's voetafdrukken zag. Zijn tweepersoonsbed leek klein in een kamer die tegen de tien bij tien meter was, met links een deur die toegang gaf tot een grote kleedkamer, met daarachter zo te zien een badkamer. Op een antieke houten dekenkist aan het voeteneinde van het bed stond een televisietoestel. Aan de wand rechts van me zag ik een lange ingebouwde schrijftafel van wit formica, waarop een IBM Selectric II stond met toetsenbord, scherm en printer breeduit uitgestald. Ook de boekenplanken waren van wit formica, en daarop zag ik vrijwel uitsluitend medische handboeken. In de verte was een zithoek ingericht: twee enorme stoelen en een voetensteuntje overdekt met een Schotse ruit van roestbruin, wit en leiblauw. De koffietafel, leeslamp, boeken en tijdschriften die onder handbereik lagen wekten de indruk dat Bobby hier het merendeel van zijn vrije tijd doorbracht.

Hij liep naar een huistelefoon aan de wand en drukte op een knop. 'Callie, we hebben berehonger. Kun je ons wat te eten brengen? We zijn met z'n tweeën en we willen er graag witte wijn bij.'

Ik hoorde op de achtergrond het gerinkel van borden die in een vaatwasmacine werden gezet. 'Ja, Mr. Bobby, ik laat Alicia wel wat brengen.'

'Dank je.'

Hij strompelde naar een van de stoelen en ging zitten. 'Ik eet als ik in de rats zit. Heb ik altijd al gedaan. Kom erbij zitten. God, wat haat ik dit huis. Vroeger was ik er dol op. Als kind vond ik 't heerlijk. Allerlei plekjes waar je heen kon rennen en je kon verstoppen. Die enorme tuin. Nu is 't net 'n cocon. Ingekapseld voel ik me. Niet dat 't narigheid buitenhoudt, daar niet van. En 't is hier koud. Heb jij 't koud?'

'Ik voel me prima,' zei ik.

Ik ging op de andere stoel zitten. Hij schoof het krukje bij en ik legde mijn voeten erop. Ik vroeg me af hoe het was om in een dergelijk huis te wonen, waar je op je wenken bediend werd, waar anderen boodschappen deden en eten klaarmaakten, schoonmaakten, de vuilnis buiten zetten, de tuin bijhielden. Wat kon je er zelf nog doen?

'Hoe is 't om zo rijk geboren te worden? Ik kan 't me van geen kant voorstellen.'

Hij aarzelde even, lichtte toen zijn hoofd op.

In de verte hoorden we de ambulance aan komen rijden; de sirene zwol aan en stierf toen weg in een jankend geluidje. Hij keek me aan en wiste gegeneerd zijn kin af. 'Vind je ons verwend?' De twee helften van zijn gezicht leken me tegenstrijdige mededelingen te doen: de ene helft zo levendig, de andere dood.

'Weet ik veel? Jullie leven er beter van dan de meeste mensen,' zei ik.

'Nou, maar we dragen ons steentje bij. Mijn moeder doet 'n boel werk voor plaatselijke liefdadigheidsinstellingen en ze zit in de directie van het museum en werkt voor het Historische Genootschap. Wat Derek doet, weet ik niet. Hij speelt golf en hangt rond op de Club. Nou nee, dat is niet eerlijk. Hij beheert de nodige investeringen, daar kennen ze elkaar van. Hij was executeur testamentair voor de nalatenschap die ik van mijn grootvader heb geërfd. Toen hij en Mam trouwden, is hij bij de bank weggegaan. Hoe dan ook, ze doen 'n boel liefdadigheidswerk, dus denk niet dat ze er maar op los leven en de maling hebben aan de armelui. Mijn moeder heeft zo ongeveer in haar eentje de Santa Teresa Girls' Club opgezet, én ons Blijf-vanm'n-Lijf huis.'

'En Kitty? Wat voert die uit afgezien van rotzooi roken en slikken?'

Hij keek me peinzend aan. 'Oordeel niet te snel. Je hebt geen idee wat we hebben doorgemaakt.'

'Sorry, daar heb je gelijk in. 't Was niet m'n bedoeling zo hoog van de toren te blazen. Zit ze op 'n privé-school?'

Hij schudde zijn hoofd. 'Niet meer. Van 't jaar hebben ze haar gewoon naar de Santa Teresa High School gestuurd. Ze proberen alles om haar met beide benen op de grond te krijgen.'

Hij staarde zenuwachtig naar de deur. Het huis was zo degelijk gebouwd dat je niet eens kon horen of de mensen van de ambulance al de trap op waren gekomen.

Ik liep de kamer door en deed de deur op een kier. Ze kwamen net Kitty's kamer uit met de draagbaar op wieltjes die draaiden en knersten als die van een winkelwagentje terwijl ze in een bocht de gang opreden. Ze lag onder een deken, zo mager dat ze zich amper onder het dek aftekende. Eén dun armpje bungelde naar buiten. Ze hadden haar aan een plastic infuus met een of andere heldere oplossing gelegd dat een van de mannen in de lucht hield. Ze kreeg door een neuskegel zuurstof toegediend. Dr. Kleinert liep voor ze uit naar de trap en Derek sloot de stoet, met zijn handen onbeholpen in de zakken, en een bleek gezicht. Hij liep er ontheemd en hulpeloos bij en bleef staan toen hij mij zag.

'Ik rijd achter ze aan naar 't ziekenhuis,' zei hij, al had niemand hem gevraagd wat hij van plan was. 'Zeg maar tegen Bobby dat ik in St. Terry's ben.'

Ik had met hem te doen. Het was net een scène uit een televi-

41

sie-feuilleton, en het medische personeel deed met uitgestreken gezicht en uiterst zakelijk zijn werk. Het was zijn dochter die daar werd weggereden; misschien zou ze zelfs sterven, maar met die mogelijkheid leek niemand zich bezig te houden. Bobby's moeder was nergens te bekennen, en de gasten die op de borrel waren gekomen evenmin. Het geheel deed aan als een theatraal fiasco, een doorwrocht schouwspel dat op de een of andere manier geen publiek trok. 'Zullen wij meekomen?' vroeg ik.

Derek schudde zijn hoofd. 'Zeg alsjeblieft tegen m'n vrouw waar ik ben,' zei hij. 'Ik bel zodra ik meer weet.'

'Sterkte,' zei ik en hij glimlachte zwakjes naar me, als stelde hij zich daar niet veel van voor.

Ik keek toe hoe de stoet de trap afging en verdween. Ik liep Bobby's kamer weer in en deed de deur dicht. Ik wilde verslag doen, maar Bobby was me voor en zei: 'Ik hoorde 't al.'

'Waarom houdt je moeder zich zo afzijdig? Hebben zij en Kitty bonje of hoe zit dat?'

'Jezus, dat is 'n ingewikkeld verhaal. Mam bemoeit zich sinds de laatste crisis niet meer met Kitty, en dat is niet zo harteloos als het klinkt. In het begin heeft ze echt haar best gedaan, maar het hield maar niet op met dit soort toestanden. Dat is één van de redenen waarom zij en Derek problemen hebben.'

'En verder?'

Hij keek me triest aan. Hij voelde zich duidelijk medeschuldig. Er werd aan de deur geklopt en een Chicano-vrouw met haar haar in een vlecht kwam binnen met een dienblad. Haar gezicht was uitdrukkingloos en ze keek ons geen van beiden aan. Zo ze wist wat er aan de hand was, dan gaf ze geen enkel teken dat dat zo was. Ze legde linnen servetten en bestek uit. Ik verwachtte bijna dat ze ons als in een hotel een rekening zou presenteren, die we haar dan getekend, met een fooi voor haar, zouden teruggeven.

'Dank je, Alicia,' zei Bobby.

Ze prevelde iets en vertrok. Ik voelde me ongemakkelijk bij deze onpersoonlijke gang van zaken. Ik had haar graag gevraagd of haar voeten even erg pijn deden als de mijne nu, en of ze familie had waar we over konden praten. Ik had haar graag uiting horen geven aan nieuwsgierigheid of ongerustheid over de mensen voor wie ze werkte, die zomaar op de raarste tijden op draagbaren werden weggesleept. In plaats daarvan schonk Bobby de wijn in en aten we.

Het was zo'n maaltijd waarvan je plaatjes in tijdschriften ziet. Malse stukken kip, koud in een mosterdsaus opgediend, piepkleine bakjes bladerdeeg gevuld met spinazie en gerookte kaas, hier en daar toefjes peterselie en kleine trosjes druiven. Twee kleine porseleinen kommetjes met deksel bevatten een gekoelde tomatensoep met een eilandje van zure room bespikkeld met verse dille. Toe aten we een schaaltje met petieterige opgemaakte koekjes. Aten deze mensen alle dagen zo? Bobby vertrok geen spier. Ik weet niet wat ik van hem verwacht had. Hij kon tenslotte niet iedere keer als een dienblad met avondeten verscheen in gejuich uitbarsten, maar ik was onder de indruk en ik had liever gehad dat hij dat ook was geweest, dan had ik me niet zo'n boerentrien gevoeld.

Toen we de trap weer afliepen, was het tegen achten en waren de gasten vertrokken. Het huis was verlaten, afgezien van de twee dienstboden die we in het voorbijgaan zwijgend de woonkamer zagen opruimen. Bobby ging me voor naar een zware eikehouten deur aan de overkant van de weidse hal. Hij klopte aan en ontving een zacht antwoord. We liepen een kleinere zitkamer in, waar Glen Callahan een boek zat te lezen, met een glas wijn op een bijzettafeltje aan haar rechterhand. Ze had zich verkleed en droeg nu een chocoladebruine wollen broek met een bijpassende kasjmier pullover. Een haardvuur brandde in een koperen rooster. De wanden waren tomaatrood geschilderd, met bijpassende rode gordijnen die dicht waren getrokken om de kille schemering buiten te houden. In Santa Teresa zijn de nachten koud, onverschillig welke maand het is. Dit vertrek deed knus aan, een intiem holletje waar je je kon terugtrekken uit dit huis met zijn hoge plafonds en witgekalkte wanden.

Bobby ging op de stoel tegenover zijn moeder zitten. 'Heeft Derek al gebeld?'

Ze klapte haar boek dicht en legde het weg. 'Een paar minuten geleden. Ze heeft 't gehaald. Ze hebben haar maag leeggepompt en nemen haar op voor 'n kuur zodra haar spoedopname officieel voorbij is. Derek blijft tot hij de papieren kan tekenen.'

Ik keek Bobby van opzij aan. Hij had zijn hoofd laten zakken en zat met zijn gezicht in zijn handen. Hij had een zucht van verlichting geslaakt, net een lage toon van een doedelzak. Hij staarde hoofdschuddend naar de vloer.

Glen bezag hem aandachtig. 'Je bent doodop, ga naar bed. Ik wilde Kinsey toch alleen spreken.'

'Ja goed, laat ik dat maar doen,' zei hij. Hij was zijn stem amper nog meester en ik zag dat de spiertjes bij zijn ogen samentrokken als onder elektrische schokjes. Vermoeienis verergerde kennelijk zijn klachten. Hij stond op en liep naar haar stoel. Glen nam zijn gezicht in haar handen en keek hem diep in de ogen.

'Ik laat 't je weten als Kitty's conditie zich wijzigt,' prevelde ze. 'Maak je nou maar geen zorgen. Welterusten.'

Hij knikte, en legde zijn goede wang tegen de hare. Toen liep hij naar de deur. 'Ik bel je morgen,' zei hij tegen mij en liep toen de gang op. Ik hoorde heel even zijn slepende tred, toen stierf het geluid weg.

HOOFDSTUK VIJF

Ik ging op de stoel zitten waaruit Bobby net was opgestaan. De zitting was nog warm, en droeg nog de afdruk van zijn lichaam. Glen stond naar me te kijken. Ik had het gevoel dat ze probeerde zich een mening over mij te vormen. Bij het lamplicht zag ik dat haar haarkleur het werk van een expert was die deze bijna dezelfde had gemaakt als die van haar lichtbruine ogen. Alles aan haar was prachtig op elkaar afgestemd: make-up, kleding, accessoires. Ze was duidelijk iemand die aandacht aan details besteedde en ze had een onberispelijke smaak.

'Het spijt me dat je ons in deze staat moest meemaken.'

'Ik geloof niet dat ik ooit mensen op hun best meemaak,' zei ik. 'Ik krijg op deze manier 'n behoorlijk scheefgetrokken kijk op de mensheid. Wat ik wilde vragen, betaalt Bobby straks mijn rekeningen of doe jij dat?'

Bij deze vraag richtte zij een oplettende blik op mij en ik vermoedde dat ze doorgaans een behoorlijke dosis intelligentie inschakelde waar het geld betrof. Ze trok heel licht haar ene wenkbrauw op.

'Hij betaalt. Hij heeft toen hij eenentwintig werd zijn erfdeel gekregen. Waarom vraag je dat?'

'Ik weet graag bij wie ik rapport uit moet brengen,' zei ik. 'Wat denk jij van zijn beweringen dat iemand hem probeert te vermoorden?'

Ze aarzelde even voor ze antwoord gaf, haalde toen licht haar schouders op. 'Het zou kunnen. De politie is er duidelijk van overtuigd dat iemand hem van de brug af geduwd heeft. Of dat met voorbedachten rade was, dat zou ik niet weten.' Ze sprak duidelijk, zacht en op geladen toon.

'Uit wat Bobby me verteld heeft, hebben jullie een lange negen maanden achter de rug.'

Ze streek met haar ene duimnagel langs de pijp van haar broek en richtte haar opmerkingen tot de plooi. 'Ik weet niet hoe we ze door zijn gekomen. Hij is mijn enige kind, mijn lichtpuntje in deze wereld.'

Ze zweeg even, glimlachte flauwtjes en in zichzelf gekeerd en keek toen met een onverwacht verlegen blik naar me op. 'Ik weet dat alle moeders zo praten, maar hij was echt heel bijzonder. Ja, dat was hij, van jongs af aan. Pienter, oplettend, innemend. En beeldschoon. Zo'n schattig jongetje, zo makkelijk en lief, en altijd vol plezier. Hij was betoverend.

De nacht van het ongeluk kwam de politie aan de deur. Dat was pas om vier uur 's ochtends, want het duurde geruime tijd voor iemand de auto opmerkte en toen duurde het uren voor ze die twee jongens tegen de berg op hadden gesleept. Rick was op slag dood.'

Ze zweeg even, en ik dacht aanvankelijk dat ze de draad van haar verhaal kwijt was. 'Er werd aangebeld. Derek ging naar beneden en toen hij niet terugkwam, pakte ik mijn peignoir en ging zelf naar beneden. Ik zag twee politieagenten op de gang. Ik dacht dat ze ons een inbraak in de buurt kwamen melden of een ongeluk op de weg hier voor de deur. Toen draaide Derek zich om met een vreselijke uitdrukking op zijn gezicht. Hij zei: 'Glen, 't gaat over Bobby.' Ik dacht dat mijn hart stilstond.'

Ze keek naar me op, met ogen die glansden van de tranen. Ze verstrengelde haar vingers, vormde een topje met haar twee wijsvingers, en legde die tegen haar lippen. 'Ik dacht dat hij dood was. Ik dacht dat ze me kwamen vertellen dat hij was omgekomen. Ik voelde een scheut ijselijke koude als een dolkstoot door me heen gaan. Het begon in mijn hart en verspreidde zich door heel mijn lichaam tot ik ervan klappertandde. Hij was toen al in St. Terry's. Het enige dat we wisten, was dat hij op dat moment nog in leven was, al was dat maar amper. Toen we in het ziekenhuis aankwamen, gaven de artsen ons geen enkele hoop, maar dan ook geen enkele. Ze zeiden dat hij verschrikkelijke verwondingen had, hersenletsel en eindeloos veel gebroken botten. Ze zeiden dat hij dit nooit te boven zou komen, dat hij als hij het er levend afbracht een plantje zou zijn. Ik dacht dat ik doodging. Ik ging dood want Bobby was aan het doodgaan. Dat ging dagen lang zo verder. Ik week niet van zijn zijde. Ik was buiten mezelf, ik schold iedereen de huid vol, verpleegsters, artsen...'

Haar blik verstarde en ze hief een wijsvinger, net een schooljuffrouw die iets bijzonder wilde benadrukken. 'Ik zal je vertellen wat ik toen heb geleerd,' zei ze zorgvuldig. 'Ik begreep dat ik Bobby's leven niet kon kopen. Geld kan geen leven kopen, maar verder kan het alles kopen wat je maar wilt. Ik had vroeger nooit op die manier gebruik gemaakt van mijn geld, hoe vreemd me dat nu ook voorkomt. Mijn ouders hadden geld, en ik had altijd de macht van geld gekend, maar had die nooit eerder zo verpletterend gebruikt. Hij kreeg het beste van het beste. Maar dan ook het allerbeste, kosten noch moeite werden gespaard. En nu is hij weer op de been. Na alles wat we hebben doorgemaakt, vind ik 't een vreselijke gedachte dat iemand dat met opzet zou hebben gedaan. Laten we wel wezen, Bobby's leven is kapot. Hij redt zich, daar niet van, en we zullen er beslist voor zorgen dat hij een produktief bestaan kan leiden, maar dat is alleen omdat wij in de positie verkeren dat we dat kunnen waarmaken. Zijn verlies laat zich niet uitdrukken. Het is 'n wonder dat hij zover is gekomen.'

'Heb je enigerlei theorieën waarom iemand hem naar 't leven zou staan?'

Ze schudde het hoofd.

'Je zei dat Bobby zelf geld heeft. Wie krijgt dat bij zijn dood?'

'Dat zul je hem moeten vragen. Hij heeft ongetwijfeld een testament, en we hebben het erover gehad hoe hij zijn geld aan verscheidene liefdadigheidsinstellingen zou kunnen nalaten... tenzij hij trouwt, natuurlijk, en zelf wettige erfgenamen krijgt. Denk je dat het iemand om zijn geld te doen was?'

Ik haalde mijn schouders op. 'Daar kijk ik doorgaans het eerste naar, vooral in dergelijke gevallen waar het duidelijk om een boel geld gaat.'

'Wat zou 't anders kunnen zijn? Wat zou iemand tegen hem kunnen hebben?'

'Mensen plegen moorden om de raarste redenen. Iemand wordt razend over 't een of ander en neemt wraak. Mensen worden door jaloezie gegrepen of willen zich beschermen tegen

47

een echte of vermeende aanval op hun persoon. Of ze hebben iets op hun kerfstok en plegen een moord om te voorkomen dat dat aan het licht komt. Soms is het nog veel ongerijmder. Misschien heeft Bobby die avond op de weg iemand gesneden en is die automobilist hem helemaal tot die pas gevolgd. Mensen raken achter 't stuur soms alle bezinning kwijt. Ik neem aan dat hij niet op dat moment slaande ruzie met iemand had?'

'Niet dat ik weet.'

'Was niemand kwaad op hem? Misschien 'n vriendin?'

'Ik dacht van niet. Hij had op dat moment wel 'n vriendinnetje, maar ik had niet de indruk dat het toen nog echt aan was. Na het ongeluk heeft ze zich niet veel meer laten zien. Bobby was natuurlijk 'n ander mens geworden. Je komt niet zo dichtbij de dood zonder 'n prijs te betalen. Gewelddadige dood is 'n soort monster. Hoe dichter je erbij komt, des te gehavender kom je uit de ontmoeting te voorschijn... zo je die al overleeft. Bobby heeft zich stukje bij beetje uit het graf moeten hijsen. Hij is niet meer dezelfde. Hij heeft het monster in het gezicht gezien. Je kunt zien waar het zijn klauwen in hem heeft gezet, over heel zijn lichaam.'

Ik wendde mijn blik van haar af. Ze had gelijk, Bobby zag eruit alsof hij door een monster was aangevallen: verscheurd en gebroken. Gewelddadige dood laat een aura achter, net een energieveld dat mensen die je aankijken afstoot. Ik heb nog nooit naar een slachtoffer in een moordzaak kunnen kijken zonder te gruwen. Zelfs foto's van de doden stoten me af en bezorgen me koude rillingen.

Ik kwam weer ter zake. 'Bobby zei dat hij destijds voor Dr. Fraker werkte.'

'Dat klopt. Jim Fraker en ik zijn al sinds jaar en dag bevriend. Zo was Bobby eerlijk gezegd aan dat baantje aan St. Terry's gekomen, omdat Jim mij 'n gunst wilde bewijzen.'

'Hoe lang heeft hij daar gewerkt?'

'In 't ziekenhuis, misschien vier maanden. En hij heeft dacht ik zo'n twee maanden voor Jim zelf gewerkt, op de Pathologie-afdeling.'

'Wat deed hij daar eigenlijk precies?'

'Apparatuur schoonmaken, klusjes, de telefoon aannemen. Louter routine-werkjes. Ze hebben hem wat labtests leren uitvoeren en wat apparaten leren gebruiken, maar ik kan me niet voorstellen dat er bij dat baantje ook maar iets kwam kijken dat zijn leven in gevaar had kunnen brengen.'

'Hij had inmiddels neem ik aan de vervolgcursussen aan de universiteit erop zitten,' zei ik, overeenkomstig wat Bobby me verteld had.

'Dat klopt. Hij werkte daar maar tijdelijk, in de hoop dat hij zijn specialisatie spoedig zou kunnen beginnen. Zijn eerste aanvraag was afgewezen.'

'Hoe dat zo?'

'Nou, hij was zo verwaand om maar zo'n stuk of vijf universiteiten aan te schrijven. Hij had 't altijd uitstekend op school gedaan en was van z'n leven nog nooit op 'n onoverkomelijk obstakel gestuit. Hij zag 't te makkelijk. De competitie om aan de medische faculteiten van de beste universiteiten geplaatst te worden is enorm fel en hij kwam er bij die vijf die hij had aangeschreven domweg niet in. Daar was hij wel even beteuterd van, maar dat was hij al gauw te boven, dacht ik. Ik weet dat hij dat baantje voor dr. Fraker als waardevolle ervaring zag, want op die manier kon hij kennismaken met aspecten van het werk die hij anders pas veel later had leren kennen.'

'Wat was er op dat moment verder in zijn leven gaande?'

'Niet veel. Hij deed zijn werk. Hij had afspraakjes. Hij trainde met gewichten, ging soms surfen. Hij ging naar de film, ging met ons uit eten. Het kwam me destijds allemaal heel gewoontjes voor, en dat lijkt 't me nu nog.'

Ik had nog één vraag en vroeg me af hoe ze hierop zou reageren. 'Hadden hij en Kitty seksueel iets met elkaar?'

'Nou, daar kan ik niet echt antwoord op geven. Ik heb geen idee.'

'Maar 't zou kunnen?'

'Nou, 't zou neem ik aan kunnen ja, maar 't lijkt me sterk. Derek en ik zijn samen sinds zij dertien was. Bobby was toen achttien, negentien, in elk geval woonde hij al niet meer thuis. Ik heb wel de indruk dat Kitty 'n soort kalverliefde voor hem koesterde. Ik heb geen idee wat voor gevoelens hij voor haar had, maar ik kan me niet voorstellen dat hij serieus belang stelde in 'n kind van dertien.'

'Ze doet niet bepaald kinderlijk aan, anders.'

Ze sloeg rusteloos haar benen over elkaar, en haakte haar ene been achter het andere. 'Ik begrijp niet waarom je hier zo op doorgaat.'

'Ik moet erachter komen wat er aan de hand was. Hij leek me vanavond bijzonder ongerust over haar en meer dan opgelucht toen hij te horen kreeg dat ze er bovenop zou komen. Ik vroeg me af hoe diep hun verhouding ging.'

'Ach, nu snap ik 't. Weet je, hij is sinds 't ongeluk vaak buitensporig emotioneel. Ik heb me laten vertellen dat dat bij mensen met hoofdletsel niet ongebruikelijk is. Hij heeft zo z'n buien, tegenwoordig. Hij is ongeduldig, vliegt gauw op. Hij huilt makkelijk en boort zichzelf bij 't minste of geringste de grond in.'

'Heeft dat met z'n geheugenverlies te maken?'

'Ja,' zei ze. 'De ellende is dat hij nooit van tevoren weet wanneer hij op die leemten in zijn geheugen zal stuiten. Soms kan hij zich de meest onbeduidende dingen volmaakt herinneren, en dan kan hij zich zijn eigen verjaardag niet te binnen brengen. Of hij kan zich iemand die hij heel z'n leven heeft gekend, opeens van geen kant herinneren. Dat is een van de redenen waarom hij bij Leo Kleinert in therapie is. Om met die schommelingen te leren omgaan.'

'Hij vertelde me dat Kitty ook bij dr. Kleinert loopt. Is dat voor haar anorexie?'

'Kitty is altijd al onmogelijk geweest.'

'Ja, dat dacht ik al. Waarvoor liep zij bij hem?'

'Dat moet je Derek vragen. Mij moet je maar niet over haar vragen. Ik heb m'n best gedaan, maar 't zal me nu 'n zorg zijn. Zelfs na wat er vanavond is gebeurd. Ik weet dat dat hard klinkt, maar ik kan 't niet au sérieux nemen. Ze doet 't zichzelf allemaal aan. 't Is háár leven, laat ze ermee doen wat ze wil, als wij er maar geen last van hebben. Voor mijn part valt 't wicht dood.'

'Me dunkt heb je hoe dan ook last van haar gedragingen, of je dat nu wilt of niet,' zei ik behoedzaam. Dit was duidelijk gevaarlijk terrein en ik wilde haar niet tegen me in het harnas jagen. 'Dat is helaas waar, maar ik heb m'n buik vol. Dit kan zo niet verder. Ik heb genoeg van haar spelletjes en ben doodziek van de manier waarop ze Derek naar haar hand zet.'

Ik stuurde het gesprek in een iets andere richting, en probeerde meer te weten te komen over een vraag die me bezighield. 'Denk je dat die drugs echt van haar waren?' 'Natuurlijk. Ze is al stoned sinds ze hier voor 't eerst voet in huis heeft gezet. Dit is zo'n ontzettend strijdpunt tussen Derek en mij dat ik er haast niet over kan praten. Ze maakt onze verhouding kapot.' Ze deed haar mond dicht, hervond haar zelfbeheersing, en zei toen: 'Hoe kom je er eigenlijk bij dat te vragen?' 'Dat van die drugs? Ik vond 't alleen maar vreemd,' zei ik. 'Allereerst lijkt 't me sterk dat ze die in 'n plastic ritstasje in de la van haar nachtkastje laat liggen, en ik vind 't ook moeilijk te geloven dat ze dergelijke hoeveelheden van die pillen in haar bezit had. Weet je wel wat dat spul kost?' 'Ze krijgt tweehonderd dollar zakgeld in de maand,' zei Glen bits. 'Ik kan praten als Brugman, maar Derek staat erop haar zoveel te geven. Dat geld komt van zijn eigen rekening.' 'Dan nog is dit me de pillenvoorraad wel. Ze heeft kennelijk ergens 'n fantastisch contact.' 'Nou, dat is Kitty wel toevertrouwd.'

Ik drong niet aan met verdere vragen, maar besloot er later zelf werk van te maken. Ik had recentelijk kennis gemaakt met een van de meest ondernemende drughandelaars van Santa Teresa High School en misschien zou die me kunnen vertellen wie haar leverancier was. Misschien hij zelf wel, je wist maar nooit. Hij had me beloofd dat hij zijn handeltje zou staken, maar die belofte was evenveel waard als de eed van een dronkelap die je bezweert dat hij het geld dat je hem argeloos toestopt aan een hap eten gaat besteden. Daar trapte ik inmiddels niet meer in. 'Misschien moesten we 't hier maar bij laten,' zei ik. 'Het is 'n

lange dag geweest, hè? Wel zou ik graag naam en telefoonnummer van Bobby's ex-vriendin hebben, als je dat tenminste hebt, en ik denk dat ik ook maar met Ricks ouders moet gaan praten. Kun je me vertellen hoe ik die kan bereiken?'
'Ik geef je beide nummers,' zei Glen. Ze stond op en liep naar een antiek rozehouten schrijftafeltje met kleine vakjes en laatjes boven het schrijfblad. Ze trok een van de grote laden onder het blad open en haalde een leren adresboek met monogram te voorschijn.
'Mooie schrijftafel,' mompelde ik, als iemand die de Koningin van Engeland vertelt dat ze aardige juwelen heeft.
'Dank je,' zei Glen achteloos terwijl ze het adresboek doorbladerde. 'Dit heb ik verleden jaar in Londen op 'n veiling gekocht. Ik durf je haast niet te vertellen wat ik ervoor heb neergeteld.'
'Hè toe, biecht op,' zei ik gefascineerd. Het steeg me bepaald naar 't hoofd, de omgang met dergelijke lieden.
'Zesentwintigduizend dollar,' mompelde ze, terwijl ze haar vinger langs een bladzijde naar beneden liet gaan.
Ik voelde mezelf filosofisch de schouders ophalen. Nou, en? Voor haar was zesentwintigduizend dollar een schijntje. Ik vroeg me af wat ze neertelde voor ondergoed. Of voor auto's, wat dat aangaat.
'Hebbes.' Ze krabbelde de gegevens in een notitieblokje, scheurde het blad eruit en gaf dat aan mij.
'Ik vrees dat je bij Ricks ouders geen warm onthaal zult vinden,' zei ze.
'Hoezo?'
'Zij geven Bobby namelijk de schuld van zijn dood.'
'Dat vindt hij vast vreselijk.'
'Nou en of. Soms krijg ik het gevoel dat hij 't zelf gelooft. Reden te meer om dit tot op de bodem uit te zoeken.'
'Kan ik je nog één ding vragen?'
'Natuurlijk.'
'Heet je "Glen" naar "West Glen Road"?'
'Andersom,' zei ze. 'Ik ben niet naar de weg genoemd, maar de weg naar mij.'

Toen ik mijn auto weer instapte, had ik heel wat nieuws te verwerken. Het was half tien, inmiddels volslagen donker, en te kil voor een tuniek van zwarte voile die ver boven mijn knieën eindigde. Ik nam de moeite om me uit mijn panty en in mijn lange broek te wurmen. Ik gooide de schoenen met hoge hakken op de achterbank, trok mijn sandalen weer aan, startte toen en reed in de achteruit weg. Ik reed in een halve cirkel achteruit, en speurde of ik een uitgang kon vinden. Ik zag de tweede zijtak van de oprit en volgde die. Ik kreeg zo zicht op de achterkant van het huis: vier verlichte terrassen, elk met een flonkerend zwembad, waarin zich overdag waarschijnlijk de bergen spiegelden, net een reeks in elkaar overlopende foto's. Bij West Glen aangekomen sloeg ik linksaf en reed naar de stad. Niets wees erop dat Derek al thuis was gekomen en ik wilde zien of ik hem nog in het ziekenhuis zou treffen. Ik vroeg me dromerig af hoe dat zou zijn, als men een straat naar je noemde. Kinsey Avenue. Kinsey Road. Lang niet gek. Ik nam aan dat ik daar wel mee zou kunnen leren leven, mocht het me ooit overkomen.

HOOFDSTUK ZES

Het ziekenhuis van Santa Teresa ziet er na het donker net uit als een enorme art deco bruiloftstaart, met drie rijen melkwitte lichtjes als toefjes room langs de omtrek, alleen bij de ingang onderbroken door een vierkante opening. Het bezoekuur was duidelijk voorbij, want ik kon pal aan de overkant een parkeerplaats vinden. Ik deed mijn auto op slot, stak over, en liep de oprit op. Een groot voorportaal en overdekt voetpad leidden tot de dubbele deuren die toen ik dichterbij kwam ruisend opengleden. In de foyer was de verlichting gedempt, net als in een vliegtuig tijdens een nachtvlucht. Links van me lag de verlaten coffee shop, waar een eenzame dienster, in een witte voorschoot die in bijna niets van een verpleegstersuniform verschilde, nog dienst had. Rechts van me in de etalage van het ziekenhuiswinkeltje was lingerie uitgestald die voor deze omgeving behoorlijk pikant overkwam. Het rook alom naar koude anjers in de koelvitrine van een bloemist.

Alles was ontworpen om een kalme, vredige sfeer te bevorderen, met name in de hoek waar het bord 'kassa' hing. Ik liep op de informatiebalie af, waar een vrouw die sprekend op mijn juf in de derde klas lagere school leek, in een voorschoot met roze strepen me verwachtingsvol aankeek.

'Goeienavond,' zei ik. 'Kunt u me vertellen of Kitty Wenner al opgenomen is? Ze is eerder vanavond op de Spoedafdeling binnengebracht.'

'Ik zal even voor je kijken,' zei ze.

De naam die ze op haar borst gespeld droeg luidde 'Roberta Choat, Vrijwilligster'. Dat klonk naar keukenmeidenromans uit een grijs verleden. Roberta was in de zestig en had naast haar naam allerlei onderscheidingen voor vrijwilligerswerk opgespeld gekregen.

'Hebbes. Katharine Wenner. Ze is op Zuid Drie. Loop deze gang door, bij die lift daar de hoek om naar de zuidelijke vleugel, en daar omhoog. Op de derde verdieping ga je linksaf. O

54

maar wacht 's, dat is 'n gesloten psychiatrische afdeling, en ik weet niet of je daar nu wel terecht kunt. Het bezoekuur is voorbij. Ben je familie van haar?'
'Haar zus,' zei ik luchtig.
'Nou, vertel dat maar aan de dienstdoende zuster, en misschien gelooft die je wel,' zei Roberta Choat niet minder luchtig.
'Dat hoop ik dan maar,' zei ik. In wezen ging het mij erom even met Derek te praten.
Ik liep zoals ze me had gezegd de gang door en de hoek om. Ik zag het beloofde bord met ZUIDELIJKE VLEUGEL, en dat stelde me gerust. Ik drukte op de knop met het pijltje naar boven en de liftdeuren gleden meteen open. Een man kwam na mij de lift binnen en aarzelde toen even, met een blik in mijn richting alsof ik het soort persoon was over wie hij in een foldertje met richtlijnen ter voorkoming van aanranding had gelezen. Hij drukte de '2' in en bleef vlakbij het paneel staan tot hij op zijn verdieping was en kon uitstappen.
De zuidelijke vleugel zag er beter uit dan de meeste hotels waar ik ooit gelogeerd heb. Het was natuurlijk een duurder verblijfsoord, dat bovendien velerlei diensten verleende waarop ik niet direct prijs stelde, zoals bijvoorbeeld autopsie. Overal brandde licht, het tapijt was donkeroranje, en aan de wanden hingen reprodukties van Van Gogh – een merkwaardige keuze voor een psychiatrische afdeling, als je 't mij vraagt.
Derek Wenner zat in de bezoekerswachtkamer vlak buiten een dubbele deur met kleine raampjes met gaas en een bordje waarop stond AANBELLEN VOOR TOELATING, met eronder een knopje.
Hij zat een sigaret te roken, en had een nummer van *National Geographic* open op zijn schoot liggen. Hij keek me aanvankelijk zonder herkenning aan toen ik naast hem kwam zitten.
'Hoe is 't nu met Kitty?' zei ik.
Hij schrok op. 'O neem me niet kwalijk. Ik herkende je niet toen je de hoek om kwam. 't Gaat beter met haar. Ze hebben haar nu hierheen overgebracht en richten haar net in. Ik mag straks even bij haar gaan kijken.' Zijn blik dwaalde af naar de

liften. 'Glen is toch niet toevallig met je meegekomen, hè?'
Ik schudde mijn hoofd en zag een mengeling van opluchting en
oplevende hoop uit zijn gezicht verdwijnen.
'Zeg haar alsjeblieft niet dat je me met 'n sigaret hebt gesnapt,'
zei hij schaapachtig. 'Afgelopen maart heeft ze me zover gekregen dat ik ophield. De rest van dit pakje smijt ik wel weg
voor ik vanavond naar huis ga. Maar Kitty's toestand en al
deze consternatie...' Hij maakte zijn zin niet af en haalde zijn
schouders op.
Ik had het hart niet om hem te vertellen dat hij een uur in de
wind naar tabak stonk. Glen zou op sterven na dood moeten
zijn om dit niet op te merken.
'Wat brengt jou hier?' vroeg hij.
'Tsja, ik weet niet. Toen Bobby naar bed ging heb ik nog wat
met Glen gepraat. En ik bedacht dat ik best onderweg even
kon komen kijken hoe 't met Kitty ging.'
Hij glimlachte, niet zeker wat hij hiervan moest denken. 'Ik zat
hier net te denken hoe sterk dit me deed denken aan de avond
dat ze geboren werd. Uren in de wachtkamer zitten en je af-
vragen hoe 't allemaal zal uitpakken. In die tijd lieten ze nog
geen vaders in de verloskamer toe, weet je. Tegenwoordig
staan ze er zo ongeveer op, heb ik gehoord.'
'Wat is er van haar moeder geworden?'
'Die heeft zich 't graf in gezopen. Ze stierf toen Kitty vijf was.'
Hij verviel in stilzwijgen. Ik kon geen antwoord bedenken dat
niet banaal of irrelevant was. Ik keek toe hoe hij zijn sigaret
uitdrukte. Hij peuterde de hete as los, zodat er een lege huls
overbleef, net een getrokken kies.
Tenslotte zei ik: 'Gaat ze nu naar 't Afkick-centrum?'
'Dit is de psychiatrische afdeling, om precies te zijn. Ik geloof
dat de ontwenningskuur als zodanig later op een aparte afdeling plaatsvindt. Leo wil dat ze eerst wat meer in evenwicht
komt, en dan een evaluatie met haar doen voor hij verdere
stappen onderneemt. Ze is momenteel behoorlijk uit 't lood
geslagen.'
Hij schudde zijn hoofd en plukte wat aan zijn onderkin. 'God,
ik weet werkelijk niet wat ik met haar aanmoet. Glen heeft je

vast wel vertelt wat een bron van wrijving dit alles is.'
'Haar druggebruik?'
'Ja, en haar schoolrapporten, haar bedtijd, haar magerte. 't Is
je reinste nachtmerrie. Ik geloof dat ze momenteel nog maar
drieënveertig kilo weegt.'
'Dan is ze nu misschien precies waar ze moet zijn,' zei ik.
Een van de dubbele deuren sloeg open en een verpleegster stak
haar hoofd om de hoek. Ze had een spijkerbroek met T-shirt
aan. Ze droeg geen mutsje, maar ze had een verpleegstersspeld
op met een naamplaatje dat ik vanaf waar ik zat niet kon lezen.
Ze had slecht geverfd haar, een oranje tint die ik voordien alleen in goudsbloemen had gezien, maar ze had een kwieke,
prettige glimlach.
'Mr. Wenner? Komt u maar met me mee.'
Derek stond op en keek me aan. 'Wacht je? Ik blijf niet lang.
Leo zei dat hij me, gezien haar toestand, niet meer dan vijf
minuten kon geven. Als ik hier klaar ben, kan ik je misschien
ergens 'n kop koffie of 'n borrel aanbieden.'
'Goed, dat lijkt me prettig. Ik wacht hier wel.'
Hij knikte en liep met de verpleegster mee. Heel even, terwijl
ze de zaal opliepen, hoorde ik Kitty op schrille toon een keur
aan krachttermen uiten. Niemand op 3 Zuid zou die nacht
slaap gegund zijn. Ik pakte het nummer van de *National Geographic* op en staarde naar een serie trucage-foto's van een gei-
ser in het Yosemite-park.
Een kwartier later zaten Derek en ik in een motelbar niet ver
van het ziekenhuis. De Plantación is een dranklokaal dat eruit
ziet alsof het op een onbewaakt moment van een ander stads-
deel hierheen is geglipt. Het motel zelf was duidelijk gebouwd
om onderdak te verlenen aan verwanten van de patiënten die
uit de omliggende kleinere plaatsjes naar St. Terry's komen.
De bar was er als gedachte achteraf aan vastgebouwd, ongetwijfeld indruisend tegen alle mogelijke gemeentelijke veror-
deningen, daar pal tussen de keurige huisjes. De hele buurt
was inmiddels uiteraard geïnfiltreerd met medische gebou-
wen, klinieken, verpleegtehuizen, apotheken en verscheidene
andere middenstanders van de medische industrie, waaronder

ook een begrafenisondernemer twee straatjes verderop die, als helemaal niets vermocht te helpen, altijd nog van dienst kon zijn. Misschien had de dienst stadsontwikkeling op een gegeven moment wel besloten iedereen het leven wat makkelijker te maken door naast de ontsmettingsalcohol ook de andere variant in de buurt toegankelijk te maken.

Het interieur is smal en donker, met een diorama van een bananenplantage die zich achter de bar uitstrekt waar meestal een lange spiegel, drankflessen en een in neonletters geschreven biermerk te zien zijn. Hier echter ontwaart men op schaal nagebootste bananepalmen die in ordentelijke rijtjes staan waartussen gemechaniseerde plukkers in een serie vignetten de vruchten oogsten. Alle plukkers zien er Mexicaans uit, evenals het piepkleine vrouwtje dat met een watertonnetje en -schepje komt aanzetten als een fluitje de middagpauze inluidt. Vanuit een van de boomtoppen wuift een man, terwijl een minuscuul houten hondje kwispelend blaft.

Derek en ik zaten een tijdlang zwijgend aan de bar, volledig in de ban van dit schouwspel. Zelfs de barkeeper, die het toch zeker honderden malen gezien moest hebben, staakte van tijd tot tijd even zijn werkzaamheden om te zien hoe de mechanische muilezel een lading bananen een bocht om trok en een andere kar zijn plaats innam. Het zal niemand verbazen dat de huisspecialiteiten Cuba Libre's en Banane-daiquiri's zijn, maar je mag ook best een volwassen drankje bestellen. Derek had een Beefeater martini en ik een glas witte wijn waarvan mijn mond verschrompelde als had iemand een koordje door mijn lippen gehaald en dat strak aangetrokken. Ik zag de barman de wijn uit zo'n grote fles schenken die je voor een dollar of drie bij de supermarkt kunt kopen. Het etiket was van een van die wijngaarden waar de druivenplukkers altijd staken en ik vroeg me af of die misschien uit wraakoefening tegen onethische bedrijfsvoering op de druiven gepist hadden.

'Wat denk jij van dat ongeluk van Bobby?' vroeg ik Derek toen ik mijn mond eindelijk weer gladgestreken had.

'Die beweringen van hem dat 't een poging tot moord was? Jezus, ik zou 't niet weten. 't Lijkt mij sterk, eerlijk gezegd. Hij en zijn moeder geloven 't kennelijk, maar ik kan me niet voorstellen waarom iemand zoiets zou doen.'

'Om zijn geld?'

'Geld?'

'Ik vraag me af wie er financieel beter van wordt als Bobby sterft. Dat heb ik Glen ook al gevraagd.'

Derek aaide over zijn onderkin. Hij zag eruit alsof hij een gezicht van normale afmetingen op had over het gezicht van een dikkerd heen. 'Nou, dat lijkt me nogal 'n in 't oog lopend motief,' zei hij. Hij trok een skeptisch gezicht alsof hij op de planken stond: een overdreven effect voor de mensen achterin de zaal.

'Tsja, hem van de brug afdouwen liep ook nogal in 't oog, hè? Alhoewel, als hij was omgekomen, had niemand geweten dat 't zo was gelopen,' zei ik. 'Elk jaar raken wel 'n paar auto's daar bij die pas van de weg als ze die bocht te snel nemen, dus het had gemakkelijk een gewoon ongeluk kunnen lijken waaraan geen tweede auto te pas was gekomen. Misschien was er wel wat schade aan de achterbumper waar de andere auto hem ramde, maar ik denk niet dat ook maar iemand toen ze Bobby's auto de berg op takelden enige verdenking koesterde dat er 'n tweede auto in 't spel was geweest. Ik neem aan dat er geen getuigen waren.'

'Nee, en ik weet nog zo net niet of je wel van Bobby's beweringen op aan kunt.'

'Hoe dat zo?'

'Tsja, hij heeft er duidelijk belang bij om 'n ander de schuld in de schoenen te schuiven. Die knul wil niet toegeven dat hij 'n borrel op had. En hij reed altijd veel te hard. Z'n beste vriend komt om. Rick was trouwens Kitty's vriendje en zijn dood was 'n vreselijke klap voor haar. Ik wil Bobby geen leugenaar noemen, maar zijn versie van het gebeurde leek mij altijd wel erg mooi in zijn kraam te pas komen.'

Ik bekeek Dereks gezicht aandachtig en vroeg me af wat de gewijzigde toon van zijn stem betekende. Het was een interessante theorie en ik kreeg de indruk dat hij hier al geruime tijd over had nagedacht. Hij voelde zich echter duidelijk slecht op zijn gemak, al deed hij net of hij een en ander zomaar liet vallen, terwijl hij natuurlijk heel goed wist dat hij Bobby's geloofwaardigheid ondermijnde. Ik wist wel zeker dat hij dit idee nooit tegen Glen had durven opperen. 'Wil je me vertellen dat Bobby 't verzonnen heeft?'

'Dat zei ik niet,' antwoordde hij ontwijkend. 'Volgens mij gelooft hij 't echt, maar ja, op die manier is hij wel mooi schoongepraat, of niet soms?' Zijn ogen gleden bij de mijne weg en hij gebaarde naar de barkeeper voor een tweede rondje, waarna hij mij weer aankeek. 'Ben je al zover?'

'Ja, hoor.' Ik had mijn eerste glas wijn nog niet op, maar ik hoopte dat hij zich beter op zijn gemak zou voelen als hij dacht dat ik net zo veel dronk als hij. Met een paar martini's achter de kiezen worden mensen uiterst mededeelzaam en ik was benieuwd wat hij me te vertellen had als zijn tong eenmaal echt loskwam. Ik zag die blik al in zijn ogen verschijnen, dat rozige waasje dat op een neiging tot drankzucht duidt. Hij rommelde wat in het borstzakje van zijn overhemd en haalde een pakje sigaretten te voorschijn, met zijn blik op het diorama gevestigd. Een mechanisch Mexicaans dwergje met een machete klom net weer in zijn boom. Derek stak een sigaret aan zonder te kijken wat hij deed, een merkwaardig gebaar, als kon niemand het hem kwalijk nemen als hij er zelf geen acht op sloeg. Hij was waarschijnlijk zo iemand die bij de televisie zit te eten en zijn glas Scotch telkens bijschenkt zonder het helemaal leeg te drinken, zodat het net lijkt of hij er maar eentje neemt.

'Hoe maakte Kitty 't toen je haar zag? Dat heb je me nog niet verteld.'

'Ze was... nou ja, ze was natuurlijk van streek dat ze hier opeens in 't ziekenhuis ligt, maar ik heb haar verteld... ik heb haar gezegd: "Moet je 's even luisteren, jongedame. Je moet nou maar 's spijkers met koppen slaan."' Derek had zich nu zijn vaderlijke rol aangemeten en daarin leek hij zich al evenmin op zijn gemak te voelen. Ik kon me levendig voorstellen hoeveel indruk hij hiermee tot nog toe op Kitty had gemaakt.

'Glen kwam me weinig meelevend voor,' zei ik.

'Tsja, nou ja, dat klopt wel. Ik kan 't haar niet kwalijk nemen, maar aan de andere kant heeft Kitty 't niet makkelijk gehad en volgens mij begrijpt Glen niet hoe lelijk zo'n jong ding van zoiets in de kreukels kan raken. Bobby kon altijd alles krijgen wat zijn hartje begeerde, nog mooi dat hij 't behoorlijk doet. En ik zal je 's vertellen wat mij niet lekker zit. Alles wat Bobby uitspookt, daarvoor is 'n excuus, maar alles wat Kitty doet is meteen 'n halsmisdaad. Bobby is behoorlijk gestoord, als je dat maar weet. Maar als híj er 'n potje van maakt, vindt Glen altijd wel 'n reden voor zijn gedrag. Snap je wel?'

Ik haalde nietszeggend mijn schouders op. 'Ik weet niet wat hij zoal uitspookt.'

De drankjes werden gebracht en Derek nam een slok van het zijne alsof hij beroepsmatig martini's proefde. Hij knikte deskundig en zette het glas zorgvuldig midden op zijn cocktailservetje neer. Hij drukte zijn vuist tegen zijn mondhoeken. Zijn bewegingen werden vloeiender en zijn ogen begonnen in hun kassen heen en weer te glijden als knikkers in een olievlek. Kitty was precies zo voor de bijl gegaan, alleen waren het in haar geval kalmeringstabletten geweest, niet gin.

De barkeeper haalde een paar flesjes bier uit de koelkast en liep naar het andere uiteinde van de bar om iemand te bedienen. Derek praatte op gedempte toon verder. 'Dit is onder ons, hè,' zei hij. 'maar die knul is tot twee keer toe dronken achter 't stuur weggeplukt en vorig jaar heeft hij een of ander grietje zwanger gemaakt. Glen wenst dat allemaal als wilde haren af te doen – "zo zijn jonge knullen nou eenmaal" en dat soort praat – maar zodra Kitty één poot fout zet, is 't huis te klein.'

Het begon me duidelijk te worden waarom Bobby niet dacht dat hun huwelijk stand zou houden. Hier werd heftig geschermd, ouder tegen ouder in de semifinale. Derek probeerde zich achter een charmante glimlach te verschuilen en zocht veiliger terrein op.

'Vertel 's, waar begin je in 'n dergelijk geval?' vroeg hij.

'Ditmaal weet ik dat nog niet. Meestal neus ik eerst wat rond, scharrel achtergrondinformatie op tot ik 'n leidraad blootleg en volg die dan om te zien waar ik uitkom.' Ik keek hem aan en hij knikte als had ik iets uiterst diepzinnigs gezegd.

61

'Nou, ik wens je succes. Bobby is 'n beste jongen, maar eenvoudig ligt 't allemaal niet. Die jongen zit ingewikkelder in elkaar dan je op 't eerste gezicht zou zeggen,' zei hij met een veelbetekenende blik. Hij sprak nog redelijk gearticuleerd, maar zijn medeklinkers werden al een tikkeltje slordig. Dat innemende lachje waarmee hij verwarring hoopte te zaaien verscheen weer om zijn lippen. Zijn hele manier van doen liet doorschemeren dat hij me heel wat fraais zou kunnen vertellen, maar dat hij daar te netjes voor was. Ik nam hem niet al te serieus. Hij was zich er kennelijk niet van bewust hoe doorzichtig zijn achterbakse praat was. Ik nam een slokje van mijn wijn en vroeg me af of ik verder nog iets van hem te weten zou kunnen komen.

Derek wierp een blik op zijn horloge. 'Ik moest maar 's naar huis. Vluchten kan niet meer, hè.' Hij sloeg de rest van zijn martini achterover en gleed van de barkruk. Hij trok zijn portefeuille en vond na wat bladeren een biljet van vijf dollar en eentje van tien, die hij samen op de bar legde.

'Denk je dat Glen kwaad zal zijn?'

Hij lachte wat bij zichzelf, als overwoog hij een aantal verschillende antwoorden die hij op mijn vraag kon geven. 'Tegenwoordig is Glen altijd kwaad. En dit was me 't verjaardagsfeest wel, hè?'

'Misschien is 't volgend jaar geslaagder. Bedankt voor de wijn.'

'Bedankt dat je gekomen bent. Aardig van je om zo mee te leven. Als ik je ergens mee kan helpen, dan moet je 't me zeggen.'

We liepen het kleine eindje naar mijn auto en namen toen afscheid. Ik keek hem in mijn achteruitspiegeltje na zoals hij naar het parkeerterrein voor bezoekers slenterde. Ik koesterde de verdenking dat hij meer macht over zijn ledematen dacht te hebben dan in werkelijkheid het geval was. We waren maar een half uurtje in de Plantación geweest en in die tijd had ik hem twee martini's achterover zien slaan. Ik startte mijn wagen, keerde en stopte naast de zijne. Ik leunde over de voorbank en deed het rechterportier open. 'Als ik je 's thuisbracht?'

'Welnee, ik ben zo nuchter als wat,' zei hij. Toen bleef hij even, licht zwenkend, staan. Ik zag hoe zijn zenuwstelsel hem liet weten hoe hij er in werkelijkheid voor stond. Hij hield zijn hoofd scheef, fronste, stapte toen bij mij in de auto en sloeg het portier dicht. 'Ik heb al ellende genoeg, nietwaar?'
'Precies,' zei ik.

HOOFDSTUK ZEVEN

Toen ik de volgende ochtend om negen uur mijn kantoortje binnenkwam, had Bobby's advocaat de afschriften van het oorspronkelijke politierapport over het ongeluk al laten bezorgen, samen met aantekeningen van het daarop volgende onderzoek en talrijke uitvergrote kleurenfoto's die glansrijk aantoonden hoe grondig Bobby's wagen in de vernieling was geraakt en hoe onherroepelijk dood Rick Bergen als gevolg hiervan was. Zijn lijk was, verpletterd en gemangeld, halverwege de helling gevonden. Ik kromp bij de aanblik ineen, als had iemand met een fel licht in mijn gezicht geschenen. Ik moest mezelf vermannen om opnieuw naar die gruwelijke foto's te kijken ten einde de bijzonderheden in me op te nemen zonder dat al te heftige emoties mijn denkproces belemmerden. Op de een of andere manier verleenden de lampen van de politiefotografen tegen de harde donkere nachtelijke hemel deze dood een kitscherig aanzien, net een scène uit een goedkoop gemaakte en slordig geplotte griezelfilm. Ik nam snel de stapel foto's door tot ik bij die van de plaats van het ongeval zelf uitkwam.

Bobby's Porsche had een flinke hap uit de vangrail genomen, een struik uit de grond gerukt, een paar keien van krassen voorzien en een lange geul door de begroeiing getrokken. Hij was zo te zien vijf of zes maal over de kop geslagen voor hij onderin het ravijn in een verkreukelde bal verwrongen metaal en versplinterd glas tot rust was gekomen. Er waren verscheidene opnamen van de auto, van voren en van achteren, om vast te legggen waar die zich in verhouding tot verscheidene herkenningspunten in het landschap had bevonden, gevolgd door de close-ups van Bobby voor de mannen van de ambulance hem uit het wrak hadden gehaald. 'Jezus nog toe,' prevelde ik. Ik legde de hele stapel maar even neer en legde mijn ene hand over mijn ogen. Ik had nog niet eens mijn eerste kop koffie op en hier zat ik al naar mensen te kijken die aan flarden waren gereten.

Ik deed de openslaande deuren open en liep mijn balkonnetje op om wat frisse lucht op te snuiven. Beneden me was State Street ordentelijk en rustig. Er was weinig verkeer en de voetgangers gehoorzaamden de lichten en borden als verschenen ze in een schoolfilm over Veilig Verkeer. Ik keek toe hoe al die gezonde mensen met ongeschonden lijven rondliepen, met hun botten netjes onder hun vel. De zon scheen en de palmen wiegden niet eens in een briesje. Alles deed zo gewoontjes aan, maar dat gold alleen voor dit moment en alleen binnen mijn huidige gezichtsveld. De Dood kon elk moment opduiken, een verstorend duveltje-uit-'n-doosje met een starre bloeddorstige grijns.

Ik liep weer naar binnen en zette een pot koffie, waarna ik aan mijn bureautje ging zitten om de foto's opnieuw door te nemen en nu uitgebreid de politierapporten te lezen. Een afschrift van het lijkschouwersrapport over Rick Bergen was bijgevoegd en het viel me op dat de lijkschouwing was verricht door Jim Fraker. Kennelijk vielen dergelijke taken ook onder dr. Frakers plichten bij St. Terry's. Santa Teresa is niet groot, de politie houdt er geen eigen lijkschouwer op na, dus wordt dat werk uitbesteed.

Het rapport dat dr. Fraker had gedicteerd bracht Ricks dood terug tot een reeks opmerkingen over de craniocerebrale letsels die hij had opgelopen, met een opsomming van de schaafwonden, kneuzingen, uiteenlopende verwondingen aan de ingewanden, darmscheuringen en zoveel schade aan zijn gebeente dat het geen twijfel leed dat Rick de rivier de Styx was overgestoken.

Ik hees mijn typemachine op mijn schrijfblad en begon onder het hoofdje 'Bobby Callahan' al die schokkende feiten samen te vatten in een beknopt relaas van hetgeen tot nog toe gebeurd was. Ik schreef zijn cheque in, tekende het kwitantienummer aan en voegde het door hem getekende contract bij. Ik tikte de namen en adressen uit van Rick Bergens ouders en Bobby's ex-vriendin, evenals die van de aanwezigen in Glen Callahans huis de avond tevoren. Ik liet niets weg en voegde geen eigen vermoedens toe. Ik tikte gewoon alles uit, niette de pagina's aan elkaar en stopte ze in een map die ik in mijn dossierkast liet glijden.

Toen ik dat gedaan had, keek ik op mijn horloge. Tien voor half elf. Ik ging alleen maandag, woensdag en vrijdag naar de gymzaal, maar Bobby's fysiotherapie-programma was een dagelijks weerkerende aangelegenheid. Misschien was hij nog in de gymzaal. Ik sloot mijn kantoor af en liep de achtertrap af naar het parkeerterreintje waar ik mijn auto altijd neerzet. Ik scheurde naar het Santa Teresa Fitness Center en ving Bobby net op toen hij naar buiten kwam. Zijn haar was nog vochtig van de douche en zijn huid rook naar deodorantzeep. In weerwil van zijn verlamde gezichtshelft, zijn slappe linkerarm en zijn slepende tred, straalde Bobby Callahan een zekere kracht uit. Hij was jong en sterk, het soort blonde jongeling dat je aan de Californische kust ziet surfen. Ik had foto's gezien waarop hij gebroken op de berghelling lag, en vergeleken met die opnamen kwam hij me nu wonderbaarlijk heel voor, ook al droeg hij de littekens nog op zijn gezicht, als tatoeages die een amateur had aangebracht. Toen hij mij zag, glimlachte hij scheef, automatisch zijn kin deppend. 'Jou had ik hier vanochtend niet verwacht,' zei hij.

'Hoe ging je training?'

Hij wiegde heen en weer, een gebaar van gaat-wel. Ik stak mijn arm door de zijne.

'Ik heb 'n verzoek, maar je mag natuurlijk nee zeggen,' zei ik.

'En wel?'

Ik aarzelde even. 'Ik wil graag dat je met me naar de bergpas gaat en me laat zien waar je auto precies van de weg is geraakt.'

Zijn glimlach verstarde. Hij wendde zijn blik af en strompelde abrupt verder. Heftig slepend met zijn been liep hij zo snel hij kon naar zijn auto. 'Best, maar ik wil eerst bij Kitty langs.'

'Mag ze dan bezoek hebben?'

'Ik klets me daar wel binnen,' zei hij. 'De meeste mensen voelen zich met invaliden opgelaten, dus kan ik meestal m'n zin wel doordrijven.'

'Verwend nest,' zei ik.

'Je roeit met de riemen die je hebt, hè?' zei hij schaapachtig.
'Wil jij rijden?'
Hij schudde zijn hoofd. 'Laten we mijn auto bij mij thuis laten en verder met de jouwe gaan.'

Ik parkeerde mijn auto op het parkeerterrein voor bezoekers bij het ziekenhuis en wachtte in de auto terwijl hij bij Kitty op bezoek ging. Ik nam aan dat ze nu wel weer op de been zou zijn, maar nog steeds goed kwaad, en de schrik van de afdeling. Ik had absoluut geen zin in toestanden; ik hoopte haar een paar dagen later te spreken, maar gaf haar nu liever de tijd om tot bedaren te komen. Ik zette de autoradio aan en tikte op de maat van de muziek op het stuur. Twee verpleegsters kwamen langs in witte uniforms, witte schoenen en kousen en donkerblauwe capes, net iets uit de Eerste Wereldoorlog. Na geruime tijd kwam Bobby het gebouw weer uit. Hij strompelde het parkeerterrein over, met een frons op zijn gezicht. Hij stapte in de auto, deed de radio uit en startte de motor, waarna hij achteruit de parkeerplaats afreed.
'Alles in orde?'
'Ja hoor.'
Hij zat stil naast me terwijl ik de stad doorreed en linksaf sloeg, de weg op die achter langs Santa Teresa liep, aan de voet van de heuvels. De hemel was strakblauw, volslagen wolkeloos, net matglanzende verf die met een roller egaal was aangebracht. Het was warm en de heuvels waren bruin en droog, als stapeltjes aanmaakhout. Het lange gras langs de weg was tot een bleekgouden tint verdroogd en van tijd tot tijd zag ik ergens een hagedis op een grote kei zitten, even grauw en stil als een takje.
De weg slingerde, twee linten zwart asfalt die zigzaggend tegen de berghelling opklommen. Ik schakelde tweemaal, maar mijn Volkswagentje had evengoed moeite met de klim.
'Ik dacht dat iets weer bij me bovenkwam,' zei Bobby na enige tijd. 'Maar toen wilde 't me toch niet te binnen schieten. Daarom moest ik Kitty spreken.'
'Wat voor iets?'

'Ik had 'n adresboekje. Zo'n in leer gebonden klein boekje niet groter dan 'n speelkaart. 'n Goedkoop rood dingetje. Dat heb ik iemand gegeven om 't veilig voor me te bewaren maar ik weet niet meer wie.'

Hij zweeg en schudde verbouwereerd het hoofd.

'Je weet niet meer waarom 't belangrijk was?'

'Nee. Ik weet nog dat ik ermee zat, dat ik bedacht had dat ik 't maar beter niet in mijn bezit kon hebben omdat dat gevaarlijk voor me was, dus heb ik 't iemand in bewaring gegeven. Wat ik nog goed weet is dat ik dacht dat ik 't later terug kon halen.' Hij haalde zijn schouders op. 'Ja, hád ik gedacht.'

'Was dat voor of na 't ongeluk?'

'Weet ik niet meer. Ik weet alleen nog dat ik 't aan iemand heb gegeven.'

'Zou 't degene die je 't gegeven hebt niet in gevaar kunnen brengen?'

'Ik denk van niet. O Jezus, weet ik veel.' Hij gleed onderuit zodat zijn hoofd tegen de rugleuning kon steunen. Toen tuurde hij door de voorruit en volgde met zijn blik de reeks grauwe heuvels tot de plek links waar de pas ze doorsneed. 'Ik haat dit, die wetenschap dat ik vroeger iets geweten heb en er nu niet meer bij kan. 't Is net 'n beeld dat niets oproept. Ik heb geen aanknopingspunt dat me in staat stelt 't beeld te plaatsen. 't Is net 'n legpuzzel waarvan 'n hele lap van tafel is gevallen.'

'Maar hoe zit 't met dat soort geheugenverlies? Is er enige ma- nier om die gegevens weer op te roepen of zijn die faliekant verdwenen?'

'O, soms komt iets wel weer boven, maar meestal blijft 't een leemte... net 'n gat in de bodem van 'n doos. Wat daarboven lag is er allang uit gelazerd.'

'Hoe kwam je hier eigenlijk op?'

'Ik weet niet, ik rommelde in 'n bureaula en zag 'n roodleren schrijfblok dat deel van diezelfde set was. En opeens kwam 't bij me op.' Hij zweeg. Ik wierp een blik op hem en besefte hoe gespannen hij was. Hij masseerde zijn slechte hand, de vingers melkend alsof 't lange rubberen spenen waren.

'En Kitty wist van niks?'

Hij schudde zijn hoofd.

'Hoe is 't met haar?'

'Ze is op, ze kan lopen. Ik neem aan dat Derek haar straks op komt zoeken...' Hij zweeg. We naderden de top van de heuvelrug en bij zijn linkeroog trok een spiertje zenuwachtig.

'Kun je dit echt wel aan?' vroeg ik.

Hij staarde verbeten naar de kant van de weg. 'Daar. Rij langzamer en als je kunt, stop dan.'

Ik wierp een blik in mijn achteruitkijkspiegeltje. Achter me naderden drie auto's, maar de weg versmalde zich van drie banen tot twee. Toen vond ik rechts een kiezelige berm waar ik kon parkeren. De brug, met zijn lage betonnen vangrails, lag ongeveer tien meter voor ons. Bobby zat daar maar uit zijn raampje te kijken.

Waar de weg vanaf dat hoogste punt weer begint te dalen, ligt de hele vallei voor je, en zover het oog reikt leiden heuvels naar een lichtpaarse bergrug die zich langs de hemel aftekent. De zomerse hitte zinderde in stilte. Het land lag daar uitgestrekt en primitief en je kreeg het gevoel dat het er al sinds duizenden jaren precies zo uitzag. Heel in de verte zagen we eikebomen, donker en gedrongen als buffels. Het had in geen maanden geregend en het landschap leek kalkwit, als was alle kleur weggebleekt.

Dichterbij leidde een steile helling van de weg naar het verraderlijke ravijn dat negen maanden geleden bijna Bobby's dood had betekend. Het weggereten stuk metalen reling was vervangen, maar waar de brug begon miste nog steeds een brok beton.

'Die andere auto begon ons van achteren te rammen net toen we 't hoogste punt gepasseerd waren,' zei hij. Ik dacht dat hij nog iets wilde zeggen en wachtte af.

Hij deed een paar passen naar voren, en kiezels knersten onder zijn schoenen. Hij voelde zich duidelijk slecht op zijn gemak terwijl hij langs die rotsachtige helling naar beneden tuurde. Ik keek over mijn schouder om naar de auto's die langsreden. Dat waren er maar weinig en niemand besteedde ook maar enige aandacht aan ons.

Ik keek rond en zag een van de gekraste keien die ik op de foto had gezien en verder naar beneden de rauwe gekartelde stomp van een eik die aan de grond was afgeknapt. Ik wist dat de politie dit gebied had uitgekamd op brokstukken van het ongeluk, dus hoefde ik niet met een vergrootglas in het rond te gaan kruipen in de hoop ergens nog een flintertje bewijsmateriaal op te pikken.

Bobby draaide zich naar mij om. 'Heb jij ooit oog in oog gestaan met de dood?'

'Ja.'

'Ik weet nog hoe ik dacht: 'Dat is 't dan, ik ben er geweest.' Ik was los van alles. Ik voelde me als een plant die met wortel en al uit de bodem gerukt is. In de lucht.' Hij zweeg. 'En toen had ik 't koud en deed alles pijn en stonden mensen tegen me te praten, maar ik kon geen woord verstaan van wat ze zeiden. Dat was in 't ziekenhuis, twee weken later. Ik heb me sindsdien vaak afgevraagd of pasgeboren baby's zich zo voelen. Zo verward en ontheemd. Hulpeloos. Het was een enorme strijd om mijn contact met de wereld te behouden. Ik hing aan 'n draadje en ik voelde hoe makkelijk ik als een ballon los kon laten en weg kon zweven.'

'Maar je bent er niet tussenuit geknepen.'

'Daar heeft mijn moeder voor gezorgd, met haar wilskracht. Telkens als ik mijn ogen opendeed, zag ik haar gezicht. En als ik mijn ogen dichtdeed, hoorde ik haar stem. Ze zei steeds maar weer: 'Bobby, we halen 't, heus. Jij en ik samen.'

Hij zweeg opnieuw. Ik dacht: God, hoe moet dat zijn als je 'n moeder hebt die tot zulke liefde in staat is? Mijn ouders waren toen ik vijf was in een auto-ongeluk omgekomen. We waren op een zondag een eindje gaan rijden toen een enorme kei van de berg was komen rollen en door onze voorruit was gedenderd. Mijn vader was op slag dood en de auto sloeg te pletter. Ik had achterin gezeten en was door de klap tegen de vloer gesmeten, waar ik in het verkreukelde metaal was blijven steken. Mijn moeder was nog uren in leven gebleven, kreunend en huilend, tot ze tenslotte in een onheilspellende stilte was weggezakt, die naar mijn gevoel eeuwig zou voortduren. Men had er uren over gedaan om mij uit het wrak te halen, waar ik met de doden had vastgezeten die me hadden liefgehad en die me nu voorgoed hadden verlaten. De rest van mijn jeugd had ik doorgebracht bij een tante, een uiterst nuchter mens dat haar best had gedaan, zielsveel van me had gehouden maar mijn opvoeding zo zakelijk had aangepakt dat iets in me nooit tot bloei was gekomen.

Bobby had een zo enorme liefde ingedronken dat die hem uit het graf had teruggebracht. Vreemd, gebroken als hij was, voelde ik een zekere afgunst die me de tranen in mijn ogen deed springen. Ik voelde een lachje in me opwellen en hij keek me bevreemd aan.

Ik haalde een papieren zakdoekje te voorschijn en snoot mijn neus. 'Ik besefte opeens hoezeer ik je benijd,' zei ik.

Hij glimlachte schamper. 'Dat is weer 's wat anders.'

We liepen terug naar de auto. Hij had niet opeens een verblindende herinnering zien opdoemen, had zich niet opeens vergeten feiten herinnerd, maar ik had die gapende diepte gezien waarin hij was geslingerd en ik voelde me nauwer bij hem betrokken.

'Ben je hier sinds het ongeluk ooit eerder geweest?'

'Nee. Ik heb nooit 't lef gehad en niemand heeft me ooit voorgesteld hierheen te komen. 't Zweet brak me uit, geloof dat maar.'

Ik startte de auto. 'Wat zeg je van 'n pilsje?'

'Wat zeg je van 'n stevige borrel?'

We reden naar de Stage Coach Tavern, die niet ver van de snelweg lag en bleven daar de rest van de middag zitten praten.

HOOFDSTUK ACHT

Toen ik hem om vijf uur thuis afzette, aarzelde hij even voor hij de auto uitstapte. Hij bleef net als de vorige keer met zijn hand aan het portier staan en keek door het raampje naar binnen. 'Weet je waarom ik jou mag?' zei hij.

'Nou?' zei ik.

'Met jou ben ik me er niet de hele tijd van bewust dat ik mank ben en er raar uitzie, ik voel me niet opgelaten. Ik weet niet hoe je dat voor elkaar krijgt, maar 't is fijn.'

Ik keek hem aan, zelf opeens behoorlijk in verlegenheid gebracht. 'Ik zal je vertellen hoe dat komt. Jij doet me aan 'n verjaardagscadeautje denken dat met de post wordt bezorgd. Het papier is gescheurd en de doos is beschadigd, maar er zit evengoed iets fantastisch in. Je bent goed gezelschap.'

Een aarzelende glimlach verscheen en verdween meteen weer. Hij keek naar het huis en toen opnieuw naar mij. Hij wilde nog iets zeggen maar wist zich duidelijk met zijn houding geen raad.

'Zeg op,' moedigde ik hem aan.

Hij keek me aan met zijn hoofd schuin en een blik in zijn ogen die ik kende. 'Als ik in orde was... als ik niet zo gemangeld was, zou je dan iets met me willen hebben? 'n Verhouding, bedoel ik.'

'Wil je de waarheid horen?'

'Alleen als die complimenteus is.'

Ik lachte. 'De waarheid is dat als ik je voor je ongeluk was tegengekomen, je me geïntimideerd zou hebben. Je bent te knap, te rijk, te jong. Dus moet ik wel nee zeggen. Als je, zoals je zei, "niet gemangeld" was, had ik je waarschijnlijk nooit leren kennen. Weet je, je bent niet echt mijn type.'

'Wat is jouw type?'

'Dat weet ik nog niet precies.'

Hij keek me aan, en even verscheen er een ondeugende glimlach om zijn lippen.

'Zeg nou maar wat je op je lever had,' zei ik.

'Hoe krijg je dat voor elkaar, dat ik er bij jou niet zo mee zit dat ik mismaakt ben?'

'Jezus nog toe, mismaakt ben je heus niet. Hou op met die onzin! Ik bel je gauw.'

Hij sloeg glimlachend het portier dicht en deed toen een paar stappen achteruit zodat ik kon keren.

Ik reed naar huis. Het was nog maar kwart over vijf. Het was nog niet te laat om te gaan hardlopen, al vroeg ik me af of ik daar goed aan zou doen. Bobby en ik hadden een behoorlijk deel van de dag bier en bourbon en vieze Chablis gedronken, en hadden genoeg geroosterde krabbetjes en stokbrood naar binnen gewerkt om de vullingen in onze kiezen eruit te knauwen. Ik was meer in de stemming voor een dutje dan om te gaan hardlopen, maar die zelfkastijding leek mij m'n verdiende loon.

Ik trok mijn hardloopspullen aan en rende mijn vijf kilometer. Onderweg peigerde ik tegelijk mijn hersens af door de gegevens van deze zaak op een rijtje te zetten. Ik vond het allemaal maar twijfelachtig en wist niet goed waar ik moest beginnen. Ik bedacht dat ik eerst maar eens met dr. Fraker van de Pathologie-afdeling van St. Terry's moest gaan praten en misschien dan ook even bij Kitty langsgaan. Dan kon ik naar het archief van de krant voor een rotklus: het doornemen van de plaatselijke berichten kort voor het ongeluk om te zien wat er toen gaande was. Misschien zou een gebeurtenis omstreeks die tijd licht werpen op Bobby's overtuiging dat iemand hem had willen vermoorden.

Om zeven uur ging ik bij Rosie een glas wijn drinken. Ik voelde me rusteloos en vroeg me af of Bobby niet op de een of andere manier iets in beweging had gezet. Het was prettig om zo kameraadschappelijk met iemand op te trekken, de middag in goed gezelschap door te brengen, ernaar uit te zien datzelfde gezicht weer tegenover me te hebben. Ik wist niet goed onder welke noemer ik onze verhouding moest brengen. Ik had bepaald geen moederlijke gevoelens voor hem. Zusterlijk misschien. Hij leek me een fijne vriend en ik bewonderde hem

73

zoals je een goede vriend bewondert. Je kon met hem lachen en ik voelde me met hem op mijn gemak. Ik was nu alweer zo lang alleen dat een verhouding hoe dan ook verleidelijk was.

Ik haalde mijn glas wijn, ging in de hoek zitten en keek om me heen. Voor een dinsdagavond ging het er levendig aan toe, dat wil zeggen dat twee kerels nasaal aan de bar zaten te ruziën en een oud echtpaar uit de buurt een groot bord vol Hongaarse spekpannekoeken deelde. Rosie zat met een sigaret in de mond achter de bar. De rook kringelde om haar hoofd in een stralenkrans van nicotine en haarlak. Rosie is in de zestig, een bazige Hongaarse die doorgaans wijde Hawaïaanse jurken draagt. Ze verft haar haar kastanjebruin en draagt het met een scheiding in het midden, op de plaats gehouden door het soort haarlak dat de drogist sinds de 'suikerspin' in 1966 uit de mode is geraakt aan de straatstenen niet meer kwijt kan. Rosie heeft een lange neus, een korte bovenlip en ogen die ze tot smalle, argwanende spleetjes bijtekent. Ze is kort, topzwaar en eigenwijs. Bovendien pruilt ze, hetgeen bij een vrouw van haar leeftijd belachelijk is, maar haar pruillip mist nimmer zijn uitwerking. De helft van de tijd vind ik haar niet eens echt aardig, maar ze blijft boeiend.

Haar restaurant heeft diezelfde grove maar onontkoombare aantrekkingskracht. De bar loopt langs de linkerwand, met aan de wand erboven een opgezette zwaardvis die naar ik vermoedde nooit levend had rondgezwommen. Op het uiteinde van de bar staat een groot televisietoestel, met het geluid uit, zodat de beelden over het scherm dansen als flitsen van een andere planeet waar het leven spannend en mallotig is. Het ruikt er altijd naar bier, sigarettenrook en vet dat ze al weken tevoren had moeten weggooien. Middenin het zaaltje staan zes of zeven tafeltjes met eromheen die stoeltjes van chroom en plastic waarmee men zich in de jaren veertig inrichtte. De acht zithoekjes langs de rechterwand zijn van donkergebeitst multiplex, waarin onverlaten die zo te zien ook tot in de dames-wc waren doorgedrongen, smakeloze kreten had gekrast. Wellicht kan Rosie niet genoeg Engels lezen om de ware teneur van deze primitieve mededelingen te bevroeden. Of wellicht zijn ze haar uit het hart gegrepen. Ik zou het werkelijk niet weten.

Ik keek in haar richting en ontdekte dat ze roerloos kaarsrecht overeind zat en met half dichtgeknepen oogjes naar de deur tuurde. Ik volgde haar blik. Henry was net binnengekomen met zijn nieuwe vriendin, Lila Sams. Rosie's voelhorens hadden zich kennelijk onwillekeurig opgericht, net een Marsmannetje in een jurk. Henry vond een tafeltje dat er redelijk schoon uitzag en bood zijn metgezellin een stoel aan. Lila ging zitten en zette haar grote plastic tas als een hondje op haar schoot. Ze droeg een bont katoenen jurkje, felrode klaprozen op een blauwe ondergrond, en haar haar was zo te zien die middag nog in de kapsalon onder handen genomen. Henry ging zitten en keek naar de hoek waarvan hij weet dat ik daar doorgaans zit. Ik wuifde en hij wuifde terug. Lila's hoofd draaide zich in mijn richting om en haar glimlach verstarde tot een uitdrukking van voorgewende vreugde.

Ondertussen had Rosie haar avondkrant opzij gelegd en was ze van haar kruk afgekomen. Ze gleed als een haai door de bar. Ik moest er wel van uitgaan dat zij Lila eerder had ontmoet. Ik keek vol belangstelling toe. Dit kon interessant worden, minstens zo spannend als een griezelfilm in de plaatselijke bioscoop. Van waar ik zat bezien vond de hele ontmoeting in pantomime plaats.

Rosie had haar notitieblokje waarin ze haar bestellingen opneemt getrokken. Ze stond Henry aan te staren, net als waren ze met zijn tweeën, precies zoals ze met mij doet als ik iemand meebreng. Rosie praat niet met vreemden. Ze kijkt niemand zelfs maar aan die ze niet al heel lang kent, zeker waar het om een vrouw gaat. Lila zat heftig met haar ogen te knipperen en met haar handen te wapperen. Henry beraadslaagde met haar en bestelde voor hen beiden. Hierop volgde een uitgebreide discussie. Ik nam aan dat Lila een voorstel had gedaan dat niet met Rosie's opvatting van de Hongaarse kookkunst strookte. Misschien wilde Lila haar gerecht zonder paprika of wenste ze iets geroosterd in plaats van gebakken. Lila leek mij echt het soort vrouw dat moeilijk deed over wat ze wel en niet kon eten. Rosie kende wat dat betreft maar één regel, en dat was dat je at wat de pot schafte, of je kon elders gaan eten. Lila wilde er kennelijk niet aan dat ze haar zin niet kon doordrijven. Er stegen schrille, strijdlustige geluiden van het tafereeltje op, allemaal door Lila voortgebracht. Rosie zei geen woord. Dit was haar restaurant, zij kon doen wat ze wilde. De beide mannen aan de bar die over politiek hadden zitten bekvechten draaiden zich om ten einde niets te missen. Het paartje dat de *sonkás palacsinta* zat te eten hield daar met geheven vork mee op.

Lila duwde onstuimig haar stoel naar achteren. Heel even dacht ik dat ze Rosie een klap met haar tas ging verkopen. Maar zo te zien liet ze het bij een verpletterende opmerking en marcheerde naar de deur, op de voet gevolgd door een ontdane Henry. Rosie leek niet in het minst van streek en glimlachte geheimzinnig, net een kat die van een muis droomt. De aanwezige klanten deden er opeens alle vijf zorgvuldig het zwijgen toe, een en al ingetogenheid ten einde niet het doelwit van een een onverklaarbare en dodelijke uitval van Rosie te worden.

Twintig minuten verstreken voor Rosie een voorwendsel vond om naar mij toe te komen. Mijn wijnglas was leeg en ze kwam me met ongehoorde beleefdheid een tweede glas brengen. Ze zette het op mijn tafeltje en kwam toen met over elkaar geslagen armen bij me zitten, waarbij ze licht op haar plaats heen en weer schoof. Dit doet ze als ze je aandacht wenst of vindt dat je haar kookkunst niet hoog genoeg geprezen hebt.

'Nou, die heb je zo te zien flink de waarheid gezegd,' merkte ik op.

'Ordinair mens. Vreselijk schepsel. Is hier eerder geweest, ik mag haar van geen kant. Henry is vast stapelmesjogge dat hij met zo'n sloerie hier binnen komt zetten. Wie is dat mens?'

Ik haalde mijn schouders op. 'Ik weet alleen maar dat ze Lila Sams heet. Ze is bij Mrs. Lowenstein op kamers en Henry heeft 't kennelijk van haar te pakken.'

'Ik zal haar leren wat pakken is, als zij hier nog 's over de vloer komt! Zij heeft 'n rare blik in de ogen.' Rosie vertrok haar gezicht in een imitatie van Lila die me een lachstuip bezorgde. Rosie geeft doorgaans weinig blijk van humor en ik had geen idee dat ze zo'n scherp opmerkingsvermogen had, laat staan zo'n talent voor imitaties. Maar ze was natuurlijk doodernstig. Ze richtte zich op in haar zetel. 'Wat zou zij van hem willen, hè?'

'Hoe kom je erbij dat ze iets wil? Misschien zijn ze gewoon allebei op wat gezelschap uit. En Henry is als je 't mij vraagt 'n knappe kerel.'

'Ik heb jou niets gevraagd, maar hij is heel knap, ja. En hij is 'n goeie vent. Dus wat moet hij met gezelschap van zo'n glibbertantetje, hè?'

'Nou ja, Rosie, ze zeggen dat over smaak niet te twisten valt. Misschien heeft ze wel haar aardige kanten en zie je die niet meteen.'

'Welnee, die niet. Die deugt niet. Ik ga met Mrs. Lowenstein praten. Wat mankeert ze, aan zo'n wijf kamers verhuren?'

Dat vroeg ik mezelf ook af, terwijl ik het kleine eindje naar huis liep. Mrs. Lowenstein is een weduwe die een aantal huizen in de buurt op haar naam heeft staan. Ik kon me niet voorstellen dat ze het geld nodig had en ik was nieuwsgierig hoe Lila Sams bij haar op de stoep was beland.

Toen ik thuiskwam, zag ik bij Henry het keukenlicht branden en hoorde ik de gedempte uithalen van Lila's heftige en schrille stem. De confrontatie met Rosie had haar zo te horen behoorlijk van streek gemaakt en al Henry's geprevelde troostwoorden deden geen enkel goed. Ik draaide mijn sleutel om en liet mezelf binnen. Toen ik de deur dichtdeed, sloot ik het gekrakeel buiten.

Ik las nog een uurtje – zes opwindende hoofdstukken in een boek over diefstal en inbraak – en ging vroeg naar bed, lekker onder mijn lappendeken. Ik deed het licht uit en bleef daar in het donker liggen prakkizeren. Ik had durven zweren dat ik Lila's zeurstem hoorde aanzwellen en wegsterven, een geluid dat als het gezoem van een mug om mijn hoofd draaide. Ik kon de woorden niet verstaan, maar de toon was duidelijk... ruzieachtig en nijdig. Misschien zou Henry nu beseffen dat ze niet zo aardig was als ze deed. Maar misschien ook niet. Ik kijk er altijd weer van op hoe stom mannen en vrouwen doen als ze op iemand vallen.

Ik werd om zeven uur wakker, dronk een kop koffie terwijl ik de krant las en ging toen naar het Santa Teresa Fitness Center om te trainen. Ik voelde me sterker en na die twee dagen dat ik was wezen hardlopen had ik een goed soort spierpijn in mijn benen. Het was een heldere ochtend, en het was nog koel, de hemel zag eruit als een doek dat gespannen was zodat de schilder er zijn verf op kon aanbrengen. Het parkeerterrein bij de gymzaal was bijna vol en ik eiste de laatste lege plek op. Ik zag Bobby's auto twee plaatsen verderop staan en glimlachte bij de gedachte dat ik hem spoedig zou zien.

Het was opvallend druk voor een woensdagochtend; vijf of zes kerels van zo'n honderdvijfentwintig kilo waren aan het gewichtheffen, twee vrouwen in strakke pakjes waren op de Nautilus-apparaten in de weer en een persoonlijke trainer hield toezicht op de oefeningen van een jonge actrice wier achterste gevaarlijk aan het uitdijen was. Ik zag Bobby de bench press doen op een Universal-apparaat bij de verste muur. Hij was kennelijk al een tijdje bezig want zijn T-shirt had grote zweetplekken en zijn blonde haar hing er in natte sliertjes bij. Ik wilde hem niet storen dus zette ik mijn gymtas weg en ging ik zelf aan de slag.

Ik begon met een serie biceps-curls, met lichte halters. Mijn concentratie verscherpte zich naarmate mijn warming-up vorderde. Ik kende de oefeningen nu uit en te na en ik moest me tegen een steeds sterker wordend ongeduld verzetten. Ik ben niet goed in routineuze handelingen. Ik zie het liefst een doel en eindbestemming voor me, richt me op mijn aankomst, niet op de tocht zelf. Herhalingen maken me bokkig. Hoe ik het dag in dag uit klaarspeel te gaan hardlopen is me nog steeds een raadsel. Ik ging over op de polsverstevigende curls, en liep in gedachten vooruit op mijn programma. Ik betrapte me op de wens dat dit het einde was en niet pas de tweede oefening. Misschien konden Bobby en ik straks weer gaan eten, als hij tijd had.

Ik hoorde een gerinkel en een doffe klap en toen ik opkeek zag ik dat hij zijn evenwicht had verloren en tegen de stapel gewichten van tweeëneenhalve kilo was gesmakt. Hij had zich niet bezeerd, maar hij zag mij nu kennelijk voor het eerst en voelde zich duidelijk opgelaten. Hij kreeg een kleur en probeerde overeind te krabbelen. Een van de kerels aan het apparaat naast hem boog zich ontspannen naar hem toe en hielp hem overeind. Hij hervond op zelfbewuste manier zijn evenwicht en wuifde alle verdere hulp weg. Hij liep sleepvoetend naar het been-press apparaat, bruusk en in zichzelf gekeerd. Ik ging met mijn oefeningen verder alsof ik niets had gezien, maar hield hem onopvallend in de gaten. Zelfs op deze afstand kon ik zien dat hij een sombere bui had, en zijn gezicht stond strak. Een paar mensen keken hem aan met blikken waarin medelijden stond af te lezen, onder het mom van bezorgdheid. Hij depte zijn kin, met zijn volle aandacht bij hetgeen hij deed. Zijn linkerbeen begon te krampen en hij omklemde gefrustreerd zijn knie. Het been was net een afzonderlijk wezen, dat ongedurig opsprong en zich niet liet beheersen. Bobby kreunde en beukte boos met zijn vuisten op zijn eigen vlees in als dacht hij dat met harde hand in het gareel te brengen. Ik onderdrukte een opwelling om dwars door de zaal op hem af te rennen, want ik wist dat dat het alleen maar erger zou maken. Hij had zichzelf onder enorme druk gezet en zijn lijf trilde van vermoeienis. Even plotseling als de kramp was opgekomen, verdween die weer. Bobby haalde, met hangend hoofd, snel zijn hand over zijn ogen. Zodra hij weer kon lopen, griste hij een handdoek weg en liep naar de kleedkamer, zijn programma latend voor wat het was.

Ik deed haastig de rest van mijn oefeningen en douchte me zo snel ik kon. Ik had verwacht zijn auto niet meer aan te treffen, maar die stond nog op dezelfde plek geparkeerd. Bobby zat met zijn armen om het stuur geslagen, met zijn hoofd op zijn armen, schokschouderend krampachtig te snikken. Ik aarzelde even maar liep toen naar de rechterkant van de auto. Ik stapte in, deed het portier dicht en bleef naast hem zitten tot hij uitgehuild was. Ik had hem geen troost te bieden. Ik kon niets voor hem doen. Ik kon niets aan zijn pijn en wanhoop veranderen en kon alleen maar hopen dat ik met mijn aanwezigheid te kennen kon geven dat ik met hem meeleefde en om hem gaf.

Stukje bij beetje raakte hij uitgehuild en tenslotte droogde hij zijn ogen met een handdoek af en snoot zijn neus, nog steeds met afgewend gezicht.

'Zullen we ergens 'n kop koffie gaan drinken?'

Hij schudde zijn hoofd. 'Laat me nou maar met rust, hè?' zei hij.

'Ik heb geen haast,' zei ik.

'Misschien bel ik je later wel.'

'Best. Ik werk 'n paar uur, en dan kunnen we elkaar misschien vanmiddag zien. Kan ik ondertussen iets voor je doen?'

'Nee,' zei hij op doffe toon, lusteloos.

'Bobby...'

'Nee. Lazer op, laat me met rust. Ik heb je hulp niet nodig.'

Ik deed het portier open. 'Ik bel je vanmiddag dan,' zei ik. 'Tot dan.'

Hij stak zijn hand uit naar de deurhendel en smeet het portier dicht. Hij startte de motor met een brullend geluid. Ik sprong achteruit toen hij met gierende banden van zijn parkeerplaats wegreed zonder om te kijken.

Dat was de laatste keer dat ik hem zag.

HOOFDSTUK NEGEN

De Afdeling Pathologie van St. Terry's ligt ondergronds in het hart van een doolhof van kleine kantoortjes. Gangen die zich eindeloos in alle richtingen uitstrekken verbinden de niet-medische afdelingen die het ziekenhuis draaiende houden: onderhoud, huishouden, apparatuurbeheer. De verdiepingen boven de grond waren vernieuwd en smaakvol heringericht, maar hier heerst bruintegeltjeszeil en hoogglansverf in de kleur van gebeente. De lucht is er warm en droog en door sommige openstaande deuren zie je in het voorbijgaan stukken onheilspellende apparatuur en elektriciteitsleidingen zo breed als rioolpijpen.

Die dag liepen mensen constant af en aan, personeel in ziekenhuisuniforms met gezichten die even bleek en uitdrukkingloos waren als die van de inwoners van een ondergrondse stad, die het zonder zonlicht moet stellen. De Afdeling Pathologie zelf bood een aangenaam contrast: ruim, goed verlicht, fraai in blauw en grijs uitgevoerd. Er werkten vijftig tot zestig laboratoriumtechnici met de monsters bloed, beenderen en weefsel die van boven werden doorgestuurd. De door computers gestuurde apparatuur leek te klikken, zoemen en snorren: een efficiënt geheel dat door een leger van experts nog extra werd gestroomlijnd. Alle geluiden waren gedempt, telefoons rinkelden zachtjes in de kunstmatige lucht. Zelfs de typemachines leken met minder herrie dan normaal de geheimen van de menselijke conditie vast te leggen. Er heerste een sfeer van orde, bekwaamheid en kalmte, een gevoel dat men hier althans de pijn en ontreddering van het ziekteproces in de hand had. De dood werd op afstand gehouden, gemeten, geijkt en geanalyseerd. Waar de dood had gewonnen, ontleedden dezelfde specialisten de resultaten en voerden deze in in de apparatuur. Papier stroomde in een lange met hiëroglifen bezaaide baan naar buiten. Ik bleef even in de deuropening staan, zo getroffen was ik door wat ik zag. Dit waren microscoop-detectives, die moordenaars van een andere orde najoegen dan ikzelf.

'Wat kan ik voor u doen?'

Ik keek naar de receptioniste, die mij aankeek.

'Ik ben op zoek naar dr. Fraker. Weet u of hij er is?'

'Ik dacht van wel. Loop langs deze gang naar de eerste bocht naar links, dan nog eens linksaf, en vraag dan verder de weg.'

Ik trof hem aan in een klein kamertje met wandkasten vol boeken, een schrijftafel met draaistoel, planten en grafische kunst aan de wanden. Hij zat met zijn stoel naar achteren gekanteld en zijn voeten op zijn bureau door een medisch boekwerk ter grootte van een atlas te bladeren. Hij had een leesbrilletje in de ene hand en kauwde tijdens het lezen op een van de poten. Hij was stevig gebouwd – brede schouders, forse dijen. Hij had dik zilverwit haar en zijn huid had de warme tint van een vleeskleurig pastelkrijtje. Met het stijgen der jaren had zijn gezicht een zacht verfrommeld aanzien gekregen, net pasgewassen katoen dat nodig gesteven en gestreken moet worden. Hij droeg zijn groene operatiekleding met bijpassende overschoenen.

'Dr. Fraker?'

Hij keek naar me op en in zijn grijze ogen stond af te lezen dat hij me herkende. Hij wees met een vinger op me. 'Bobby Callahans vriendin.'

'Precies. Ik vroeg me af of ik u even kon spreken.'

'Ja hoor, kom maar binnen.'

Hij stond op en we gaven elkaar een hand. Hij wees op de stoel naast het bureau en ik ging zitten.

'Als dit niet schikt, kunnen we misschien 'n afspraak voor later maken,' zei ik.

'Welnee. Wat kan ik nu voor je doen? Glen zei dat Bobby je heeft aangetrokken om zijn ongeluk te onderzoeken.'

'Hij is ervan overtuigd dat het een poging tot moord was. Heeft hij 't daar ooit met u over gehad?'

Dr. Fraker schudde zijn hoofd. 'Ik heb hem afgezien van maandagavond in geen maanden gezien. Moord... Wat zegt de politie daarvan?'

'Dat weet ik nog niet. Ik heb 'n afschrift van de melding van 't ongeluk en voor zover ik daaruit kan opmaken, hebben ze geen echte aanwijzingen. Er waren geen getuigen en ik denk niet dat ze ter plekke bewijsmateriaal hebben gevonden.'

'Is dat niet ongebruikelijk?'

'Nou, meestal is er wel iets. Glassplinters, slipsporen, lak van een tweede auto op de wagen van 't slachtoffer. Misschien is die figuur wel uit z'n auto gesprongen om alle aarde en verfplekjes weg te poetsen, weet ik veel. Maar ik vertrouw Bobby's intuïtie in deze en hij zegt dat hij in gevaar verkeerde. Alleen weet hij niet meer waarom.'

Daar moest dr. Fraker even over nadenken. Hij ging verzitten. 'Ik ben zelf ook geneigd hem te geloven. Hij is 'n snuggere knaap. En hij was 'n begaafde student. 't Is verdomde jammer dat daar zo weinig van over is. Wat denkt hij dat er gaande is?'

'Hij heeft geen idee en, zoals hij zegt, zodra hij zich wel iets herinnert zit hij wellicht nog erger in de nesten dan nu. Hij heeft 't vermoeden dat iemand 't nog steeds op hem gemunt heeft.'

Hij poetste zijn bril met een zakdoek en overdacht het geheel. Hij was duidelijk gewend raadsels te ontwarren maar ik nam aan dat zijn antwoorden eerder uit symptomen voortvloeiden dan uit omstandigheden. Aan ziekte komt niet zoals bij moord een motief te pas.

Hij schudde zijn hoofd en keek mij aan. 'Vreemd. Ik denk niet dat ik er erg veel van begrijp.' Hij zette zijn bril weer op en was opeens weer een en al zakelijkheid. 'Welnu, we moesten er toch maar achter zien te komen hoe dit in elkaar zit. Hoe kan ik je helpen?'

Ik haalde mijn schouders op. 'Ik kan alleen maar van voren af aan beginnen en zien of ik erachter kan komen in wat voor gevaar hij verkeerde. Hoe lang heeft hij voor u gewerkt? Twee maanden?'

'Zoiets, ja. Hij is naar ik meen in september begonnen. Als je de exacte datum wilt, kan Marcy dat wel voor je nakijken.'

'Ik heb begrepen dat hij dat baantje te danken had aan uw vriendschap met zijn moeder.'

'Ja en nee. We hebben meestal wel 'n plekje voor iemand die

medicijnen wil gaan studeren. Toevallig kwam Bobby in dit geval in aanmerking. Glen Callahan heeft hier heel wat in de melk te brokken, maar als hij 'n onbenul was geweest hadden we hem heus niet aangenomen. Zin in koffie? Ik wilde zelf net 'n kop gaan drinken.'

'Ja, graag.'

Hij riep naar zijn secretaresse, die een eindje verderop zat: 'Marcy, kun je koffie voor ons halen?' En toen tegen mij: 'Melk en suiker?'

'Zwart is prima.'

'Allebei zwart,' riep hij.

Er kwam geen antwoord, maar ik nam aan dat eraan werd gewerkt. Hij wendde zich weer tot mij. 'Sorry voor de onderbreking.'

'Hindert niet. Had hij hier 'n eigen werktafel?'

'Hij had bij de ingang 'n bureau staan, maar dat is 'n dag of wat na 't ongeluk leeggehaald. Weet je, niemand dacht dat hij 't zou overleven en we moesten zo snel mogelijk 'n opvolger vinden. 't Is hier doorgaans je reinste gekkenhuis.'

'Wat is er van z'n spullen geworden?'

'Die heb ik zelf bij hem thuis afgegeven. Veel was 't niet, maar we hebben alles wat we konden vinden in een kartonnen doos gestopt en die heb ik aan Derek gegeven. Ik weet niet wat die ermee heeft gedaan, zo hij er al iets mee heeft gedaan. Glen was op dat moment vierentwintig uur per dag in 't ziekenhuis.'

'Weet u nog wat erin zat?'

'In z'n bureau? O, van alles en nog wat, kantoorspullen.'

Ik maakte een aantekening dat ik moest zien of die doos er nog was. Ik nam aan dat er een kans bestond dat die nog ergens in het huis was. 'Kunt u met mij Bobby's werkdag doornemen en me 'n beeld geven van zijn werkzaamheden hier?'

'Ja hoor. In wezen verdeelde hij zijn tijd tussen het laboratorium en het lijkenhuis in ons oude gebouw aan Frontage Road. Ik moet daar zo toch langs en als je wilt kun je meerijden of me in je eigen auto volgen, als dat je beter uitkomt.'

'Ik dacht dat het lijkenhuis hier was.'

'Hier hebben we 'n kleintje, naast de autopsie-kamer. Maar daar hebben we 'n tweede.'

'Ik had geen idee dat er twee waren.'

'We hadden extra ruimte nodig, en in datzelfde gebouw heeft St. Terry's ook nog de nodige kantoorruimte.'

'Ik had er geen idee van dat 't oude gebouw zelfs nog maar gebruikt werd.'

'Jazeker. Er is 'n particuliere groep radiologen die daar kantoor houden en we hebben er nog de nodige opslagruimte voor medische gegevens. 't Is nogal 'n allegaartje, maar we kunnen er niet zonder.'

Hij keek op toen Marcy met twee mokken kwam aanlopen, met haar blik strak op de spiegel van de koffie gevestigd, die over de rand dreigde te klotsen. Ze was jong, had donker haar en droeg geen make-up. Ze zag eruit als iemand wier hand je graag zou vastklampen als de laboratoriumlieden iets vreselijks met je uithaalden.

'Dank je wel, Marcy. Zet ze hier maar op de rand van 't bureau.'

Ze zette de mokken neer, glimlachte snel naar me en vertrok weer.

Dr. Fraker en ik spraken terwijl we onze koffie dronken verder over de gang van zaken in het kantoor, waarna hij mij een rondleiding door het lab gaf, waarbij hij Bobby's verschillende verantwoordelijkheden omschreef, die stuk voor stuk routineus en niet echt belangrijk leken. Ik schreef de namen op van een paar mensen met wie hij had samengewerkt, en bedacht dat ik later nog wel eens met hen zou kunnen komen praten.

Ik wachtte terwijl hij nog een paar dingen regelde en Marcy vertelde dat hij enige tijd weg zou zijn, en waar hij te bereiken was.

Ik reed in mijn auto achter hem aan de snelweg op die naar het vroegere streekziekenhuis leidde. Het complex was vanaf de weg te zien: een labyrint van vergelende witte muren en rode dakpannen die van ouderdom een roestbruine kleur begonnen aan te nemen. We reden er eerst voorbij, namen vervolgens een afslag en reden toen in een boog langs Frontage Road terug naar de oprit.

'County General Hospital' was ooit een bloeiend medisch complex geweest dat de gemeenschap van Santa Teresa en omstreken had bediend. Later was het afgegleden tot het armeluis-ziekenhuis dat op verscheidene welzijnsfondsen steunde. In de loop der jaren raakte het steeds meer vereenzelvigd met de minder bedeelden: bijstandstrekkers, illegale buitenlanders en de stumperds die op zaterdagavond door verwilderde jongeren in elkaar waren getimmerd. Gaandeweg meden de middenklassen en bemiddelde lieden County General. En toen er een beter sociaal gezondheidsplan in werking trad, kozen zelfs de armelui voor St. Terry's en andere plaatselijke particuliere ziekenhuizen, hetgeen van dit oord een soort spookstadje maakte.

Op het parkeerterrein stonden hier en daar wat auto's. Geïmproviseerde houten borden in de vorm van pijlen wezen de bezoeker de weg naar de Afdeling Medische Dossiers, Administratie, Radiologie, het lijkenhuis en afdelingen die betrekking hadden op minder bekende takken van de geneeskunde.

Dr. Fraker parkeerde zijn auto en ik zette de mijne ernaast. Hij stapte uit, deed zijn auto op slot en bleef staan wachten terwijl ik hetzelfde deed. Men deed een halfslachtige poging het terrein te onderhouden maar de oprit zat vol barsten en gaten en onkruid schoot op uit het asfalt. We liepen samen naar de hoofdingang zonder veel te zeggen. Hij stond er kennelijk niet meer bij stil wat voor sfeer er van dit oord uitging, maar ik vond het nogal verontrustend. De bouwtrant was uiteraard grof geschut: het gebruikelijke Spaanse stijltje met brede veranda's langs de voorgevel en diep in de muren ingebedde ramen met smeedijzeren traliewerk.

We liepen naar binnen en bleven in de ruime foyer even staan. Men had duidelijk in de loop der jaren af en toe pogingen ondernomen het geheel te 'moderniseren' maar er hing een geur van verlatenheid en verwaarlozing in de lucht. Ver weg in een schemerige gang rechts van ons hoorde ik een tikmachine ratelen, zo te horen een ouderwetse waarop een amateur bezig was. Verder duidde niets erop dat hier mensen waren.

Dr. Fraker gaf me een snelle rondleiding. Volgens hem had Bobby de meeste dagen tussen dit complex en St. Terry's heen en weer gependeld, om oude dossiers op te halen van patiënten die na een tussenpoos van jaren opnieuw in het ziekenhuis werden opgenomen, en om röntgen-opnamen en autopsie-rapporten af te geven. Oude kaarten belandden op den duur automatisch in de opslagruimtes hier. Uiteraard werden nu de meeste gegevens door computers opgeslagen, maar er waren nog genoeg oude paperassen die toch ergens bewaard moesten worden. Bobby had hier nog wat extra werk gedaan, als invaller voor lijkenhuisbedienden die ziek of met vakantie waren. Dr. Fraker liet doorschemeren dat dit in wezen neerkwam op oppas spelen, maar dat Bobby in de twee maanden dat hij hier had gewerkt lange uren had gemaakt.

We waren inmiddels op weg naar beneden en liepen met slecht op elkaar afgestemde holle voetstappen de brede treden van rode Spaanse tegels af. Het ziekenhuis is tegen de helling van een heuvel gebouwd, en zo ligt de achterkant van het gebouw ondergronds, terwijl de voorkant uitziet op paden die gedeeltelijk door struikgewas overwoekerd zijn. Het was hier donkerder, als deed men zuinig aan met energie. Het was koel en rook naar formaldehyde, de bijtende deodorant van de doden. Een pijl op de muur wees in de richting van Autopsie. Ik staalde me alvast tegen de beelden die mijn zintuigen opriepen.

Dr. Fraker deed de deur met matglazen ruitjes open. Ik aarzelde niet echt voor ik naar binnen ging maar ik keek wel snel even rond om te zien of we niet een figuur onderbraken die met een scherp mes een lijk aan het fileren was. Dr. Fraker leek mijn nervositeit aan te voelen en legde even zijn hand om mijn elleboog. 'Geen angst, er staat vandaag geen autopsie op 't programma,' zei hij en ging me voor.

Ik volgde hem met een zenuwachtig lachje. Op het eerste gezicht was de ruimte verlaten. Ik zag muren met appelgroene tegels, lange werktafels van roestvrij staal met talloze laden eronder. Het leek net een hypermoderne keuken in een tijdschrift voor woninginrichting, en ja hoor, het roestvrij stalen werkeiland in het midden met zijn eigen brede wastafel, hoge kranen, hangende weegschaal en druiprek ontbrak niet. Ik voelde mijn mond verstarren van weerzin. Ik wist wat men hier toebereidde en het waren geen maaltijden.

Een klapdeur aan het andere einde van het vertrek werd opengeduwd en een jongeman in groene operatie-kledij kwam achteruit naar binnen. Hij trok een karretje achter zich aan. Het lijk dat erop lag was in dik, troebel plastic gehuld dat leeftijd en geslacht verdoezelde. Ik zag een kaartje aan een teen hangen en een stukje van het donkere hoofd waarvan het gezicht uitdrukkingloos in plastic schuilging, net een mummie. Ik moest om de een of andere reden denken aan die waarschuwing die men tegenwoordig op de zakken van stomerijen zet: 'GEVAAR. Vermijd verstikking, houd deze zak bij baby's en kinderen uit de buurt.' Ik wendde mijn blik af en haalde toen diep adem, louter om te bewijzen dat ik daartoe in staat was.

Dr. Fraker stelde mij aan de jongeman voor. Deze heette Kelly Borden. Hij was in de dertig, een grote mollige man met kroezig, al behoorlijk grijzend haar dat hij in een vlecht droeg die tot halverwege zijn rug reikte. Hij had een baard, een grote snor, een milde blik en een horloge dat eruit zag als zou het op de bodem van de oceaan nog de juiste tijd aangeven.

'Kinsey is privé-detective en ze doet onderzoek naar Bobby Callahans ongeluk,' zei dr. Fraker.

Kelly knikte met een nietszeggende uitdrukking op zijn gezicht. Hij rolde het wagentje naar een soort grote koelkast en reed het die binnen, naast een eveneens bezet wagentje.

Dr. Fraker keek mij weer aan. 'Ik heb boven een en ander te regelen. Intussen kunnen jullie dan hier praten. Vraag Kelly maar wat je wilt, hij heeft met Bobby samengewerkt. Misschien kan hij je meer vertellen, en als je meer weet kunnen wij zo je wilt nog wat praten.'

'Fijn, bedankt,' zei ik.

HOOFSTUK TIEN

Toen dr. Fraker weg was, pakte Kelly Borden een spuitbus met desinfecterende vloeistof en begon daarmee de roestvrij stalen werktafels te besproeien en deze zorgvuldig te poetsen. Ik wist niet zeker of dat wel strikt noodzakelijk was, maar in elk geval kon hij mij zodoende op beleefde wijze negeren, en dat vond ik allang best. Ik gebruikte die tijd om in het vertrek de ronde te doen, en rond te kijken in bergkasten met glazen deuren waarachter scalpels, tangen en gemene metaalzagen lagen.

'Ik had meer lijken verwacht,' zei ik.

'Die bewaren we daarginds.'

Ik keek naar de deur waardoor hij was binnengekomen. 'Kan ik daarbinnen 'n kijkje nemen?'

Hij haalde zijn schouders op.

Ik liep op de deur af en deed die open. Op de thermometer net achter die deur las ik dat het er drie graden Celsius was. Het vertrek, dat ongeveer zo groot was als mijn hele woning, had langs alle muren stapelrekken met britsen van kunststof, net bizarre stapelbedden. Ik zag acht lijken, voor het merendeel in hetzelfde vergelende plastic gewikkeld, waardoorheen ik in sommige gevallen armen en benen en lekkende letsels kon onderscheiden, bloed en andere lichaamsvloeistoffen die op het plastic condenseerden. Twee lijken lagen onder lakens. Een oude vrouw lag naakt op de brits het dichtst bij me, roerloos en droog als een blok hout. Middenop haar lichaam was een dramatische Y-vormige snede aangebracht, die met grote, slordige steken was dichtgestikt, net een kippetje dat gevuld en dichtgeregen was voor het de oven inging. Haar borsten lagen als oude zakken gedroogde bonen op haar borstkas en haar schaamheuvel was bijna even haarloos als die van een jong meisje. Ik had de neiging haar toe te dekken, maar dat was onzin. Zij lag nu buiten het bereik van koude, pijn, schaamte of seks. Ik keek naar haar borst, maar zag geen geruststellend rijzen en dalen. De dood begon me voor te komen als een goocheltruc: hoe lang kun je je adem inhouden? Ik voelde hoe mijn eigen ademhaling zich verdiepte: mij niet gezien, ik speelde dit spelletje mooi niet mee. Ik liep weer de warme autopsie-kamer binnen, en trok de deur achter me dicht. 'Hoeveel lijken kunnen er hier terecht?'

'Vijftig misschien, als 't moet. Ik heb hier nooit meer dan 'n stuk of acht tegelijk gezien.'

'Ik dacht dat de meeste mensen rechtstreeks naar de begrafenisondernemer gingen.'

'Dat is ook zo als ze een natuurlijke dood sterven. Maar wij krijgen alle andere gevallen. Moordslachtoffers, zelfmoordenaars, mensen die bij ongelukken zijn omgekomen of op anderszins verdachte wijze de dood hebben gevonden. In de meeste gevallen voeren we autopsie uit, waarna ze nog enige tijd naar 't lijkenhuis gaan. Bij dit stel zijn de nodige arme sloebers die zich geen begrafenis konden veroorloven en dan zijn er nog 'n paar ongeïdentificeerde doden bij die we hier houden in de hoop dat ze alsnog geïdentificeerd zullen worden. Soms moet er nog van alles voor de begrafenis geregeld worden en houden we op verzoek van de familie 't stoffelijk overschot nog 'n tijdje hier. Er is hier 'n tweetal dat we al jaren hebben. Franklin en Eleanor, 'n soort mascottes inmiddels.'

Ik sloeg mijn armen over elkaar, om een intens koude rilling te verbannen en bracht het gesprek weer op de levenden. 'Hoe goed ken je Bobby eigenlijk?' vroeg ik. Ik draaide me om en leunde tegen de muur, terwijl ik toekeek hoe hij de kranen van de roestvrij stalen spoelbak poetste.

'Ik ken hem amper. We hadden verschillende werktijden.'

'Hoe lang werk je hier al?'

'Vijf jaar.'

'Wat doe je in je vrije tijd?'

Hij keek zwijgend van zijn werk op. Hij was duidelijk niet blij met zulke persoonlijke vragen, maar was te beleefd om bezwaar te maken. 'Ik musiceer, ik speel jazzgitaar.'

Ik keek hem aan en aarzelde even voor ik vroeg: 'Weleens van Daniel Wade gehoord?'

'Nou en of, die speelde hier vroeger piano, iedereen kende hem. Maar ik heb hem nu al in geen jaren gehoord. Zijn jullie bevriend?'

Ik kwam bij de muur vandaan, en begon weer rond te lopen.

'Ik ben met hem getrouwd geweest.'

'*Getrouwd* geweest?'

'Ja, precies.' Ik zag een paar glazen potten met een troebele vloeistof staan die als marinade diende voor menselijke lichaamsdelen. Ik vroeg me af of daar tussen al die levers, nieren en milten een gepekeld hart rondzwierf.

Kelly hervatte zijn werkzaamheden. 'Fantastische musicus,' zei hij op een toon waaruit ten dele argwaan, ten dele respect sprak.

'Dat is-ie zeker,' zei ik, en de ironie van het geval deed me glimlachen. Ik had het hier nooit met iemand over en het was een vreemd gevoel dat ik dat nu opeens wel deed, in een autopsiekamer nota bene, met een lijkenhuisbediende in steriel groen.

'Wat is er van hem geworden?' vroeg Kelly.

'Niks bijzonders. De laatste keer dat ik van hem hoorde, was hij in New York. Nog steeds in de muziek, nog steeds aan de drugs.'

Hij schudde zijn hoofd. 'God, wat zonde van al dat talent. Ik heb hem nooit echt gekend, maar ik ging als hij speelde als 't even kon altijd luisteren. Ik snap niet dat hij 't nooit verder heeft geschopt.'

'De wereld is vol getalenteerde lieden.'

'Ja, maar hij heeft meer hersens dan de meeste mensen, of die indruk had ik tenminste.'

'Jammer dat ik niet meer hersens had, dan had ik me heel wat ellende kunnen besparen,' zei ik. Eerlijk gezegd had dat huwelijk, hoe kortstondig ook, de beste paar maanden van mijn leven uitgemaakt. Daniel had destijds het gezicht van een engel gehad... helderblauwe ogen, een stralenkrans van blonde krullen. Hij had mij altijd doen denken aan een schilderij van een katholieke heilige – een magere schoonheid, een asceet met elegante handen en een bescheiden voorkomen. Je reinste on-

schuld sprak uit zijn uiterlijk. Hij was alleen niet tot trouw in
staat, kon niet van de drugs afblijven, kon niet op één plaats
blijven. Hij was woest en grappig en verdorven, en als hij vandaag terug zou komen, durf ik niet te zweren dat ik nee tegen
hem zou zeggen, wat hij ook van me zou vragen.
Ik deed er een tijdlang het zwijgen toe en tenslotte vroeg Kelly:
'Wat doet Bobby tegenwoordig?'
Ik keek hem weer aan. Hij zat op een hoge houten kruk, en had
zijn poetsdoek en spuitbus links van zich staan.
'Hij probeert nog steeds wat van z'n leven te maken,' zei ik.
'Hij gaat elke dag naar 't Fitness Center. Wat hij verder uit-
voert, weet ik niet. Ik neem aan dat je geen idee had wat zich
destijds in zijn leven afspeelde?'
'Wat doet dat er nu nog toe?'
Hij zegt dat hij op de een of andere manier gevaar liep, maar
hij weet niet meer hoe. Zijn geheugen laat het afweten. Tot ik
die leemte opvul, loopt hij waarschijnlijk nog steeds gevaar.'
'Hoe dat zo?'
'Als iemand hem éénmaal heeft proberen te vermoorden, dan
zal 'n volgende poging niet uitblijven.'
'Waarom is 't dan niet al eerder geprobeerd?'
'Dat weet ik niet. Misschien waant de moordenaar zich veilig.'
Hij keek me aan. 'Dat is raar.'
'Hij heeft jou nooit iets toevertrouwd?'
Kelly haalde zijn schouders op, en ik zag dat hij weer in zijn
schulp kroop. 'We hebben maar 'n paar keer samengewerkt.
Ik was 'n deel van de tijd dat hij hier werkte met vakantie, en
de rest van de tijd had ik overdag dienst als hij nachtdienst
liep.'
'Zou hij hier misschien ergens 'n rood adresboekje hebben
kunnen laten liggen?'
'Dat betwijfel ik, we hebben geen van allen bergruimte hier.'
Ik haalde een kaartje uit mijn portefeuille. 'Bel je me als je
ergens opkomt? Ik wil uitvinden wat er toen aan de hand was
en ik weet dat Bobby elke hulp op prijs stelt.'
'Best.'
Ik ging op zoek naar dr. Fraker. Ik liep langs een aantal labo-

ratoria en kantoren, allemaal in de kelder, en botste bijna tegen dr. Fraker op toen die weer de trap afkwam.

'Klaar?' zei hij.

'Ja, en u?'

'Ik moet om twaalf uur 'n lijkschouwing verrichten, maar we kunnen vast wel ergens 'n leeg kantoortje vinden om nog wat te praten.'

Ik schudde mijn hoofd. 'Ik heb momenteel geen verdere vragen. Misschien dat ik u later nog eens aanspreek.'

'Maar natuurlijk, bel me gerust.'

'Bedankt, dat doe ik zeker.'

Op het parkeerterrein bleef ik even in mijn auto zitten om wat aantekeningen te maken op een stapeltje fiches die ik in mijn handschoenenvakje bij me heb: de datum en tijd en de namen van de twee mensen met wie ik had gesproken. Ik meende in dr. Fraker een goede bron te hebben gevonden, al had mijn gesprek met hem maar weinig opgeleverd. Kelly Borden had me evenmin veel verteld, maar in elk geval had ik dit spoor verkend. Soms is 'nee' net zo waardevol als 'ja' omdat je dan tenminste weet dat je een doodlopende straat hebt gevonden, zodat je je verdere naspeuringen kunt beperken tot je op de kern van het doolhof stuit. In dit geval had ik geen idee waar die kern zou kunnen liggen of wat die in zich droeg. Ik keek op mijn horloge. Het was kwart voor twaalf en ik prakkizeerde waar ik zou kunnen lunchen. Het valt me moeilijk om op gezette tijden te eten. Ik heb ofwel geen honger als ik zou moeten, of ik ben niet in de buurt van een eetgelegenheid of heb geen tijd om te eten. Op die manier word ik niet gauw te dik, maar ik betwijfel of dit een gezonde manier is om slank te blijven. Ik startte mijn auto en reed de stad weer in.

Ik ging terug naar het vegetarische eethuisje waar Bobby en ik maandag hadden geluncht. Ik hoopte eigenlijk dat ik hem daar zou tegenkomen, maar hij was nergens te bekennen. Ik bestelde een 'Langleef-salade', die geacht werd mijn levensbehoeften voor 100 procent te bevredigen. Wat mij werd voorgeschoteld bleek een bordvol konijnevoer en vogelzaad, het geheel overgoten met een zurige roze slasaus met spikkels. Het smaakte me lang zo goed niet als een hamburger met kaas, maar de wetenschap dat nu enorme hoeveelheden chlorofyl door mijn aderen bruisten bezorgde me een deugdzaam gevoel.

Toen ik weer in mijn auto stapte, keek ik in mijn achteruitkijkspiegeltje of ik geen alfalfa-sliertjes tussen mijn tanden had. Ik stel mensen liever geen vragen als ik eruit zie alsof ik net in een weilandje heb lopen grazen. Ik bladerde mijn boekje door op zoek naar het adres van Rick Bergens ouders en haalde toen mijn stadsplattegrond te voorschijn, aangezien ik geen idee had waar Turquesa Road was. Tenslotte vond ik het, een straatje ter grootte van een snorhaartje, dat uitkwam op een al even obscuur weggetje in de heuvels buiten Santa Teresa.

Het was een rechttoe-rechtaan huis, een en al verticale lijnen, met een zo steile oprijlaan dat ik me er maar liever niet aan waagde en mijn auto langs het bloemperkje beneden parkeerde. Toen ik eenmaal bij de voordeur stond, was het uitzicht spectaculair: ik zag heel Santa Teresa voor me liggen, met erachter de oceaan. Hoog boven me zweefde een duikvlieger in trage kringen naar het strand dat in de diepte lag. De dag was een en al hard zonlicht en ijle wolken, net wit schuim dat op het punt staat weg te borrelen. Het was doodstil. Er was geen verkeer, ik was me niet bewust van de aanwezigheid van buren. Ik zag hier en daar wel een paar daken maar had niet het gevoel dat ook maar iemand thuis was. Het landschap was karig begroeid met planten die tegen de droogte opgewassen waren: brem, wisteria en vetplanten.

Ik belde aan. Een kort, gespannen, ongeschoren mannetje kwam naar de deur.

'Mr. Bergen?'

'Klopt.'

Ik overhandigde hem mijn kaartje. 'Ik ben Kinsey Millhone. Bobby Callahan heeft mij opdracht gegeven om onderzoek te doen naar het ongeluk afgelopen…'

'Waar is dat goed voor?'

Ik keek hem in de ogen. Die waren klein en blauw, met rode randjes. Hij had stekelige wangen met een baardgroei van twee dagen die hem het voorkomen van een cactus bezorgde. Hij was in de vijftig, en er hing een lucht van bier en zweet rondom hem. Zijn dunne haar was uit zijn gezicht gekamd. Hij had een broek aan die hij zo te zien uit een kist van het Leger des Heils had gevist en een T-shirt waarop stond 'Het leven is klote, en aan 't end krepeer je.'. Hij had vormeloze, papperige armen, maar zijn buik stak naar voren als een basketbal die tot de hoogst mogelijke druk was opgepompt. Ik had hem graag van repliek gediend op dezelfde onbeschofte toon die hij tegen mij gebruikte, maar beheerste me. Deze man had een zoon verloren. Niemand zei dat hij beleefd hoefde te zijn.

'Hij denkt dat dat ongeluk een aanslag op zijn leven was,' zei ik.

'Flauwekul. Hoor 's, jongedame, ik wil niet rot doen, maar laat ik je 's even wat vertellen. Bobby Callahan is 'n rijke snotneus. Hij is verwend, onverantwoordelijk en gewend z'n zin te krijgen. Hij had te veel gezopen en is van de weg geraakt. M'n zoon, die trouwens z'n beste vriend was, is door zíjn schuld dood. Wat ze je verder verteld hebben is allemaal larie.'

'Dat weet ik nog zo net niet,' zei ik.

'Nou, neem 't maar van mij aan, meissie. Kijk er de politierapporten maar op na. Daar staat 't allemaal in. Heb je die al gezien?'

'Ik heb gisteren van Bobby's advocaat afschriften gekregen, ja,' zei ik.

'Nou, geen bewijs, hè? Bobby beweert tegen jou dat iemand hem van de weg heeft gedouwd, maar je kunt van wat hij zegt geen woord bewijzen, en wat mij betreft is 't allemaal kletskoek.'

'Ik heb anders de indruk dat de politie hem gelooft.'

'Denk je dat politielui niet omgekocht kunnen worden soms? Denk je dat geld daar geen woordje meespreekt?'

'Niet in Santa Teresa,' zei ik. De man streek me tegen de haren in en het zat me niet lekker dat ik me zo op stang liet jagen. 'O nee? En van wie heb je dat?'

'Mr. Bergen, ik ken hier heel wat politielui. Ik heb meermalen met de politie van Santa Teresa samengewerkt en...' Het klonk weinig overtuigend, hoe zeker ik zelf ook van mijn gelijk was.

Hij viel me opnieuw in de rede. 'Larie!' zei hij met een afdoend gebaar, terwijl hij vol walging zijn hoofd afwendde. 'Ik heb hier geen tijd voor. Misschien wil m'n vrouw wel met je praten.'

'Ik zou liever met ú praten,' zei ik. Dit leek hem te verrassen, als had niemand ooit liever met hem gesproken.

'Laat me met rust. Ricky is dood, 't maakt allemaal niks meer uit.'

'En als 't nou wel wat uitmaakt? Als Bobby nou eens de waarheid spreekt en 't echt niet zijn schuld was?'

'Wat maakt mij dat uit? Ik geef niks om die klerelijer.'

Ik had hem wel aan kunnen vliegen, maar deed er het zwijgen toe. Ik weerstond instinctief de verleiding om kinderachtig te doen en wel te proberen hem van mijn gelijk te overtuigen, aangezien zulke pogingen deze man alleen maar verder op stang zouden jagen. Hij was behoorlijk opgewonden, maar ik ging ervan uit dat hij op een gegeven moment wel weer zou bedaren. 'Mag ik misschien toch tien minuten van uw tijd vragen?'

Daar dacht hij even over na en stemde toen geprikkeld in. 'Jezus, kom dan maar binnen. Ik wou net 'n happie eten. Maar Reva is niet thuis.'

Hij liep van de deur weg en liet het aan mij over om die achter ons dicht te trekken. Ik liep achter hem aan het huis door, dat groezelige vloerbedekking had en rook alsof het lange tijd dichtgetimmerd was geweest. De rolgordijnen waren tegen de middagzon neergetrokken en het licht in het huis had een ambergele gloed. Ik ving een glimp op van meubilair dat te groot was voor de ruimte: twee met groen plastic overtrokken luie stoelen en een sofa van bijna drie meter breed, met een kleed aan het ene uiteinde waarop een grote zwarte hond lag.

In de keuken lag zeil dat dertig jaar oud was, en de kastjes waren felroze geverfd. Het keukengerei verleende het vertrek het aanzien van een illustratie uit een oud damesblad. Ik ontwaarde een klein ingebouwd ontbijthoekje met een stapel kranten op het bankje, en een smal houten tafeltje waarop een duidelijk permanent stilleven stond van een suikerpot, een pak papieren servetten, een zout-en-peper stelletje in de vorm van eendjes, een mosterdpot en een fles ketchup. Ik zag zijn benodigdheden voor een dubbele belegde boterham al klaarliggen: een keur aan plakken voorgesneden kaas van verschillende soort en een of ander vleesbeleg met spikkels olijven en stukken hoofdkaas.

Hij plofte neer en gebaarde dat ik op het bankje tegenover hem kon gaan zitten. Ik schoof wat van de kranten opzij en nam plaats. Hij smeerde een dikke laag goedkope mayonaise op dat soort witbrood dat je net zo goed als badspons zou kunnen gebruiken. Ik keek kies een andere kant op, als voerde hij pornografische handelingen uit. Hij legde een dun plakje ui op een boterham en pakte toen de kaas uit, die hij erop legde, met daar bovenop weer wat slablaadjes, plakjes augurk, mosterd en vlees. Hij keek naar me op, beter laat dan nooit. 'Heb je trek?'

'Nou en of,' zei ik. Ik had nog maar een half uur geleden gegeten, maar kon ik het helpen dat ik alweer honger had? Ik bekeek het maar zo, die boterham bulkte van de chemicaliën die ervoor dienden de kaas en vleeswaren goed te houden, en misschien had mijn lijf die nou net nodig wilde het niet bederven. Hij sneed zijn eerste meesterwerk diagonaal door, overhandigde mij de ene helft, en maakte toen een tweede boterham met nog meer erop dan de eerste, die hij eveneens in tweeën sneed. Ik keek geduldig toe, net een goed afgerichte hond, tot hij me met een teken toestemming gaf om te eten.

Drie minuten lang zaten we daar zonder een woord te zeggen onze boterhammen naar binnen te werken. Hij trok een blikje bier voor me open en een tweede voor zichzelf. Ik gruw van goedkope mayonaise maar op deze boterhammen was het een saus voor fijnproevers. Het brood was zo zacht dat onze vingertoppen er deukjes in maakten.

Tussen happen boterham door, depte ik mijn mondhoeken met een papieren servetje. 'Ik weet niet eens wat uw voornaam is,' zei ik.

'Noem me maar Phil. En zeg maar jij en jou. Wat voor naam is Kinsey eigenlijk?'

'M'n moeders meisjesnaam.'

Verdere conversatie achtten we overbodig tot we allebei met een voldane zucht onze borden van ons af schoven.

HOOFDSTUK ELF

Na dat maaltje gingen we buiten op de veranda zitten, op wit-
geverfde metalen tuinstoelen met roestpukkels. De veranda
was in wezen een plak gegoten beton die het dak van de in de
helling van de heuvel uitgebikte garage vormde. Rondom
vormden houten plantenbakken vol bloemplanten een lage balustrade. Een milde bries kwam opzetten en bood verkoeling
tegen de zonneschijn die als een zware deken over me heen
gevallen was. Van Phils strijdlust was niets meer over. Hij was
misschien vrediger gestemd door de keur aan chemicaliën in
zijn lunch, maar waarschijnlijk overwegend door de twee
biertjes en het vooruitzicht van de sigaar waarvan hij net het
puntje afknipte. Hij haalde een lange lucifer uit een doosje
naast zijn stoel en bukte zich om die aan het beton af te strij-
ken. Hij pufte aan de sigaar tot die goed trok, schudde toen de
lucifer uit en wierp die in een tinnen asbak. We bleven een paar
ogenblikken lang samen naar de oceaan zitten staren.
Het uitzicht was net een muurschildering die op een blauwe
ondergrond was aangebracht. De eilanden in het kanaal, zo'n
veertig kilometer van ons vandaan, zagen er grimmig en verlaten uit. De strandjes langs het vasteland waren nog net zichtbaar en de branding die erlangs speelde was net een lintje witte
kant. De palmen daar in de verte leken niet groter dan asper-
ges. Ik merkte een paar herkenningspunten op: het gerechtshof, de middelbare school, een grote katholieke kerk, de
schouwburg, het enige kantoor in onze binnenstad dat meer
dan drie verdiepingen telde. Van hieruit gezien viel niets te
bespeuren van de Victoriaanse invloed of van de latere bouw-
stijlen die nu ongemerkt in het Spaanse aanzien van de stad
opgingen.
Dit huis, zo vertelde hij me, was in de zomer van 1950 voltooid.
Hij en zijn vrouw Reva hadden het net gekocht toen de Kore-
aanse Oorlog was uitgebroken. Hij was opgeroepen en was
twee dagen nadat zij hun intrek hadden genomen gemobili-

seerd, zodat Reva alleen was achtergebleven, met stapels kartonnen dozen die nog uitgepakt moesten worden. Phil was veertien maanden daarop als oorlogsinvalide thuisgekomen. Hij deed niet uit de doeken wat de aard van zijn verwonding was geweest en daar vroeg ik hem ook niet naar. Sindsdien had hij slechts bij tussenpozen gewerkt. Ze hadden vijf kinderen gekregen, van wie Rick de jongste was geweest. De andere vier woonden nu op verschillende plaatsen in het zuidwesten van het land.

'Wat voor jongen was hij?' vroeg ik. Ik wist niet zeker of hij daar wel antwoord op zou geven. Er viel een lange stilte en ik vroeg me af of ik er verkeerd aan had gedaan met deze vraag te beginnen. Ik vond het een vreselijke gedachte dat ik het kameraadschappelijke gevoel dat we hadden bereikt misschien zou bederven.

Tenslotte zei hij hoofdschuddend: 'Ik weet niet hoe ik daar antwoord op moet geven. Hij was zo'n knul met wie je denkt dat je nooit ook maar één moment gedonder zult hebben. Altijd vrolijk, hielp uit zichzelf in huis, haalde goeie cijfers op school. Maar toen hij zo'n jaar of zestien was, z'n laatste jaar op de High School, leek 't opeens met hem mis te lopen. Hij heeft z'n eindexamen nog wel gehaald, maar hij wist duidelijk niet wat hij met zichzelf aan moest. Hij rommelde maar wat. Z'n cijfers waren goed genoeg om verder te leren en God weet dat ik 't geld wel bij elkaar zou hebben geschraapt, maar ik weet niet... Hij ging altijd maar naar feestjes, bleef enorm laat weg, lag hele weekenden in z'n nest, hing altijd rond met jongelui zoals Bobby, rijkeluiszoontjes en -dochtertjes. Toen kreeg hij verkering met Bobby's stiefzusje, Kitty. Jezus, die griet was in de wieg al 'n dwarsligger, dat weet ik wel zeker. Maar tegen die tijd had ik m'n buik vol van dat gedonder met hem. Als hij niet meer bij de familie wilde horen, dan moest hij dat zelf maar weten. Maar donder dan wel op, verdien dan wel zelf je boterham. Denk maar niet dat je hier je vreten kunt halen en je sokken kunt laten wassen.' Hij zweeg en keek me aan. 'Heb ik 't verkeerd aangepakt? Kun jij me dat vertellen?'
'Dat weet ik niet,' zei ik. 'En hoe kun je trouwens antwoord op

'n dergelijke vraag geven? Jongelui moeten hun wilde haren kwijtraken en komen dan doorgaans wel weer op hun pootjes terecht. Meestal heeft 't niet echt iets met de ouders te maken. Wie weet waaraan 't ligt?'

Hij staarde zwijgend naar de horizon, zijn lippen om de sigaar gespannen als was het de koppeling van een tuinslang. Hij nam een trekje en blies toen een rookwolk uit. 'Soms vraag ik me af of hij wel goed bij z'n hoofd was. Misschien had ik hem naar 'n zieleknijper moeten sturen, maar wist ik veel? Dat zegt Reva nu achteraf. Maar wat moet 'n psychiater met 'n jongen aan die geen ambitie heeft?'

Ik had op niets van dit alles een antwoord, dus bromde ik maar meelevend en liet het daarbij.

Het bleef even stil. Hij zei: 'Ik hoor dat Bobby lelijk gemangeld is.'

Hij zei het op aarzelende toon, het was een behoedzame navraag naar een gehate rivaal. Hij had Bobby ongetwijfeld honderd maal dood gewenst, en zijn euvele moed vervloekt dat hij het wel overleefd had.

'Ik weet nog zo net niet of hij niet graag met Rick zou ruilen als dat zou kunnen,' zei ik in een poging hem te sussen. Ik wilde hem niet verder op stang jagen, maar ik wilde ook niet dat hij op de een of andere manier het gevoel had dat Bobby in vergelijking met Rick 'mazzel gehad had'. Bobby deed zijn uiterste best om nog wat van zijn leven te maken, maar het was een harde strijd.

Beneden ons kwam een rammelende oude lichtblauwe Ford in zicht, die uitlaatgassen uitbraakte. De vrouw achter het stuur reed in een wijde boog om mijn auto heen en stopte even, waarschijnlijk om een automatische garagedeur te activeren. De auto verdween beneden ons, en kort daarop hoorde ik het gedempte geluid van een autoportier dat dichtsloeg.

'Dat is mijn vrouw,' zei Phil toen de garagedeur onder onze voeten piepend dicht rolde.

Reva Bergen zwoegde tegen het steile paadje op, beladen met tassen vol boodschappen. Het viel me op dat Phil geen aanstalten maakte haar te helpen. Boven aangekomen zag ze ons zitten. Ze aarzelde even, haar gezicht ontbloot van elke uit-drukking. Zelfs op die afstand leek haar blik onscherp, iets dat bevestigd werd toen ze een paar minuten later bij ons kwam zitten. Ze had grauwblond haar en had ook verder het soort fletse voorkomen dat sommige vrouwen in hun middelbare ja-ren aannemen. Ze had kleine, vrijwel wimperloze oogjes, vale wenkbrauwen en een bleke huid. Ze was broos en botterig en haar enorme handen bungelden onbeholpen aan haar smalle polsjes als een paar grote rubberen tuinhandschoenen. Ik had zelden twee mensen gezien die zo slecht bij elkaar leken te pas-sen en verjoeg schielijk een beeld van het paar in het echtelijke bed dat ongenood aan mijn geestesoog verscheen.

Phil legde uit wie ik was en vertelde dat ik met een onderzoek bezig was inzake het ongeluk waarin Rick was omgekomen.

Ze glimlachte vals. 'Heeft Bobby soms last van z'n geweten?'

Phil kwam tussenbeide voor ik daar iets op kon zeggen. 'Kom nou Reva, 't kan toch zeker geen kwaad? Je zei zelf dat de politie...'

Ze draaide zich met een ruk om en liep het huis weer in. Phil duwde machteloos zijn handen in zijn broekzakken. 'Sjeesus, zo is ze nou steeds sinds 't gebeurd is. Bij 't minste of geringste vliegt ze uit 'r slof. Niet dat ik nou zo'n vrolijke Frans ben, maar zij is nog steeds volslagen kapot.'

'Ik moest maar 's gaan,' zei ik. 'Alleen wil ik jullie één ding vragen. Ik probeer erachter te komen waarin Bobby destijds verwikkeld had kunnen zijn en tot nog toe heb ik weinig geluk. Heeft Rick ooit iets gezegd waaruit jullie opmaakten dat Bob-by in moeilijkheden verkeerde of van streek was? Of dat hijzelf misschien een of ander probleem had?'

Hij schudde zijn hoofd. 'Ricks hele leven was wat mij betreft 'n probleem, maar dat heeft niks met dat ongeluk te maken. Ik zal Reva vragen of die iets weet.'

'Bedankt,' zei ik. Ik gaf hem een hand en viste mijn kaartje uit mijn tas zodat hij zou weten hoe hij me kon bereiken.

Hij liep met me mee naar de weg en ik bedankte hem voor de boterhammen. Toen ik in mijn auto stapte, keek ik op. Reva stond vanaf de veranda op ons neer te staren.

Ik reed terug de stad in. Ik deed even mijn kantoor aan om te zien of er iets op mijn antwoordapparaat was ingesproken (niets) en of ik post had (niets van belang). Ik zette een verse pot koffie en hees mijn typemachine op mijn schrijfblad om de aantekeningen uit te werken die ik tot nog toe had verzameld. Dat was een rotklus, gezien het feit dat ik nog niets had ontdekt, maar Bobby had er recht op te weten wat ik met de door hem zo duur betaalde tijd deed.

Om drie uur deed ik mijn kantoordeur achter me op slot en liep naar de Openbare Bibliotheek, die twee straten verderop was. Ik liep naar beneden naar de tijdschriftenzaal en vroeg de kranten van september vorig jaar op, die inmiddels op microfilm stonden. Ik ging aan een projector zitten en zette het eerste filmpje in. Het was zwart-wit en alle foto's zagen eruit als negatieven. Ik had geen idee waar ik op uit was dus moest ik alle bladzijden doorkijken. Actualiteiten, binnenlands nieuws, het plaatselijke politieke gebeuren, brand, misdaad, geboortes en overlijdensberichten en scheidingen. Ik las de rubriek Gevonden Voorwerpen door, de persoonlijke advertenties, de roddelrubrieken, de sportpagina's. De film draaide niet helemaal goed door, zodat alinea's ietwat scheef op het scherm sprongen, hetgeen me een soort wagenziekte bezorgde. Rondom me zaten mensen tijdschriften door te bladeren en kranten te lezen. Het enige geluid in het vertrek was het gezoem van de projector waarvan ik gebruik maakte, een kuchje hier en daar, en het geritsel van krantepapier.

Ik had de kranten van de eerste zes dagen van september doorgenomen toen mijn wilskracht het liet afweten. Het was duidelijk dat ik dit in etappes zou moeten aanpakken. Ik begon een stijve nek en hoofdpijn te krijgen. Een blik op mijn horloge vertelde mij dat het tegen vijven was en ik vond het welletjes. Ik tekende de laatste datum aan die ik had doorgenomen en vluchtte toen de middagzon in. Ik liep terug naar het gebouw waar mijn kantoor zich bevond. Ik ging er niet weer naar binnen maar liep meteen naar het parkeerterrein.

Op weg naar huis deed ik de supermarkt aan en reed snel mijn wagentje rond, melk, brood en wc-papier van de planken plukkend. Er kwam zoveel zwijmelmuziek uit de luidsprekers dat ik me de heldin van een romantische komedie waande. Toen ik alles had wat ik nodig had liep ik naar de kassa voor klanten met twaalf boodschappen of minder. We stonden met zijn vijven in de rij en iedereen telde in het geniep hoeveel boodschappen de anderen in hun wagentjes hadden liggen. De man die voor mij in de rij stond had een hoofd dat te klein was voor zijn gezicht, net een niet helemaal opgeblazen ballon. Hij had een klein meisje bij zich, van zo'n jaar of vier, dat een nieuw jurkje aan had dat haar een paar maten te groot was. Op de een of andere manier sprak hier armoede uit. Ze zag er in dat jurkje uit als een dwerg; de taille viel op haar heupjes en de zoom slobberde om haar enkeltjes. Ze hield vol vertrouwen de hand van de man vast en schonk mij een glimlach zo vol trots dat ik onwillekeurig teruglachte.

Toen ik thuiskwam was ik bekaf en had ik pijn in mijn linkerarm. Op sommige dagen ben ik me nog maar amper bewust van die verwonding, maar op andere dagen heb ik een uitputtende constante doffe pijn. Ik besloot vandaag de brui te geven aan mijn vijf kilometer hardlopen. Ik nam een paar pijnstillende tabletten, schopte mijn schoenen uit en kroop onder mijn lappendeken. Daar lag ik nog toen de telefoon rinkelde. Ik werd met een schok wakker en stak automatisch mijn hand naar de hoorn uit. Het was donker in mijn woninkje. Het onverwachte schrille geluid had een stoot adrenaline door mijn aderen gejaagd en mijn hart bonsde in mijn keel. Ik keek ongerust op de klok. Kwart over elf.

Ik mompelde hallo en wreef me met een hand over mijn gezicht en haar.

'Kinsey, met Derek Wenner. Heb je 't al gehoord?'

'Derek, ik slaap al.'

'Bobby is dood.'

'Wat?'

'Ik denk dat hij te veel op had, al weten we op 't moment niet eens zeker of hij gedronken had. Zijn auto is op West Glen van de weg geraakt en tegen een boom gebotst. Ik wilde je dat maar meteen laten weten.'

'Wat?' Ik wist dat ik in herhaling verviel maar ik kon werkelijk niet bevatten wat hij me vertelde.

'Bobby is in 'n auto-ongeluk om 't leven gekomen.'

'Maar wanneer dan ?' Ik weet niet waarom ik dat zo nodig moest weten. Ik geloof dat ik alleen maar vragen stelde omdat ik niet wist hoe ik dit nieuws anders moest verwerken.

'Even na tienen. Hij was dood toen ze hem bij St. Terry's binnenbrachten. Ik moet er nog heen om hem te identificeren, maar er is geen enkele twijfel.'

'Kan ik iets doen?'

Hij aarzelde even. 'Nou ja, misschien wel. Ik heb Sufi proberen te bellen maar ik krijg geen gehoor. Ik vraag me af of jij Glen misschien zolang gezelschap kunt houden. Op die manier kan ik naar 't ziekenhuis.'

'Ik kom eraan,' zei ik en hing op.

Ik waste mijn gezicht en poetste mijn tanden. Intussen sprak ik mezelf onafgebroken toe maar voelde niets. Al mijn innerlijke leven leek tijdelijk tot stilstand gekomen terwijl mijn hersenen met de feiten worstelden. Mijn brein wees het nieuws keer op keer af. Welnee, dit kon gewoon niet. Uitgesloten. Bobby was er niet meer? Daar wilde ik niet aan.

Ik grabbelde mijn blazer, tas en sleutels bij elkaar, deed de deur op slot, stapte in mijn auto, startte de motor en reed weg. Ik voelde me net een goed geprogrammeerde robot. Toen ik West Glen Road opreed, zag ik de auto's met zwaailichten nog staan en ik voelde een koude rilling langs mijn ruggegraat gaan. Het was bij de grote bocht niet ver van de 'houten krotten'. De ambulance was al weg, maar de politieauto's stonden er nog, en hun radio's krijsten door de avondlucht. Omstanders keken in het donker vanaf de kant van de weg toe en de boom die hij had geraakt baadde in wit licht. De rauwe jaap in de stam zag er op zich al als een dodelijke wond uit. Zijn bmw werd net weggesleept. Het geheel deed merkwaardig sterk denken aan een locatie voor filmopnamen. Ik draaide me om en keek met een raar afstandelijk gevoel naar de plek waar het gebeurd was. Ik wilde niet tot de algehele verwarring bijdragen en ik maakte me zorgen om Glen, dus reed ik verder. Een stemmetje fluisterde me in: 'Bobby is dood.' Een tweede stemmetje zei: 'Welnee, daar willen we niet aan, hè? Dat pikken we gewoon niet, afgesproken?'

Ik reed de smalle afslag op en volgde die tot hij op de verlaten oprit uitkwam. Overal in huis brandde licht als was er een enorm feest gaande, maar het was muisstil. Er was niemand te bekennen en nergens zag ik een auto. Ik parkeerde en liep naar de voordeur. Een van de dienstboden deed als door een elektronische sensor gewaarschuwd de deur open toen ik wilde aanbellen. Ze deed een stap achteruit en liet me zwijgend binnen.

'Waar is Mrs. Callahan?'

Ze deed de deur dicht en liep de gang door. Ik volgde haar. Ze klopte aan de deur van Glens studeerkamer, draaide de deurknop om en deed weer een stap achteruit om mij de kamer in te laten.

Glen zat, in een lichtroze peignoir, in een van de leunstoelen weggedoken, met haar knieën opgetrokken. Ze keek op met een kletsnat, gezwollen gezicht. Het leek wel of al haar emotionele leidingen gesprongen waren, haar ogen waren overgestroomd, haar wangen waren met tranen overspoeld, haar neus droop. Nog steeds ongelovig, bleef ik even staan. We keken elkaar aan; toen boog ze opnieuw haar hoofd maar strekte haar hand naar me uit. Ik liep op haar toe en knielde naast haar stoel neer. Ik pakte haar hand, die klein en koud was, en drukte die tegen mijn wang.

'O Glen, wat vreselijk voor je,' fluisterde ik.

Ze knikte en maakte een geluidje diep in haar keel, niet eens een gearticuleerde kreet maar een veel primitiever geluid. Ze wilde iets zeggen maar kon alleen een soort gestotter uitbrengen – iets dat op woorden leek maar geen letterlijke betekenis had. Wat deed het ertoe wat ze zei? Het was gebeurd en niets kon daar nog iets aan veranderen. Ze begon te huilen zoals kinderen huilen, sidderende snikken die maar niet ophielden. Ik omklemde haar hand om haar een boei te geven in die kolkende zee van intens verdriet.

Tenslotte voelde ik haar uitbarsting wegtrekken als een regen-

wolk die een plensbui uitstort en verder drijft. Haar krampachtige gesnik bedaarde. Ze liet me los en leunde achterover
om diep adem te halen. Ze haalde een zakdoek uit haar zak en
drukte die tegen haar ogen, snoot toen haar neus.

Ze zuchtte. 'O God, hoe moet ik hier doorheen komen?' zei ze
en opnieuw sprongen de tranen haar in de ogen en stroomden
haar over haar gezicht. Even later hervond ze haar zelfbeheersing en begon zich hoofdschuddend opnieuw droog te deppen.
'Jezus nog toe, ik denk niet dat ik dit aankan, Kinsey. Snap je?
Dit is gewoonweg te moeilijk en ik heb hier werkelijk niet de
kracht voor.'

'Kan ik iemand voor je bellen?'

'Nee, niet nu. 't Is te laat en wat maakt 't uit? Morgenochtend
vraag ik Derek wel of hij Sufi belt. Die komt me dan wel gezelschap houden.'

'En Kleinert? Zal ik die bellen?'

Ze schudde haar hoofd. 'Bobby kon hem in wezen niet uitstaan. Laat nou maar. Hij hoort 't gauw genoeg. Is Derek al
terug?' zei ze nu op gespannen toon, met een strak gezicht.

'Ik dacht van niet. Wil je iets drinken?'

'Nee, maar als jij wilt, schenk jezelf dan iets in. De drank staat
daar.'

'Misschien straks.' Ik had ergens behoefte aan maar wist niet
zeker waaraan. In elk geval niet aan drank. Ik was bang dat
alcohol mijn dunne laagje zelfbeheersing weg zou vreten. Het
laatste waar Glen nu behoefte aan had was mij op haar beurt te
moeten troosten. Ik ging op de leunstoel tegenover haar zitten
en opeens drong zich een beeld aan mijn geestesoog op. Ik zag
Bobby zich over haar heen buigen en haar welterusten zoenen
zoals hij nog maar twee avonden geleden had gedaan. Hij had
haar automatisch zijn goede gezichtshelft toegewend. Dat was
een van zijn laatste nachten op deze aarde geworden, maar dat
hadden zij geen van beiden op dat moment beseft, en ik evenmin. Ik keek naar haar op en zij keek mij aan als wist ze waaraan ik dacht. Ik wendde mijn blik af, maar niet snel genoeg.
Iets van het verdriet in haar gezicht sloeg op mij over, net licht
dat door een op een kier staande deur valt. Droefenis glipte

door die kier bij me binnen en voor ik het wist barstte ik in tranen uit.

HOOFDSTUK TWAALF

Voor alles is een reden, al wil dat nog niet zeggen dat 't allemaal ergens op slaat. De volgende paar dagen waren een
nachtmerrie, te meer daar ik zijdelings betrokken raakte bij de
praalvertoning rond Bobby's dood. Omdat ik in de eerste
ogenblikken van haar verdriet was verschenen leek Glen Callahan zich aan mij vast te klampen, als kon ik misschien toch
nog troost bieden.

Dr. Kleinert had Kitty toestemming gegeven om voor de begrafenis het ziekenhuis te verlaten en er werden pogingen ondernomen om Bobby's vader overzee te bereiken maar deze
reageerde niet en dat vond iedereen zo te zien allang best. Ondertussen stroomden honderden mensen door de rouwkamer:
vrienden van Bobby, vroegere klasgenoten, vrienden van de
familie en zakenrelaties, gemeentebestuurders, leden van de
besturen waarin Glen zat. Iedereen die in Santa Teresa iemand was. Na die eerste avond was Glen de kalmte zelve –
kalm en minzaam regelde ze Bobby's begrafenis tot in de kleinste bijzonderheden. Die zou smaakvol zijn, alles precies zoals
het hoort. Ze uitte de wens dat ik niet van haar zijde zou wij-
ken.

Ik had gedacht dat mijn constante aanwezigheid Derek en
Kitty een doorn in het oog zou zijn maar die leken allebei eigenlijk nogal opgelucht. Glens vastbesloten aanpak boezemde
ze duidelijk angst in.

Glen koos voor een gesloten kist, maar bij de begrafenisondernemer zag ik Bobby nog heel even toen zijn lijk daar lag op-
gebaard. Ik had er kennelijk behoefte aan me met die snelle
blik ervan te overtuigen dat hij werkelijk dood was. God, dat
roerloze vlees als het leven geweken is... Glen stond naast me,
met haar blik strak op Bobby's gezicht en haar eigen gezicht
even strak en levenloos als het zijne. Iets was met zijn dood uit
haar weggetrokken. Haar gezicht stond onbewogen maar haar
greep om mijn arm verkrampte toen het deksel neerkwam.

'Vaarwel, lieve schat,' fluisterde ze. 'Ik houd van je.'
Ik wendde me snel af.
Derek kwam van achteren aanlopen en ik zag hem zijn hand
uitsteken om haar aan te raken. Ze draaide haar hoofd niet om
maar er ging een zo grenzeloze woede van haar uit dat hij,
afgeschrikt door die felle uitstraling, zijn afstand bewaarde.
Kitty stond tegen de achterwand, versteend, met een gezicht
dat vlekkerig was van de tranen die zij in eenzaamheid had
gestort. Op de een of andere manier vermoedde ik dat zij en
haar vader niet lang meer in Glens leven zouden blijven. Bobby's dood had de verloedering van dat gezin versneld. Glen
leek vol ongeduld te wachten tot zij alleen zou zijn en kon de
vereisten van dagelijkse omgang amper velen. Die twee namen
alleen maar en zij had niets meer te geven. Ik kende haar nauwelijks maar het leek mij duidelijk dat zij opeens op een heel
andere basis leefde. Derek sloeg haar nerveus gade; wellicht
voelde hij aan dat hij geen deel uitmaakte van haar nieuwe
leefpatroon, wat dat ook zijn mocht.

Bobby werd op zaterdag begraven. De plechtigheid was gelukkig kort. Glen had de muziek en een aantal passages uit niet-
bijbelse bron uitgezocht. Ik kwam, in navolging van Glen, het
geheel door door me zo min mogelijk betrokken te voelen bij
wat er gebeurde en gezegd werd. Ik was niet van zins vandaag
te proberen met Bobby's dood in het reine te komen. Ik was
niet van plan *en plein public* mijn zelfbeheersing te verliezen.
Desalniettemin voelde ik op sommige ogenblikken hoe mijn
gezicht begon te gloeien en de tranen me in de ogen sprongen.
Het was niet alleen dit verlies; het was alle dood, alle verlies –
mijn ouders, mijn tante.
De begrafenisstoet was tien straten lang en doorkruiste traag
de stad. Bij elke kruising moest het verkeer wachten tot wij
voorbij waren en ik las de commentaren af aan de gezichten die
we passeerden. 'Gut, 'n begrafenis. Wie zou dat zijn?' 'Mooie
dag voor 'n begrafenis, anders.' 'Goh, moet je al die auto's
zien.' 'Vooruit, uit de weg.'
We reden stapvoets de begraafplaats op, die groen en zorg-

vuldig bijgehouden was. Een keur aan grafzerken strekte zich in alle richtingen uit, net de achtertuin van een steenhouwer die staaltjes van zijn werk tentoonstelt. Overal groeiden groene struiken, eucalyptusbomen en esdoorns. De perceeltjes werden door lage heggetjes van elkaar gescheiden en droegen op een plattegrond van de begraafplaats ongetwijfeld namen als Serenitas en Hemelse Velden.

We parkeerden, stapten uit en liepen aarzelend over het pasgemaaide gras. Het was net een schoolreisje: iedereen gedroeg zich voorbeeldig en niemand wist precies wat er nu zou volgen. Af en toe fluisterde men elkaar iets in het oor maar we deden er overwegend het zwijgen toe. Employés van de begrafenisonderneming, gekleed in donkere pakken, begeleidden ons als ceremoniemeesters naar onze plaatsen.

Het was een warme dag en de middagzon was fel. Een briesje ritselde speels door de boomtoppen. Ik voelde me hier beter dan in de kerk en besefte dat het ontbreken van orgelmuziek deze plechtigheid aan het graf minder overweldigend maakte. Zelfs de meest banale psalm kan bij zulke gelegenheden hartverscheurend zijn. Ik luisterde liever naar de wind.

De stijl van begrafenissen was heel wat veranderd sinds mijn ouders begraven waren en ik vroeg me af wat die verandering teweeg had gebracht. Ongetwijfeld een kwestie van technologische vooruitgang. Misschien was de dood tegenwoordig een nettere aangelegenheid en gemakkelijker in banen te leiden. Graven werden tegenwoordig machinaal gedolven, in een keurige rechthoek, waar hier nu de kist aan een soort hefkraantje boven zweefde. Geen rare vertoningen meer van beminden die zich in het graf wierpen. Nu dit gedrocht vlak boven het graf stak, zou je op je buik de kuil in moeten kruipen en dat zou het gebaar van zijn dramatische uitwerking beroven.

Onder de treurenden buiten de familiekring zag ik Phil en Reva Bergen. Hij leek aangedaan maar zij zag het geheel onbewogen aan. Haar blik zwierf van het gezicht van de dominee naar het mijne en ze staarde me zonder enige emotie aan. Achter hen meende ik Kelly Borden te zien, maar zeker wist ik dat niet. Ik ging verzitten, in de hoop zijn blik te vangen, maar toen was zijn gezicht verdwenen. Het gezelschap begon uiteen te gaan en ik besefte dat de dienst voorbij was. De dominee schonk Glen een plechtige blik maar zij negeerde hem en liep naar de limousine. Derek probeerde het goed te maken door nog even te blijven praten.

Kitty zat al op de achterbank toen we bij de limousine aankwamen. Ik had er heel wat onder durven verwedden dat ze high was. Ze had een hoogrode kleur en haar ogen schitterden koortsachtig, terwijl haar handen rusteloos in haar schoot aan haar zwarte katoenen rok plukten. Haar keuze voor haar kledij bij deze gelegenheid was gevallen op een buitenissig zigeunerachtig geval met een bovenlijfje van zwarte katoen vol strikjes en kwikjes en borduursels in opzichtige zeegroene en rode tinten. Glen had loom met haar ogen geknipperd toen ze Kitty zo zag verschijnen en een bijna onzichtbare glimlach was om haar lippen geslopen voor ze haar aandacht op iets anders had gericht. Ze had duidelijk besloten er geen werk van te maken. Kitty had zich uitdagend opgesteld maar aangezien Glen geen weerstand had geboden was haar dramaatje doodgebloed voor het zelfs maar het eerste bedrijf had bereikt.

Ik stond al naast de limousine toen ik Derek zag aankomen. Hij klom op de achterbank en wilde het portier dichttrekken. 'Laat open,' zei Glen zacht.

De chauffeur was nergens te zien. Er was enige vertraging terwijl men in de geparkeerde auto's stapte. Een paar mensen liepen doelloos over de gazons.

Derek probeerde Glens blik te vangen. 'Nou, dat is netjes gegaan, hè?'

Glen wendde zich abrupt af en tuurde uit het raampje. Als je enige kind dood is, wat doet dat soort overwegingen er dan toe? Kitty pakte een sigaret en stak die op. Haar handen waren net vogelklauwtjes, met een haast schubbige huid. De ronde hals van haar jurk ontblootte een zo mager kippeborstje dat je haar botten kon zien.

Derek trok een vies gezicht toen de rook het achterste deel van de wagen vulde. 'Kitty, doe God nog toe die sigaret uit. Jezus!' 'Ach, laat haar toch,' zei Glen mat. Kitty keek op bij haar onverwachte steun maar drukte de sigaret toch maar uit.

De chauffeur arriveerde en deed het portier aan Dereks kant dicht, waarna hij om de limousine heen liep en achter het stuur kroop. Terwijl hij optrok, liep ik naar mijn eigen auto.

Toen we eenmaal bij het huis waren, was de sfeer veel minder geladen. De aanwezigen leken de dood weg te wuiven en troost te vinden in goede wijn en overdadige hors d'oeuvres. Ik weet niet waarom sterfgevallen nog steeds aanleiding vormen tot dergelijke samenkomsten. Verder is alles gemoderniseerd maar dit overblijfsel van de dodenwake houdt stand. Er waren zeker tweehonderd mensen in de woonkamer en gang samengestroomd maar dat deed eigenlijk heel prettig aan. Het was een aangename manier om de overgang te maken van de begrafenisplechtigheid naar de verpletterend eenzame slaap die onvermijdelijk zou volgen.

Ik herkende een aantal aanwezigen van Dereks verjaardagsborrel die maandag: dr. Fraker en zijn vrouw Nola, dr. Kleinert en een weinig aantrekkelijke vrouw die naar ik aannam Mrs. Kleinert was, en dan de andere arts die aanwezig was geweest, Metcalf. Hij stond met Marcy te praten, die korte tijd met Bobby gewerkt had op de Afdeling Pathologie. Ik pakte een glas wijn en laveerde door de menigte heen op dr. Fraker af. Hij en Kleinert hadden de koppen bij elkaar gestoken en ze hielden op met praten toen ik erbij kwam.

Ik begroette ze, me opeens met mijn houding geen raad wetend. Misschien was dit niet zo'n goed idee. Ik nam een slokje wijn en zag de blik die de twee artsen wisselden. Ik had de indruk dat ze besloten me in hun gesprek te betrekken, want Fraker pakte de draad weer op.

'In elk geval doe ik 't miscroscopisch onderzoek pas op maandag, maar het ziet ernaar uit dat de doodsoorzaak een gebarsten klep in de aorta was.'

Kleinert zei: 'Ten gevolge van de smak die hij tegen het stuur had gemaakt.'

Fraker knikte en nam een slokje wijn. Hij zette zijn bevindingen op een dicteertoon uiteen. 'Zijn borstbeen en meerdere ribben waren gebroken en de aorta was net boven de slippen van de hartkleppen gescheurd. Daarnaast was er een inwendige bloeding in de borstkas en een zware bijkomstige bloeding van de aorta.'

Naar Kleinerts gezichtsuitdrukking te oordelen kon hij zijn collega uitstekend volgen. Ik persoonlijk begreep weinig van de uiteenzetting maar gruwde er evengoed van.

'Was er alcohol in zijn bloed?' vroeg Kleinert.

Fraker haalde zijn schouders op. 'Uitslag negatief. Hij was niet dronken. We krijgen de rest van de uitslagen waarschijnlijk vanmiddag nog, maar ik denk niet dat we daar echt wijzer van worden, al is 'n verrassing natuurlijk nooit uitgesloten.'

'Nou, als je gelijk hebt met die CSF blokkering dan was 'n beroerte waarschijnlijk onvermijdelijk. Bernie had hem gewaarschuwd om naar de waarschuwingssignalen uit te kijken,' zei Kleinert. Zijn lange, diep doorgroefde gezicht droeg een eeuwig treurige uitdrukking. Als ik emotioneel in de knoop zat en naar een psychiater moest, denk ik niet dat ik me er prettiger bij zou voelen om week in week uit tegen zo'n gezicht aan te moeten kijken. Ik zou liever iemand tegenover me hebben die energie uitstraalde, pit, iets van hoop.

'Dus Bobby had 'n beroerte?' vroeg ik. Het was me inmiddels duidelijk dat ze het over zijn autopsie hadden. Fraker besefte kennelijk dat ik niets van het gezegde had begrepen want hij vertaalde het bereidwillig voor me.

'We denken dat er complicaties zijn opgetreden die voortkwamen uit Bobby's hoofdletsel van het vorige ongeluk. Soms raakt de normale omloop van cerebro-spinale vloeistof geblokkeerd. Dan neemt de intracraniele druk enorm toe en sterft 'n deel van de hersenen af, hetgeen leidt tot posttraumatische epilepsie.'

'En daardoor is hij van de weg geraakt?'

'Ik denk van wel, ja,' zei Fraker. 'Ik kan niets met zekerheid zeggen maar hij had waarschijnlijk al geruime tijd last van hoofdpijn, nervositeit, prikkelbaarheid.'

Kleinert viel hem bij: 'Ik heb hem om zo'n uur of zeven, kwart over zeven nog gezien en toen was hij vreselijk gedeprimeerd.'

'Misschien vermoedde hij wat er aan de hand was,' zei Fraker. 'Als dat zo is, dan is 't verdomde jammer dat hij z'n mond niet heeft opengedaan.'

Het tweetal mompelde samen verder terwijl ik probeerde de implicaties te overzien.

'Zou 'n dergelijke beroerte een biochemische oorzaak kunnen hebben?' vroeg ik.

'Zeker kan dat. 't Toxicologische onderzoek was weinig diepgaand en de uitslag hangt er sterk van af waar men het op toespitst. Er zijn 'n paar honderd geneesmidelen die iemand die gepredisponeerd is 'n dergelijke beroerte kunnen bezorgen. 't Is gewoon niet doenlijk om al die middelen na te gaan,' zei Fraker.

Kleinert verlegde nerveus zijn gewicht van zijn ene voet naar de andere. 'In wezen is 't een wonder dat hij na wat hij had doorgemaakt nog zo lang heeft geleefd. We wilden Glen niet ontmoedigen, maar ik denk dat we allemaal bang waren dat zoiets zou kunnen gebeuren.'

Het onderwerp leek hiermee uitgeput, en Kleinert wendde zich tenslotte tot Fraker: 'Hebben jullie al gegeten? Ann en ik gaan naar 'n restaurant; als Nola en jij zin hebben om mee te komen, doe dat dan beslist.'

Fraker wees de uitnodiging af maar hij wilde meer wijn en ik zag hem rondturen of hij zijn vrouw zag. De beide artsen excuseerden zich en liepen weg.

Ik bleef onthutst achter en ging de feiten nog eens na. Theoretisch gesproken was Bobby Callahan een natuurlijke dood gestorven maar in feite was hij gestorven ten gevolge van letsel dat hij had opgelopen in een ongeluk dat negen maanden tevoren was gebeurd, en dat ongeluk was, althans volgens zijn mening, een moordaanslag geweest. Voor zover ik me kon herinneren bepaalt de Californische wet dat 'een sterfgeval moord of doodslag inhoudt als de gestorvene komt te overlijden binnen drie jaar en één dag nadat de klap is toegebracht of de handeling die de dood ten gevolge heeft is verricht.' Dus de waarheid was dat hij vermoord was en dat het niet uitmaakte of hij die avond zelf of nu pas was overleden. Voorlopig had ik natuurlijk nog geen bewijs. Maar ik had nog bijna heel dat voorschot dat Bobby me had betaald en ik had van hem een duidelijke taakomschrijving gekregen, dus als ik wilde had ik nog steeds een opdracht.

Ik krabbelde geestelijk overeind; het was tijd om verdriet opzij te zetten en weer aan de slag te gaan. Ik zette mijn wijnglas neer en zocht Glen op om haar te laten weten waar ik heenging. Toen ging ik de trap op en doorzocht Bobby's kamer centimeter voor centimeter. Ik moest en zou dat rode boekje vinden.

HOOFDSTUK DERTIEN

Ik ging te werk in de hoop dat Bobby het adresboekje ergens daar in huis had verborgen. Hij had gezegd dat hij zich meende te herinneren dat hij iemand dat boekje had gegeven, maar misschien had hij dat ook niet gedaan. Ik kon met geen mogelijkheid heel het huis uitkammen, maar ik kon in elk geval een paar vertrekken doorzoeken. Glens studeerkamer, misschien Kitty's kamer. Het was stil op de bovenverdieping en ik was blij dat ik even alleen was. Ik zocht anderhalf uur lang naar dat boekje en vond niets, maar ik liet me niet uit het veld slaan. Op de een of andere manier putte ik er zelfs moed uit. Misschien betekende dit dat Bobby's geheugen hem in dit geval toch niet in de steek had gelaten.

Tegen zessen liep ik de gang op. Ik leunde met mijn ellebogen op de balustrade rond de overloop en luisterde naar de geluiden die van de benedenverdieping opstegen. Ik hoorde hier en daar nog gelach en flarden van gesprekken, maar zo te horen waren de meeste mensen nu wel naar huis. Ik keerde op mijn schreden terug en tikte op Kitty's deur.

Een gedempte stem zei: 'Wie is daar?'

'Ik ben 't, Kinsey,' zei ik tegen de dichte deur. Even later hoorde ik die van het slot gaan, maar ze deed hem niet voor me open.

In plaats daarvan gilde ze: 'Binnen!' God, wat een rotmeid. Ik ging de kamer binnen. Die was opgeruimd en het bed was opgemaakt. Ik weet wel zeker dat ze zelf niets van dat werk had gedaan. Ik zag aan haar gezicht dat ze had gehuild. Ze had een rode neus, haar make-up was uitgelopen. En natuurlijk zocht ze troost in drugs. Ze had haar spiegeltje en scheermesje te voorschijn gehaald en deed net een paar lijntjes coke. Op het nachtkastje stond een halfvol glas wijn.

'Ik voel me klote,' zei ze. Haar zigeunerkostuum had plaats gemaakt voor een kimono van groene zijde met op de rug en mouwen geborduurde vlinders. Haar armen waren zo mager dat ze in die groene zijde en met haar schitterende groene ogen net een bidsprinkhaan leek.

'Wanneer moet je in St. Terry's terug zijn?' vroeg ik.

Ze snoot haar neus voor ze haar lijntjes opsnoof. 'Weet ik veel,' zei ze stuurs. 'Vanavond, denk ik. In elk geval kan ik zo tenminste wat van m'n eigen kleren pakken. Gatverdamme, ik werd daar zonder wat ook op die gekkenzaal neergepoot.'

'Kitty, waarom gebruik je die rotzooi? Daar zal Kleinert blij mee zijn.'

'Hiephoi, jij komt me ook al de les lezen.'

'Nee, ik kom Bobby's kamer doorzoeken. Ik probeer het rode adresboekje te vinden waarnaar hij je afgelopen dinsdag vroeg. Ik neem aan dat je echt geen idee hebt waar dat zou kunnen zijn?'

'Nee hoor.' Ze boog zich over een opgerold dollarbiljet en gebruikte haar neusgat als een stofzuigertje. Ik keek toe hoe de cocaïne als bij toverslag in haar neusgat verdween.

'Enig idee aan wie hij 't zou hebben kunnen geven?'

'Nee hoor.' Ze leunde op het bed achterover, en kneep haar neus dicht. Ze likte aan haar wijsvinger en veegde het spiegeltje schoon, waarna ze met haar vingertop over haar tandvlees wreef, als bracht ze een middeltje aan om de pijn van doorkomende tanden te stillen. Ze strekte haar hand uit naar haar wijnglas, ging onderuit tegen de kussens zitten en stak een sigaret op.

'Geweldig, hoor,' zei ik. 'Je gaat lekker tekeer. 'n Snuifje coke, 'n plens wijn, 'n paar sigaretten. Ze kunnen je straks eerst weer al die rotzooi uit je lijf pompen voor ze wat voor therapie ook met je beginnen.' Ik wist dat dit haar op stang zou jagen, maar ze streek me tegen de haren en voor mijn part kregen we een fikse ruzie, want ik was liever kwaad dan verdrietig.

'Ach, val dood,' zei ze verveeld.

'Bezwaar als ik ga zitten?' vroeg ik.

Ze gaf met een gebaar te kennen dat ik moest doen wat ik niet kon laten en ik ging op de rand van het bed zitten. Ik keek belangstellend om me heen.

'Wat is er van je voorraadje geworden?' vroeg ik.

'Wat voor voorraadje?'

'De rommel in dat laatje,' zei ik en wees op de lade van haar nachtkastje.

Ze staarde me aan. 'Daar bewaar ik helemaal geen spul.'

Ik vond haar verontwaardigde toon schitterend. 'Da's merkwaardig,' zei ik. 'Ik zag dr. Kleinert daar anders 'n hele buidel pillen uit lichten.'

'Wanneer dan?' zei ze ongelovig.

'Maandagavond toen ze je hier wegzeulden. Quaaludes Placicyls, Tuinals, ga maar door.' Niet dat ik echt geloofde dat die pillen van haar waren, maar ik was benieuwd wat ze zou zeggen.

Ze staarde me nog wat aan, blies toen zachtjes een mondvol rook uit die ze bedreven in haar neus liet verdwijnen.

'Wat had je maandag geslikt?'

'Valium. Dat had ik op recept.'

'Dr. Kleinert schreef je valium voor?' vroeg ik.

Ze stond geprikkeld op en begon in haar kamertje te ijsberen. 'Hoor 's, Kinsey, ik hoef niet naar jouw flauwekul te luisteren. Mijn stiefbroer is vandaag begraven, voor 't geval je dat was vergeten. Ik heb dus wel wat anders aan m'n hoofd.'

'Had je iets met Bobby?'

'Nee, ik "had" niks met Bobby. Je bedoelt seks en zo, hè? Of ik 'n verhouding met hem had, hè?'

'Zoiets, ja.'

'God, wat heb jij 'n fantasie. Nou, ik zal je 's wat vertellen, zo heb ik nooit naar hem gekeken.'

'Misschien hij wel naar jou.'

Ze hield op met ijsberen. 'Wie heeft je dat verteld?'

'Dat is zomaar een van mijn theorietjes. Je weet dat hij genegenheid voor je voelde. Waarom zou hij niet ook seksuele gevoelens voor je koesteren?'

'Kom nou. Zei Bobby dat dan?'

'Nee, maar ik zag hoe hij reageerde op die avond dat ze jou naar 't ziekenhuis brachten. Ik had niet 't gevoel dat ik daar 'n staaltje louter broederlijke liefde te zien kreeg. Ik heb Glen zelfs gevraagd wat zij ervan dacht, maar zij zei dat ze niet dacht dat er iets tussen jullie was.'

'Nou dat was er ook niet.'

'Jammer. Misschien hadden jullie elkaar kunnen redden.'

Ze rolde met haar ogen en keek me toen aan met een blik van 'Jezus, wat zijn volwassenen toch 'n zeikerds'. Toch zag ik dat mijn opmerkingen hun uitwerking niet misten. Ze pakte een asbak van een ladenkast en drukte haar sigaret uit. Ze lichtte het dekseltje van een speeldoos en liet een paar noten van de filmmuziek van 'Dr. Zjivago' ontsnappen voor ze het er weer op liet vallen. Toen ze me opnieuw aankeek, had ze tranen in de ogen, waarvoor ze zich duidelijk schaamde.

Ze dook haar hangkast in en sleepte er een linnen reistas uit. Ze trok de bovenste lade van de ladenkast open en rukte daar een stapeltje slipjes uit, die ze in de tas propte. Ze duwde de la dicht en trok de volgende open, waar ze een stel T-shirtjes, spijkerbroeken en sokken uit rukte.

Ik stond op en liep naar de deur. Met mijn hand op de klink draaide ik me om. 'Niets is blijvend, weet je. Zelfs verdriet niet.'

'Tuurlijk, vooral mijn verdriet niet. Hee, waarvoor denk je dat ik dit spul gebruik, voor m'n gezondheid soms?'

'Jaja, doe maar stoer.'

'Gatverdamme, waarom ga je niet in 'n afkick-centrum werken? Je kent hun teksten al uit je hoofd.'

'Op 'n dag komt er misschien wel geluk in je bestaan, hoe hard je dat ook probeert te vermijden. Blijf maar liever in leven om ervan te genieten.'

'Sorry, daar heb ik geen boodschap aan. Mij niet gezien.'

Ik haalde mijn schouders op. 'Nou, krepeer dan maar. Mij 'n rotzorg. 't Zal in elk geval niet zo'n verlies zijn als Bobby's dood. Jij hebt de wereld nog helemaal niks gegeven.'

Ik deed de deur open.

Ik hoorde haar een lade dichtsmijten. 'Zeg, Kinsey?'

Ik draaide me om en keek haar aan. In haar scheve lachje lag bijna iets van zelfspot, maar nee, dat was het toch net niet.

'Zin in 'n lijntje coke? Ik trakteer.'

Ik verliet haar kamer en deed zachtjes de deur achter me dicht.

Ik had zin om die met een klap dicht te smijten, maar dat zou geen enkele zin gehad hebben.

Ik liep de trap af en ging naar de woonkamer. Ik had honger en snakte naar een glas wijn. Er waren nog maar een stuk of zes mensen over. Sufi zat naast Glen op een van de sofa's. Verder herkende ik niemand. Ik liep naar het buffet dat aan het andere uiteinde van de kamer op een lange tafel stond. De Mexicaanse dienstbode, Alicia, verschikte net de garnaaltjes op een schaal opdat die er niet armetierig half leeggegeten uitzag. God, wat was rijk zijn een gedoe. Daar had ik nooit eerder bij stilgestaan. Ik dacht dat je gewoon mensen kon uitnodigen en dan alles op zijn beloop kon laten, maar ik zag nu wel dat er allerhande subtiel geredder aan te pas kwam.

Ik legde wat hapjes op een bordje en pakte een onaangeroerd glas wijn. Ik ging dicht genoeg bij de anderen zitten om niet onbeschoft te lijken maar ver genoeg weg om niet aan het gesprek deel te hoeven nemen. Ik heb een verlegen kant die bij dergelijke gelegenheden de kop opsteekt. Ik kletste liever in de rosse buurt met een hoer dan met dit stel. Waar kon je met zulke mensen over praten? Ze hadden het over effecten. Ik nam een hapje zalmmousse en probeerde belangstellend te kijken, als had ik een stel effecten die ik nodig 's van de hand moest doen. Gut, wat kon 'n mens toch zorgen hebben.

Ik voelde een hand op mijn arm, en toen ik opkeek zag ik dat Sufi Daniels in de stoel naast me was komen zitten.

'Glen zegt dat Bobby jou erg graag mocht,' zei ze.

'Dat hoop ik. Ik vond hem 'n prima vent.'

Sufi staarde me aan. Ik at nog maar wat, want ik wist niet wat ik verder moest zeggen. Ze had merkwaardige kleren aan: een lange zwarte jurk van zijde of iets wat daarop leek, met daaroverheen een bijpassend jasje. Ik nam aan dat het tenue bedoeld was om haar misvormde figuur met die lichte bochel te verdoezelen, maar het wekte de indruk dat ze op het punt stond om, begeleid door een of ander symfonieorkest, een instrumentale solo ten beste te geven. Haar haar was net zo'n fletse, vormeloze kluwen als de eerste keer dat ik haar had gezien en haar make-up was onhandig aangebracht. Ze was een volstrekte tegenpool van Glen Callahan. Ze deed lichtelijk neerbuigend, alsof ze op het punt stond me voor mijn diensten een fooi in de hand te drukken. Ik had zin haar te vertellen dat ze kon barsten, maar de kans bestond dat zij Bobby's rode boekje had.

'Hoe heb je Glen eigenlijk leren kennen?' vroeg ik, en nam een slokje wijn. Ik zette het glas naast mijn stoel op de vloer en at wat koude garnaaltjes in pikante saus. Sufi's blik dwaalde af naar Glen en keerde toen naar mij terug.

'We kennen elkaar nog van de middelbare school.'

'Dan zijn jullie dus al heel lang bevriend.'

'Ja, dat zijn we zeker.'

Ik knikte en slikte een hap door. 'Dus kende je haar al toen Bobby geboren werd,' merkte ik op om toch wat te zeggen.

'Ja.'

Goh, wat een sprankelende conversatie, bedacht ik. 'Had je 'n hechte band met hem?'

'Ik mocht hem graag, maar 'n hechte relatie, nou nee. Hoezo?'

Ik pakte mijn wijn weer op en nam een slokje. 'Hij had iemand een rood boekje gegeven. Ik probeer erachter te komen wie.'

'Wat voor boekje?'

Ik haalde mijn schouders op. 'Adressen, telefoonnummers. Een klein boekje, in rood leer gebonden, zei hij.'

Ze keek me opeens met knipperende ogen aan. 'Ben je dan nog steeds met je onderzoek bezig?' zei ze. Het was geen vraag, maar een uiting van opperste verbijstering.

'Waarom niet?'

'Gut, hij is nu toch dood. Wat doet 't er nog toe?'

'Als hij vermoord is, doet 't er wat mij betreft wel degelijk toe,' zei ik.

'Als hij vermoord is, dan is dat 'n zaak voor de politie.'

Ik keek haar minzaam aan. 'De politie van Santa Teresa stelt mijn hulp altijd op prijs.'

Sufi wierp een blik op Glen en zei zachter dan tevoren: 'Ik weet wel zeker dat dit niet haar wens is.'

'Maar zij heeft mij ook niet in dienst genomen, dat was Bobby. Maar waarom stoort dit jou eigenlijk zo?'

Ze hoorde kennelijk het gevaar in mijn stem doorklinken, maar trok zich er weinig van aan. Ze lachte flauwtjes, nog steeds uit de hoogte.

'Ik wil me heus nergens in mengen,' zei ze zachtjes. 'Ik wist alleen niet wat je van plan was, en ik zou 't vreselijk vinden als je dit voor Glen nog moeilijker maakte.'

Ze verwachtte nu duidelijk van me dat ik haar op dit punt zou geruststellen, maar ik keek haar alleen maar recht in de ogen. Ze kreeg een lichte kleur.

'Hoe dan ook, 't was prettig je weer te zien.' Ze stond op en liep op een van de laatste nog aanwezige gasten af en sprak die aan, mij nadrukkelijk de rug toekerend. Ik haalde mijn schouders op. Ik wist niet zeker waar ze op uit was geweest en het kon me niet echt schelen, tenzij het betrekking had op de zaak. Ik bleef nog even naar haar staan kijken, terwijl ik die mogelijkheid overdacht.

Kort daarop begonnen mensen als op een onzichtbaar teken afscheid te nemen. Glen stond onder de boog in de huiskamer en iedereen omhelsde haar en drukte vol meeleven haar beide handen. Iedereen zei hetzelfde. 'Lieverd, we houden van je. Dat weet je toch, hè? Als we iets kunnen doen, dan geef je een gil, hè?'

Glen zei: 'Ja hoor,' waarop nog meer omhelzingen volgden. Sufi was degene die de gasten uiteindelijk uitliet.

Ik stond op het punt de anderen te volgen toen Glen me aankeek. 'Als je nog even kunt blijven, zou ik je graag spreken.'

'Ja, goed,' zei ik. Het drong voor het eerst tot me door dat ik Derek in geen uren had gezien. 'Waar is Derek?'

'Die brengt Kitty terug naar St. Terry's.' Ze ging onderuit op een van de sofa's zitten zodat ze haar hoofd op de rugleuning kon laten rusten. 'Kan ik je een borrel aanbieden?'

'Ja, nu je 't zegt, ik lust er wel een. Zal ik jou er ook een inschenken?'

'God ja, daar ben ik wel aan toe. Mocht er hier niet veel over zijn, dan vind je een drankkast in mijn zitkamer. Geef mij maar Scotch, met 'n boel ijs, graag.'

Ik stak de gang over en liep de zitkamer in, waar ik een ouderwets glas en een fles Cutty Sark haalde. Toen ik de woonkamer weer binnenkwam, was Sufi terug en was het huis in zo'n bedompte stilte verzonken die op een overmaat aan lawaai volgt. Aan het uiteinde van het buffet stond een ijsemmer en ik liet een paar ijsblokjes in het glas vallen met zo'n zilveren ijstang die me aan dinosaurusklauwen doet denken. Dit bezorgde me een werelds gevoel: ik waande me in een film uit de jaren veertig, in een mantelpakje met schoudervullingen en kousen met een naad.

'Je bent vast doodmoe,' murmelde Sufi. 'Ga nou maar liever naar bed voor ik naar huis ga, hè?'

Glen glimlachte vermoeid. 'Nee, maak je niet ongerust, ga nou maar.'

Er zat voor Sufi niets anders op dan Glen een zoen te geven en te vertrekken. Ik reikte Glen haar glas met ijs aan en schonk haar in. Sufi deed haar afscheid nog eens dunnetjes over en verliet het vertrek met een vermanende blik in mijn richting. Even later hoorde ik de voordeur dichtvallen.

Ik sleepte een stoel aan en ging zitten, met mijn voeten op de sofa, en nam mijn huidige situatie onder de loep. Ik had pijn in mijn onderrug en in mijn linkerarm. Ik dronk de laatste slok wijn uit mijn glas en schonk daar Cutty Sark in.

Glen nam een slok uit haar glas. 'Ik zag je met Jim praten. Wat had die te melden?'

'Hij denkt dat Bobby een beroerte heeft gehad en dat hij daardoor van de weg is geraakt. Een soort epileptische aanval die voortvloeide uit het hoofdletsel dat hij bij zijn eerste ongeluk had opgelopen.'

'Wat maak je daarvan?'

'Nou, wat mij betreft wil dat zeggen, dat áls dat eerste ongeluk in werkelijkheid 'n moordaanslag was, die dan nu zijn doel bereikt heeft.'

Haar gezicht bleef uitdrukkingloos. Toen sloeg ze haar blik neer. 'Wat ga je nu doen?'

'Nou, ik heb nog geld over van 't voorschot dat Bobby me had gegeven. Ik blijf hieraan werken tot ik weet wie hem vermoord heeft.'

'Waarom?'

'Om het ze betaald te zetten. Ik vind dat rekeningen vereffend dienen te worden en ik vereffen een en ander liefst grondig ook. Jij niet soms?'

'Nou en of,' zei ze.

We keken elkaar een moment lang recht in de ogen en toen hief ze haar glas. Ik hief het mijne en we dronken.

Toen Derek thuiskwam, gingen ze samen naar boven. Glen had me toestemming gegeven op eigen houtje rond te kijken en ik besteedde de daarop volgende drie uur aan een vruchteloze doorzoeking van haar zitkamer en Kitty's kamer. Toen liep ik de voordeur uit, trok die achter me dicht en ging naar huis.

HOOFDSTUK VEERTIEN

Maandagochtend om acht uur was ik weer in de gymzaal aan het trainen. Ik had het gevoel alsof ik naar de maan was geweest. Onwillekeurig keek ik rond of ik Bobby nergens zag, al besefte ik een ogenblik later dat die daar nooit meer zou komen. Dit beviel me niets. Iemand missen is een vaag, onaangenaam gevoel, net als een onbestemde vlaag van bezorgdheid. Het is niet zo tastbaar als verdriet, maar even indringend, en er valt niet aan te ontkomen. Ik ging er hard tegenaan, als kon lichamelijke pijn zijn emotionele tegenhanger uitwissen. Ik zorgde dat ik elk moment bezig was en op deze manier lukte het me wel zo'n beetje. Het is ongeveer zoiets als een pijnlijke rug met tijgerbalsem insmeren. Je wilt graag geloven dat je er baat bij hebt, al zou je eigenlijk niet weten waarom. Het is beter dan niets, maar veel haalt het niet uit.

Ik nam een douche, kleedde me aan en ging naar mijn kantoor, waar ik sinds woensdagmiddag niet meer was geweest. Er lag een stapel post van dagen, die ik op het bureau smeet. Het lichtje op mijn antwoordapparaat brandde, dus er hadden mensen gebeld, maar dat kon wachten. Ik sloeg de luiken open om frisse lucht binnen te laten en zette toen koffie voor mezelf. Ik keek of de room in mijn ijskastje nog goed was en rook eraan. Kon nog net, maar ik moest vandaag wel nieuwe kopen. Toen de koffie klaar was, vond ik een schone mok en schonk die vol. De room vormde een onheilspellend patroon op de spiegel van de donkere koffie, maar het smaakte nog best. Er zijn dagen dat ik mijn koffie zwart drink, maar op andere dagen heb ik behoefte aan de troost van een wolkje room. Ik ging op mijn bureaustoel zitten, legde mijn voeten op mijn bureau en drukte de knop voor inkomende berichten op mijn antwoordapparaat in.

Het bandje spoelde terug en toen hoorde ik Bobby's stem. Zodra ik hem herkende, voelde ik een koude rilling over mijn rug lopen.

'Hallo Kinsey, met Bobby. Sorry dat ik me zo aanstelde. Ik weet dat je me 'n hart onder de riem probeerde te steken. Ik ben op één dingetje gekomen. Ik weet dat 't niet veel voorstelt, maar ik dacht dat ik 't je toch maar moest doorgeven. Schwarzmann heeft hier op de een of andere manier mee te maken. Ene Schwarzmann. Ik weet niet meer of dat degene is die ik dat rode boekje heb gegeven of degene die 't op me gemunt heeft. Of misschien is 't van geen enkel belang; m'n hersenen maken overal zo'n warboel van. Hoe dan ook, we kunnen erachter proberen te komen of 't wat is. Ik heb een en ander te doen en dan moet ik naar Kleinert. Ik probeer je later nog wel weer te bellen. Misschien kunnen we vanavond laat nog ergens wat drinken. Dan ga ik nu maar, meissie. Pas op jezelf.'

Ik zette het apparaat af en bleef ernaar zitten staren.

Ik greep in mijn bovenste lade naar het telefoonboek en trok het eruit. Er stond één Schwarzmann in, voorletter S. Geen adres. Waarschijnlijk een vrouw die zich telefoontjes van hijgers wenste te besparen. Ik kijk altijd eerst naar de meest voor de hand liggende verklaring. Waarom ook niet? Misschien kende Sarah of Susan of Sandra Schwarzmann Bobby en had zij zijn rode boekje of misschien had hij haar precies verteld wat er aan de hand was. Dan kon ik dit hele onderzoek nu afronden met één enkel telefoontje. Het nummer was afgesloten. Ik probeerde het nog eens, voor alle zekerheid, maar hetzelfde bandje werd nog eens afgespeeld. Ik maakte een aantekening. Misschien had ik toch nog wat aan dat nummer. Misschien was S. Schwarzmann verhuisd of op mysterieuze wijze overleden.

Ik drukte de herhaalknop in, louter om Bobby's stem nog eens te horen. Ik had de kriebels, en vroeg me af hoe ik greep op deze zaak kon krijgen. Ik bladerde Bobby's dossier nog eens door. Ik had nog niet met zijn ex-vriendin Carrie St. Cloud gepraat, en misschien zou ik daar wijzer van worden. Glen had me verteld dat zij na het ongeluk niets meer van zich had laten horen, maar misschien herinnerde zij zich nog iets uit die periode. Ik draaide het nummer dat ik van Glen had gekregen en praatte enige tijd met Carrie's moeder. Ik legde uit wie ik was en waarom ik Carrie wilde spreken. Carrie was kennelijk een jaar geleden uit het ouderlijk huis vertrokken en ze deelde nu met iemand een klein flatje. Ze werkte als aerobics-instructrice voor een studio aan Chapel Street. Ik schreef zowel haar werk- als huisadres op en bedankte haar moeder. Ik zette mijn mok naast me neer, trok de stekker van het koffie-apparaat uit de muur, deed mijn kantoortje op slot en ging de achtertrap af. Het was een bewolkte dag, de hemel leek een laag wit plafond. Een kilte lag in de vorm van een lichtgrijze nevel over de straten, een vreemde gewaarwording na de ondraaglijke hitte van de afgelopen weken. Het weer in Santa Teresa was de laatste tijd verre van normaal. Vroeger kon je op heldere hemels en zonneschijn rekenen en op een kalme zee, met misschien een paar wolkjes langs de bergrug, meer voor het oog dan wat dan ook. In januari begon het dan naar behoren te regenen, twee weken waarin het hoosde, waarna het landschap smaragd-groen werd, en bougainvillea en kamperfoelie zich als woeste make-up over het gezicht van het stadje uitstortten. Tegenwoordig heb je onverklaarbare regens in april en oktober, en kille dagen zoals deze in augustus, terwijl het dan minstens dertig graden hoort te zijn. Het is een verbijsterende verschuiving in klimaat, van het soort dat je in verband brengt met vulkaanuitbarstingen in de Zuidzee en geruchten over de gaten die haarsprays in de ozonlaag branden.

De studio was vlakbij, in een gebouwtje waar vroeger een squashclub had gehuisd, die het loodje had gelegd toen de rage voor squash was geluwd. Toen aerobics in raakte, was niets eenvoudiger dan al die smalle zaaltjes om te toveren tot oventjes waarin vrouwen die ernaar hunkerden slank en fit te zijn hun vet weg konden smelten. Ik vroeg of Carrie op dit moment een les gaf en de vrouw achter de balie wees zwijgend op de bron van de verdovende muziek die een gesprek op zijn minst onwaarschijnlijk maakte. Ik volgde haar wijzende vinger en liep een hoekje om. Rechts van me stond een muurtje dat tot mijn middel reikte, waaroverheen ik neerzag op een aerobicsles die een verdieping beneden me in volle gang was.

De akoestiek was allerberoerdst. Ik keek vanaf de toeschou-
werstribune toe terwijl de muziek tetterde en Carrie bemoedi-
gende kreten slaakte tegen vijftien van de fraaiste vrouwen-
lijven in Santa Teresa die met een zeldzaam fanatisme in de
weer waren. Ik was kennelijk net tijdens het hoogtepunt van de
les gearriveerd. Ze deden bilspieroefeningen die er obsceen
uitzagen. Vrouwen lagen kreunend op de vloer in glimmende
strakke pakjes, en stootten hun heupen omhoog terwijl ze hun
bilspieren aanspanden alsof even zovele onzichtbare heren
zich op de maat van de muziek op hen wierpen.
Carrie St.Cloud bleek een verrassing. Haar naam had een
deelneemster aan Junior Miss verkiezingen doen vermoeden,
of een aankomend actrice'tje dat in werkelijkheid Wanda Ma-
xine Smith heette. Ik had me een leuk grietje volgens de heer-
sende Californische norm voorgesteld, met een slank surfers-
lijfje, blond haar, glimmend witte tanden, het type dat een
beetje kan tapdansen. Carrie was heel wat anders.
Ze was zeker niet ouder dan tweeëntwintig, met de spieren van
een vrouw die aan bodybuilding doet, en donker haar dat tot
haar middel reikte. Ze had het markante gezicht van een
Grieks beeld, met een weelderige mond en ronde kin. Ze droeg
een pakje van botergeel Spandex, zodat de brede schouders en
smalle heupen van een gymnaste tot hun recht kwamen. Als ze
ook maar één greintje vet op haar lijf had, dan was dat aan
mijn aandacht ontsnapt. Ze had amper boezem, maar zag er
desalniettemin door en door vrouwelijk uit. Dit was geen
strandgrietje. Ze nam zichzelf au sérieux, en was in topvorm.
Ze deed de oefeningen zonder zelfs maar sneller te ademen,
terwijl alle andere vrouwen in dat vertrek zich er met pijn en
moeite doorheen worstelden. Ik was dankbaar dat ik van mezelf alleen maar dagelijks een kilometer of vijf hoef te gaan
hardlopen. Ik zal er nooit zo fantastisch uitzien als zij, maar
dat is niet meer dan billijk, en ik maak geen bezwaar.
Carrie rondde in de laatste tien minuten de les af met een serie
stretches en yoga-oefeningen, waarna de dames op de vloer
bleven liggen als de gevallenen in een veldslag. Ze zette de
muziek af, greep een handdoek, begroef haar gezicht erin, en

liep het zaaltje uit door een deur vlak onder de plek waar ik stond. Ik vond de trap en liep naar beneden, waar ik haar aantrof bij het drinkfonteintje voor de kleedkamers. Haar haar viel als de sluier van een non over haar schouders en ze moest het in een staart draaien en naast haar gezicht vasthouden om te kunnen drinken zonder dat het nat werd.

'Carrie?'

Ze keek op, en wiste een straaltje zweet weg met de mouw van haar pakje. De handdoek hing nu om haar hals, net als bij een bokser die net uit de ring stapt. 'Ja, dat ben ik.'

Ik vertelde haar wie ik was en wat ik deed en vroeg toen of we even over Bobby Callahan konden spreken.

'Best, maar dat moeten we dan maar doen terwijl ik me fatsoeneer. Ik moet om twaalf uur ergens zijn.'

Ik liep achter haar aan de kleedkamer in. Dat was een ruim vertrek met rijen metalen kastjes voor de kleren, en een rij föhns aan de wand. De ruimte was smetteloos wit betegeld en het was er ook verder kraakhelder, met bankjes die aan de vloer verankerd waren, en overal spiegels. Ik hoorde ergens buiten mijn gezichtsveld links van ons het stromende water van douches. Vrouwen kwamen een voor een uit de zaal binnen en ik wist dat, naarmate de kleedkamer voller werd, er meer gelachen zou worden.

Carrie schopte haar schoenen uit en stroopte haar pakje af als een bananeschil. Ik keek rond of ik ergens kon gaan zitten. Doorgaans stel ik geen vragen aan blote dames in een kamer vol kwebbelende andere dames die zich uitkleden. Het viel me op dat ze net zo roken als de mannen in het Santa Teresa Fitness Center en dat vond ik amusant.

Ik wachtte terwijl Carrie haar haar onder een douchemuts stopte en in de richting van het klaterende water verdween. Ondertussen liepen andere vrouwen af en aan in verscheidene stadia van ontkleding. Het was een prettig gezicht. Zoveel verschillende versies van vrouwenborsten, billen en buiken en driehoekjes schaamhaar, een eindeloze herhaling van dezelfde vormen. Deze vrouwen staken goed in hun vel en er heerste een kameraadschappelijke stemming tussen ze die aangenaam aandeed.

Carrie kwam, in een handdoek gewikkeld, terug uit de douche. Ze trok haar douchemuts van haar hoofd en schudde haar donkere haar los. Ze begon zich af te drogen en praatte ondertussen over haar schouder met mij.

'Ik heb er nog over gedacht om naar de begrafenis te gaan, maar ik kon het gewoonweg niet aan. Ben jij geweest?'

'Ja. Ik kende Bobby nog niet zo lang, maar ik vond 't evengoed moeilijk. Jij was zijn vriendin toen hij dat ongeluk kreeg, hè?'

'We waren toen in wezen net uit elkaar. We waren twee jaar samen geweest maar toen ging 't naar de bliksem. Ik raakte in verwachting, en dat was maar één van de dingen die misliepen. Hij heeft nog voor de abortus betaald, maar verder hebben we elkaar niet veel meer gezien. Ik vond het vreselijk dat hij zo gemangeld was, maar ik ben hem niet gaan opzoeken. Ik weet best dat iedereen me 'n kouwe kikker vond, maar wat moest ik anders? Het was uit tussen ons. Ik zag mezelf niet trouw in de buurt blijven om aardig gevonden te worden.'

'Heb je ooit iemand iets over dat ongeluk horen zeggen?'

'Alleen dat iemand hem van de weg had geduwd.'

'Heb je enig idee wie dat had kunnen zijn of waarom?'

Ze ging op een bankje zitten en trok haar ene voet naar zich toe en droogde die zorgvuldig tussen haar tenen af. 'Nou, ja en nee. Ik heb niet echt 'n idee wie, maar ik wist dat er iets aan de hand was. Hij vertelde me inmiddels niet zo veel meer, maar hij is wel met me meegegaan toen ik de abortus liet doen en is die dag bij me gebleven.' Ze ging met haar andere voet aan de gang, en inspecteerde al doende haar tenen. 'Sorry, maar ik ben als de dood voor voetschimmel,' mompelde ze.

Ze smeet de handdoek neer en stond op. Ze liep op een kastje af en haalde haar kleren te voorschijn. Ze keek me aan. 'Ik probeer dit heel zorgvuldig te zeggen, want ik weet niks met zekerheid. Ik heb alleen 'n gevoel dat er iets mis was. Ik weet nog dat hij zei dat iemand met wie hij bevriend was in de knoei zat en ik had de indruk dat het om chantage ging.'

'Chantage?'

'Ja, nou ja, niet in de gebruikelijke zin. Ik bedoel, ik geloof niet dat iemand geld afgeperst werd of zo, niks van dat soort enge toestanden. Maar iemand wist iets van iemand en dat was behoorlijk ernstig. Ik had de indruk dat hij wilde helpen en net had bedacht hoe hij dat zou kunnen doen...' Ze trok haar slipje aan en toen een hemdje. Ze vond een beha duidelijk niet nodig. 'Wanneer was dat?' vroeg ik. 'Weet je de datum nog?'

'Nou, ik weet nog dat die abortus zestien november was, en hij is die nacht bij me gebleven. Het ongeluk was meen ik de volgende avond, de zeventiende.'

'Ik heb de kranten vanaf september doorgeploegd, voor het geval het om een openbare kwestie ging. Heb je ook maar enig idee op wat voor terrein dit zich afspeelde? Ik heb maar dan ook helemaal geen idee waar ik naar zoeken moet.'

Ze schudde haar hoofd. 'Ik heb geen idee. Heus, 't spijt me, maar ik heb echt geen flauw idee.'

'Denk je dat Rick Bergen misschien de vriend was die in de knoei zat?'

'Dat betwijfel ik. Ik kende Rick. Me dunkt had Bobby 't me wel verteld als 't om Rick ging.'

'Iemand van z'n werk?'

'Hoor es, ik kan je echt niet verder helpen,' zei ze ongeduldig. 'Hij hield z'n kaken op elkaar en ik was niet in de stemming om dingen van hem los te peuteren. Ik was allang blij dat ik die abortus achter de rug had. Ik slikte pijnstillers en sliep dus 'n boel en voor de rest ging alles in 'n soort vage mist aan me voorbij. Hij praatte alleen maar met me om me af te leiden, en misschien om z'n eigen zenuwen de baas te blijven.'

'Zegt de naam Schwarzmann jou iets?'

'Ik dacht van niet.'

Ze trok een trainingsbroek aan en stak haar voeten in een paar slippers. Ze boog zich vanuit haar middel voorover, gooide haar haar over haar ene schouder en haalde er snel een borstel door. Toen greep ze haar schoudertas en beende op de deur af. Ik moest het op een lopen zetten om haar bij te houden. Ik had niet beseft dat ze het bij deze kledij liet maar het was me nu duidelijk dat dit alles was. Een trainingsbroek en een hemdje? Eenmaal buiten zou ze 't ijskoud hebben. Ik rende haar achterna, en wist nog net de deur te halen toen ze de gang opliep.

'Met wie ging hij destijds verder nog om?' vroeg ik, terwijl ik naast haar de trap afrende die naar de hoofdingang leidde. 'Geef me 'n paar namen, alsjeblieft. Ik moet toch ergens beginnen.'

Ze zei eerst niets, keek toen naar me om. 'Probeer Gus. Z'n achternaam weet ik niet, maar hij werkt bij dat kraampje bij 't strand waar je rolschaatsen kunt huren. Ze zijn oude schoolvrienden en ik dacht dat Bobby hem altijd vertrouwde. Misschien weet híj waar dit allemaal over gaat.'

'Wat was de verdere reden dat jullie uit elkaar gingen? Je zei dat je "onder andere" in verwachting raakte.'

Ze glimlachte gespannen. 'Jij laat je niet makkelijk afpoeieren, hè? Best, hij was verliefd op 'n ander. Ik heb geen idee wie, dus dat hoef je me niet te vragen. Als ik van die ander had geweten, had ik 't veel eerder uitgemaakt. Maar ik hoorde pas over haar toen ik al in verwachting was. Eerst dacht ik dat hij misschien met me zou trouwen, maar toen hij me vertelde dat hij serieus was over iemand anders, wist ik wat me te doen stond. Ik moet hem nageven dat hij enorm met me meeleefde en hij heeft me echt zo veel mogelijk geholpen. Bobby was bepaald niet gierig en in wezen 'n vreselijke lieverd.'

Ze wilde weglopen maar ik pakte haar arm beet. Mijn gedachten raasden door mijn hoofd. 'Carrie, zou 't kunnen dat degene die in moeilijkheden verkeerde en de vrouw met wie hij iets had één en dezelfde persoon waren?'

'Hoe kan ik dat nou weten?'

'Hij heeft je niet toevallig 'n rood adresboekje gegeven, of wel?'

'Het enige dat hij me heeft gegeven was hartzeer,' zei ze en liep weg zonder nog om te kijken.

HOOFDSTUK VIJFTIEN

Het kraampje waar je rolschaatsen kunt huren is een donker-
groen hokje vlak naast het parkeerterrein bij de werf. Voor drie
dollar per uur kun je er rolschaatsen huren, met kniebescher-
mers, elleboogbeschermers en polsbanden gratis erbij geleverd opdat je de eigenaar later niet kunt aanspreken op even-
tuele schade die je jezelf al schaatsend berokkent.
Bobby had een onvoorspelbare smaak wat vrienden betreft.
Gus had het voorkomen van iemand die, als je hem op een
straathoek zag staan, je de neiging bezorgt onopvallend na te
gaan of je je autoportieren wel op slot hebt gedaan. Hij was van
Bobby's leeftijd, maar hij was een mager scharminkel met een
kippeborst en een vale teint. Hij had donkerbruin haar en deed
zijn uiterste best een snor te laten staan, die hem er alleen maar
nog sterker op een voortvluchtige misdadiger deed lijken. Ik
heb politiefoto's gezien van boeven die ik eerder zou vertrouwen dan deze figuur.
Ik had mezelf voorgesteld en me ervan vergewist dat het hier
inderdaad om Bobby's vriend ging, toen een blondine met
wapperend haar en lange bruine benen een paar rolschaatsen
kwam inleveren. Ik keek toe hoe hij ze in ontvangst nam. In
weerwil van mijn eerste indruk, had Gus prettige manieren.
Hij flirtte een beetje met haar en keek onwillekeurig van tijd tot
tijd mijn kant uit, naar ik vermoed uit een soort trots dat hij
met zulke schoonheden mocht smoezen. Ik wachtte, en keek
toe hoe hij uitrekende wat ze hem schuldig was. Hij gaf haar
haar eigen schoenen en persoonsbewijs terug, waarna ze over
een bankje sprong voor ze haar gympjes weer aantrok. Gus
wachtte tot ze weg was voor hij verder praatte.
'Jou heb ik bij de begrafenis gezien,' zei hij verlegen. 'Jij zat
naast Mrs. Callahan.'
'Ik kan me niet herinneren dat ik jou daar heb gezien,' zei ik.
'Was je na afloop ook bij ze thuis?'
Hij schudde zijn hoofd en kreeg een kleur. 'Ik voelde me ellendig.'

'Ja, prettig voelde je je natuurlijk niet bij zoiets.'
'Niet als je makker doodgaat, nee,' zei hij. Zijn stem trilde haast onhoorbaar. Hij wendde het gezicht af, en duwde de rolschaatsen met een heftig gebaar weer op hun plaats op de plank.
'Voel je je niet goed?' vroeg ik.
Na een korte aarzeling zei hij: 'Ik heb de ziekte van Crohn. Weet je wat dat is?'
'Nee.'
'Een ziekte waarbij de ingewanden ontstoken zijn. Ik kan niks binnenhouden. Kan niet aankomen. Meestal heb ik verhoging en buikpijn. "Etiologie onbekend," dat wil zeggen dat ze niet weten wat de oorzaak is, waar ik 't van heb. Ik heb 't nu bijna twee jaar en ik ben er behoorlijk beroerd van. 'n Echte baan is te zwaar voor me, dus doe ik dit.'
'Gaat dit ooit nog over?'
'Ik neem aan van wel. Dat zeggen ze, tenminste.'
' Zo te horen heb je er echt enorm last van. Ellendig voor je, hoor.'
'O, je hebt geen idee. Maar Bobby wist me altijd op te vrolijken. Hij was er zelf lelijk aan toe, maar we hebben samen heel wat afgelachen. Ik mis hem. Toen ik hoorde dat hij dood was, gaf ik bijna de moed op, maar toen zei 'n stemmetje: 'Kom nou toch, Gus, maak er wat van, jongen... dit is niet 't einde van de wereld, wees nou niet zo'n oen.' Hij schudde zijn hoofd. 'Dat was Bobby, dat zweer ik je. Precies zijn stem. Nou, ik wil geen oen zijn. Dus jij doet onderzoek naar zijn dood?'
Ik knikte en wierp een blik op een paartje dat aan kwam lopen om rolschaatsen te huren.
Gus regelde een en ander en kwam weer naar me terug. Hij bood zijn excuses aan voor de onderbreking. Het was zomer en in weerwil van de onzomerse kilte stroomden de toeristen naar het strand. Ik vroeg hem of hij enig idee had waarin Bobby verwikkeld was geweest. Hij schuifelde zenuwachtig met zijn voeten en keek naar de overkant van de straat.
'Ik heb wel 'n idee, maar ik weet niet wat ik moet zeggen. Ik bedoel maar, als Bobby 't je niet verteld heeft, waarom zou ik dan wel?'

'Hij kon het zich niet herinneren. Daarom heeft hij mij ingehuurd. Hij dacht dat hij in gevaar verkeerde en hij wilde dat ik uitvogelde wat er aan de hand was.'

'Dus misschien moet ik maar liever niks zeggen.'

'Hoezo?'

'Hoor es, ik weet niks met zekerheid. Ik weet alleen wat Bobby me verteld heeft.'

'Waarom ben je bang?'

Hij wendde zijn blik af. 'Ik weet niet, ik wil er eerst nog wat over nadenken. En echt, veel weet ik niet, maar ik wil 't je niet vertellen voor ik zeker weet dat dat goed voelt. Snap je wat ik bedoel?'

Ik drong niet verder aan. Je kunt mensen altijd onder druk zetten, maar dat is geen goed idee. Je kunt ze beter uit eigen vrije wil met informatie laten komen, dan geven ze je meer.

'Ik hoop dat je me opbelt,' zei ik. 'Als ik niet van je hoor, moet ik misschien wel terugkomen en hierover doordrammen.' Ik haalde een kaartje te voorschijn en legde dat op de balie.

Hij glimlachte, duidelijk met enig schuldgevoel dat hij me niet had willen helpen. 'Je kunt gratis 'n paar rolschaatsen lenen, schaatsen is gezond.'

'Een andere keer misschien,' zei ik. 'Bedankt.'

Hij keek me na tot ik het parkeerterrein afreed en linksaf sloeg. In de achteruitkijkspiegel zag ik hoe hij zich met de hoek van mijn kaartje in zijn snor krabde. Ik hoopte maar dat hij van zich zou laten horen.

Ik besloot om in de tussentijd te zien of ik die kartonnen doos kon vinden die het lab na Bobby's ongeluk aan Derek had gegeven. Ik reed naar het huis. Glen had naar verluidt het vliegtuig gepakt en was een dagje naar San Francisco, maar Derek was thuis en ik vertelde hem waar het mij om te doen was.

Hij bezag mij met een twijfelachtige blik. 'Ja, ik weet nog welke doos je bedoelt, maar ik heb geen idee waar die nu is. Zou best in de garage kunnen staan, je kunt gerust 'n kijkje nemen.'

Hij trok de voordeur achter zich dicht en we liepen samen over de oprit naar de grote garage die aan het ene uiteinde van het huis was aangebouwd. In de achterwand waren berghokken ingebouwd. Geen van de hokken was op slot, maar de meeste waren van onder tot boven volgestouwd met dozen die eruit zagen alsof ze hier altijd al gestaan hadden.

Mijn blik viel op een doos die weleens zou kunnen zijn wat ik zocht. Hij was onder een werktafel tegen de achterwand geschoven. Er stond een stempel op, 'injectiespuiten', met de naam van een firma die medische instrumenten leverde, en er hing een stuk van een etiket aan waarop als bestemming de afdeling Pathologie van het Santa Teresa Hospital stond. We sjorden de doos onder de werktafel uit en maakten hem open. De inhoud was zo te zien eigendom van Bobby, maar stelde niet veel voor. Geen rood boekje, niets dat een verband legde met ene Schwarzmann, geen kranteknipsels, geen geheimzinnige krabbeltjes, geen persoonlijke brieven. Er lagen wat medische werken in, twee gebruiksaanwijzingen voor radiologie-apparatuur en wat onschuldige kantoorartikelen. Wat moest ik nou in vredesnaam opmaken uit een doosje paperclips en twee ballpoints?

'Stelt zo te zien niet veel voor,' merkte Derek op.

'Stelt zo te zien helemaal niks voor,' zei ik. 'Iets op tegen als ik 't zaakje evengoed meeneem? Misschien wil ik 't later nog 's doorkammen.'

'Nee hoor, neem maar mee. Wacht, ik draag hem wel voor je.'
Ik deed beleefd een stapje opzij terwijl hij de doos van de vloer tilde en naar mijn auto droeg. Ik had dat best zelf gekund, maar hij hechtte er kennelijk waarde aan, dus waarom zou ik daar tegenin gaan? Hij schoof wat van mijn rommel opzij en we duwden de doos erbij op de achterbank. Ik zei dat ze nog wel van me zouden horen en reed weg.

Thuisgekomen trok ik mijn kleren aan waarin ik doorgaans hardloop. Ik deed net de deur weer achter me op slot toen Henry met Lila Sams de hoek om kwam. Hij was zeker dertig centimeter langer dan zij en waar zij gezet was, was hij mager. Hij bloosde van geluk en had die speciale uitstraling die mensen krijgen als ze verliefd zijn. Hij had een lichtblauwe spijkerbroek aan met een nog lichter blauw shirt waarbij zijn ogen er ongelofelijk stralend uitzagen. Zijn haar was zo te zien pas geknipt en ik had zelfs de indruk dat hij het ditmaal had laten föhnen. Lila's glimlach verstarde een tikkeltje toen ze mij opmerkte, maar ze herstelde zich ogenblikkelijk, en liet een meisjesachtig lachje op me los.

'Gut, Kinsey, moet je zien wat hij nu weer heeft gedaan,' zei ze en strekte haar hand uit. Ze toonde me vol trots een grote vierkant geslepen diamant. Ik hoopte maar dat het een opzichtige imitatie was.

'Schitterend, zeg. Wat is de gelegenheid?' vroeg ik met een angstig voorgevoel. Jezus nog toe, ze hadden zich toch hoop ik niet verloofd? Ze was maar dan ook helemaal verkeerd voor hem, een en al lichthoofdige gemaaktheid terwijl hij zo oprecht en echt was.

'We vieren het feit dat we elkaar tegen 't lijf zijn gelopen,' zei Henry met een blik op haar. 'Hoe lang kennen we elkaar nu? 'n Maand? Zes weken?'

'Jij ondeugd,' zei ze, speels stampvoetend. 'Eigenlijk moest ik dit prachtstuk terugbrengen. We hebben elkaar twaalf juni leren kennen. Moza was jarig en ik woonde net bij haar. Jij had voor gebak gezorgd voor haar theepartijtje en sinds die heerlijke dag verwen je me nu schandelijk.' Ze vervolgde op fluistertoon: 'Wat 'n ondeugd is hij toch, hè?'

Ik weet nooit wat ik tegen mensen moet zeggen als ze zulke enge babbeltjes houden. Ik voelde hoe een krampachtige glimlach op mijn gezicht verscheen die ik niet kon verbannen. 'Dat is toch heerlijk,' zei ik flauwtjes.

'Maar natuurlijk is hij 'n heerlijke knul,' zei ze bits. 'Natuurlijk is hij dat. Maar hij is één en al onschuld, en daar maken mensen misbruik van.'

Haar toon werd opeens strijdlustig, als had ik hem een belediging toegevoegd. Ik hoorde toeters en bellen maar had geen idee waarvoor ze me waarschuwden. Ze schudde haar vinger naar me, en haar rode nagels klauwden door de lucht voor mijn gezicht. 'Jij bijvoorbeeld, stoute meid. Ik zei 't net tegen Henry en ik zal 't je eerlijk in je gezicht zeggen, de huur die jij hem betaalt is je reinste schandaal en je weet maar al te goed dat je die arme man kaal plukt.'

'Wat?'

Ze kneep haar ogen half dicht en kwam zowat neus aan neus met me staan. 'Doe maar niet alsof je niet weet waar ik 't over heb. Tweehonderd dollar in de maand, godbetert! Weet je wel wat eenkamerwoningen in deze buurt opbrengen? Driehonderd. Kortom, telkens als jij je huur betaalt, steel je honderd dollar van die stakker. Schaam je, 't is werkelijk schandalig!'

'Lila nou toch,' viel Henry haar in de rede. Hij geneerde zich voor haar tirade, maar ze hadden het hier duidelijk over gehad. 'Dit is niet 't moment om hierover te beginnen. Ze ging net de deur uit.'

'Je hebt toch zeker wel 'n paar minuutjes,' zei ze met een schittering in haar ogen.

'Ja hoor,' zei ik zwakjes en keek hem toen aan. 'Ben je dan kwaad op me?' Vond hij soms echt dat ik hem 't vel over de oren haalde?

Lila kwam opnieuw tussenbeide voor hij ook maar iets kon zeggen. 'Laten we Henry nou niet in verlegenheid brengen,' zei ze. 'Hij is enorm op je gesteld, en daarom heeft hij nooit 't hart gehad hier wat van te zeggen. Maar jou zou ik liefst 'n pak op je broek geven. Hoe durf je zo'n lieve ouweheer als Henry om je vinger te winden? Schaam je 'n beetje.'

'Ik zou Henry nooit te kort willen doen.'

'Maar dat doe je al. Hoe lang woon je hier al voor die belachelijke huur? 'n Jaar? Vijftien maanden? Je wilt me toch niet vertellen dat je niet weet dat je hier voor 'n prikkie woont! Want als je me dat vertelt, noem ik je ter plekke 'n leugenaarster, en dat is voor alle betrokkenen pijnlijk.'

Ik voelde mijn mond openvallen, maar kon geen woord uitbrengen.

'Laten we dit nou maar 'n andere keer bespreken,' mompelde Henry, en pakte haar bij de arm. Hij stuurde haar langs me heen, maar haar ogen boorden zich nog steeds in de mijne en haar hals en wangen waren vlekkerig rood van woede. Ik draaide me om en staarde ze na: hij troonde haar mee naar zijn achtertrapje. Ze begon op diezelfde onredelijke toon te protesteren die ik de avond tevoren had gehoord. Wat mankeerde dat mens toch?

Toen de deur achter ze dichtviel, begon mijn hart te bonzen. Ik besefte dat ik nat van het zweet was. Ik bond mijn huissleutel aan mijn schoenveter en beende de straat op. Ik begon hard te lopen lang voordat ik genoeg warming-up had gedaan. Ik zette het gewoonweg op een lopen om afstand tussen ons te scheppen. Ik rende mijn vijf kilometer en liep toen langzaam terug naar huis. Toen ik mijn deur binnenging, waren Henry's luiken en ramen dicht. De achterkant van zijn huis zag er nietszeggend en ongastvrij uit, net een pretpark na sluitingstijd.

Ik ging onder de douche en hees me in de kleren, waarna ik ervandoor ging, weg van dat huis. Ik voelde me nog steeds gekwetst, maar was inmiddels ook behoorlijk nijdig. Waar bemoeide ze zich eigenlijk mee? En waarom had Henry het niet voor me opgenomen?

Toen ik de deur van Rosie's restaurant openduwde was het laat op de middag en was er nog geen levende ziel te bekennen. Het was somber in het restaurant en rook er naar sigarettenrook van de vorige avond. De TV op de bar was uit en de stoelen stonden nog ondersteboven op de tafeltjes, net een troep acrobaten die capriolen uithaalt. Ik liep door naar achteren en duwde de klapdeurtjes naar de keuken open. Rosie keek verstoord op. Ze zat op een hoge houten kruk met haar hakmes in de hand, prei te hakken. Ze heeft er een pesthekel aan als mensen zomaar haar keuken binnenvallen, waarschijnlijk omdat die geen inspectie verdraagt.

'Wat is jou overkomen?' vroeg ze toen ze mijn gezicht zag.

'Ik heb 'n aanvaring gehad met Henry's hartedief,' antwoordde ik.

'Aha,' zei ze. Ze hakte met het mes op een prei in zodat de stukken in het rond vlogen. 'Die komt hier niet meer, die weet wat goed voor d'r is.'

'Rosie, dat mens is stapelgek. Je had haar laatst moeten horen toen jij haar op haar nummer had gezet. Ze heeft nog uren lopen razen en tieren. En nu beticht ze mij ervan dat ik Henry te weinig huur betaal.'

'Kom toch zitten. Ik heb nog ergens 'n fles wodka staan.' Ze liep naar een kastje boven het aanrecht en kieperde op haar tenen staand de fles wodka binnen handbereik. Ze verbrak het zegel en schonk me een fikse scheut in een koffiekopje in. Ze haalde haar schouders op en schonk zichzelf toen ook maar in. We dronken en ik voelde hoe het bloed weer naar mijn gezicht stroomde.

Ik zei onwillekeurig: 'Allemaggies!' Mijn slokdarm voelde aan als ging er een lopend vuurtje doorheen en ik voelde precies de omtrek van mijn maag in alcohol uitgetekend. Laat ik nu altijd gedacht hebben dat mijn maag veel lager zat. Raar hoor. Rosie schoof de gehakte prei in een kom en spoelde het hakmes af alvorens zich weer tot mij te wenden.

'Heb je twee dubbeltjes? Geef op,' zei ze met haar hand naar me uitgestrekt. Ik viste in mijn handtas rond en wist wat klein-geld bijeen te graaien. Dat nam Rosie van me aan, waarop ze naar de openbare telefoon aan de wand beende. Iedereen was op die telefoon aangewezen, zelfs zijzelf.

'Wie ga je bellen? Zeg, je wilt Henry toch niet bellen,' zei ik vol afgrijzen.

'Ssst!' vermaande ze me, met opgeheven hand, terwijl ze me die speciale blik toewierp die sommige mensen in de ogen krijgen als ze iemand bellen en ze horen dat er opgenomen wordt. Haar stem was opeens zoetvloeiend.

'Dag lieverd. Met Rosie. Ben je bezig? Nou, kom jij maar liever meteen hierheen, ik moet je nodig spreken.'

Ze smeet zonder een antwoord af te wachten de hoorn weer op de haak en vestigde toen een innig voldane blik op me. 'Mrs. Lowenstein komt 'n babbeltje maken.'

Moza Lowenstein kwam op een stoel van chroom met plastic zitten die ik uit de bar had aangedragen. Ze is een omvangrijke vrouw en heeft haar in de kleur van een gietijzeren koekepan, dat ze in een vlecht om haar hoofd wikkelt. In het bruinzwart zijn hier en daar zilveren draden te zien en haar met lichte poeder bedekte gezicht lijkt net een met poedersuiker be-strooid schuimpje. Ze klampt zich als ze met Rosie praat door-gaans het liefst aan iets vast: een bosje potloden, een houten lepel, doet er niet toe wat voor talisman om de aanval te weren. Vandaag was het de theedoek die ze had meegenomen. Rosie had haar duidelijk middenin haar werk in de keuken gestoord en ze was zoals bevolen meteen aan komen rennen. Ze is bang van Rosie, maar wie is dat niet? Rosie stak meteen van wal, zonder enige verdere omhaal.

'Wie is die Lila Sams?' zei Rosie. Ze pakte haar hakmes weer op en begon op een rijtje kalfsschnitzels in te beuken.

Moza kromp ineen en toen ze eindelijk geluid uit kon brengen was dat bibberig en zachtjes. 'Dat weet ik niet precies. Ze belde op een dag bij me aan, ze zei dat ze op een advertentie kwam, maar dat was 'n misverstand. Ik had geen kamer vrij en dat heb ik haar ook verteld. Nou, toen barstte de arme stakker in tranen uit. Wat moest ik toen, hè? Ik heb haar maar binnen gevraagd op een kopje thee.'

Rosie zweeg aanvankelijk en staarde haar vol ongeloof aan. 'En toen heb je haar op kamers genomen?'

Moza vouwde de theedoek op, in een fraaie vorm, net een servet in een voornaam restaurant. 'Nou, nee. Ik zei dat ze wel bij me kon komen logeren tot ze iets vond, maar ze stond erop om te betalen. Ze wilde niemand iets verschuldigd zijn, zei ze.'

'Dat heet iemand op kamers nemen, ja,' kaatste Rosie terug.

'Nu ja, als je het per se zo wilt noemen.'

'Waar komt dat mens vandaan?'

Moza wapperde de theedoek weer los en legde die tegen haar bovenlip om zich het zweet van het gezicht te wissen. Toen legde ze hem op haar schoot en drukte er met een platte hand op, met opeengeperste vingers, net een strijkijzertje. Ik zag hoe Rosie's meedogenloze blik elke beweging volgde en ik bedacht dat ze in staat was Moza met dat hakmes een mep op die hand te geven. Dat bedacht Moza kennelijk ook, want ze hield op met die doek te frutselen en keek vol schuldbesef naar Rosie op.

'Wat zei je?'

Rosie herhaalde, zorgvuldig articulerend, als sprak ze een buitenlander toe: 'Waar komt Lila Sams vandaan?'

'Uit 'n plaatsje in Idaho.'

'Wélk plaatsje?'

'Gut, dat weet ik niet,' zei Moza beteuterd.

'Jij hebt 'n mens bij je inwonen en je weet niet eens waar ze vandaan komt?'

'Wat doet dat er nu toe?'

'Weet je dat dan niet?' Rosie staarde haar met een overdreven verbijsterde gezichtsuitdrukking aan. Moza ontweek haar blik en vouwde de theedoek tot een mijter.

'Doe me 'n lol en zie dat je daarachter komt,' zei Rosie. 'Denk je dat je dat voor mekaar kunt krijgen?'

'Ik zal m'n best doen,' zei Moza. 'Maar ze houdt er niet van als mensen bemoeierig doen. Dat heeft ze me zelf verteld, en daar was ze heel uitgesproken in.'

'Ik ben ook heel uitgesproken. Ik heb een uitgesproken hekel aan dit vrouwspersoon en ik wil weten wat ze in haar schild voert. Zie dat je erachter komt waar ze vandaan komt en laat de rest maar aan Kinsey over. En ik hoef je toch niet te vertellen, Moza, dat Lila Sams hier niks van mag weten, begrepen?'

Moza keek nogal zorgelijk. Ik zag haar afwegen wat erger zou zijn: Rosie nijdig maken of gesnapt worden bij haar gespioneer op Lila Sams. Een moeilijke beslissing, maar ik had een redelijk idee wat de uitkomst zou zijn.

HOOFDSTUK ZESTIEN

Ik kwam pas laat die dag weer op mijn kantoor om mijn aantekeningen uit te werken. Zoveel waren dat er niet, maar ik raak liever niet achterop. Ook al was Bobby nu dood, ik was van plan regelmatig rapporten en onkostendeclaraties op te blijven stellen, al was het maar voor mezelf. Ik had zijn dossier achterin de la gestopt en was net mijn bureau aan het opruimen toen Derek Wenner aanklopte en zijn hoofd om de deur stak. Hij zei: 'Ik hoopte dat je er nog zou zijn.'

'Ha Derek, kom binnen,' zei ik.

Hij bleef even besluiteloos op de drempel staan en liet zijn blik door mijn kantoortje gaan. 'Op de een of andere manier had ik me je kantoor anders voorgesteld,' zei hij. 'Heel aardig. Klein, maar doelmatig. Heb je nog wat aan die doos van Bobby gehad?'

'Ik heb nog geen kans gehad er echt in te duiken. Ik ben met andere dingen bezig geweest. Ga zitten.'

Hij trok een stoel bij en ging zitten. Hij keek nog steeds om zich heen. Hij had zijn golfshirt aan met een witte broek, en droeg wit met caramelbruine schoenen. 'Dus dit is 't dan, hè?'

Dit was, nam ik aan, zijn poging tot luchtige conversatie. Ik ging zitten en liet hem maar wat praten. Hij kwam me nerveus voor en ik had geen idee waarvoor hij eigenlijk was gekomen. Ik had hem nog maar een paar uur tevoren gezien, dus hadden we elkaar niet veel te vertellen.

'Hoe is 't met Glen?' vroeg ik.

'Goed,' zei hij. 'Ze houdt zich taai. Ik weet bij God niet hoe ze hier doorheen komt, maar je weet dat ze pit heeft.' Hij klonk op de een of andere manier twijfelend, alsof hij niet absoluut zeker wist of hij wel de waarheid sprak.

Hij schraapte zijn keel en het timbre van zijn stem veranderde. 'Tsja, laat ik je vertellen waarom ik langs kom,' zei hij. 'Bobby's advocaat belde me zo net, over Bobby's testament. Ken je Varden Talbot?'

'Ik heb hem nooit persoonlijk ontmoet. Hij heeft me afschriften van de rapporten over Bobby's ongeluk gestuurd, maar verder hebben we geen contact gehad.'
'Pientere knaap,' zei Derek, duidelijk om de hete brij heen draaiend. Ik kreeg het gevoel dat ik hem maar eens een zetje moest geven, dat hij anders de hele dag op dit punt zou blijven steken.
'Wat had die te melden?'
Dereks gezichtsuitdrukking was een schitterende combinatie van gêne en ongeloof. 'Ja, dat is nou 't rare van de zaak,' zei hij. 'Uit wat hij zei, maakte ik op dat mijn dochter het merendeel van Bobby's geld erft.'
Het duurde even voor ik besefte dat de dochter over wie hij het had Kitty Wenner was, het coke-snuifstertje dat zich momenteel op de psychiatrische afdeling van St. Terry's bevond. 'Kitty?' zei ik.
Hij ging verzitten. 'Ik stond natuurlijk ook paf. Uit wat Varden me vertelde, begreep ik dat Bobby toen hij drie jaar geleden zijn erfdeel kreeg, een testament heeft laten maken. In die eerste versie liet hij alles aan Kitty na. Enige tijd na het ongeluk heeft hij een bepaling toegevoegd dat verder een kleiner bedrag naar Ricks ouders zou gaan.'
Ik stond op het punt 'Ricks ouders?' te zeggen, als leed ik aan echo-ziekte, maar ik beet mijn kaken op elkaar en liet hem verder spreken.
'Glen komt pas vanavond laat thuis, ze weet nog van niets. Ik neem aan dat zij morgenochtend wel met Varden zal spreken. Hij zei dat hij een afschrift van het testament zou laten maken en dat naar het huis zou sturen. Hij wil gerechtelijke verificatie aanvragen.'
'En dit is de eerste keer dat dit ter sprake is gekomen?'
'Voor zover ik weet wel.' Terwijl hij verder sprak, probeerde ik uit te puzzelen wat dit betekende. Geld lijkt mij altijd een zo voor de hand liggend motief. Vogel uit wie er financieel beter van wordt en begin daar. Kitty Wenner. Phil en Reva Bergen.
'Neem me niet kwalijk dat ik je in de rede val,' zei ik. 'Maar over hoeveel geld hebben we 't hier?'

Derek zweeg even en streek met zijn hand langs zijn kaak, als wilde hij vaststellen of het tijd was zich te scheren. 'Tsja, honderdduizend voor Ricks ouders en, ja nou ja, ik zou 't niet weten, Kitty kan waarschijnlijk 'n miljoen of twee verwachten. Daar gaan natuurlijk successierechten vanaf...'

Al die nulletjes begonnen als een stel paaseieren door mijn hoofd te dansen. 'Honderdduizend, 'n miljoen of twee,' had hij gezegd. Ik keek hem met knipperende ogen aan. Waarom was hij me dit eigenlijk komen vertellen?'

'Wat wil je hiermee zeggen?' vroeg ik.

'Hoe bedoel je?'

'Ik vraag me af waarom je me dit komt vertellen. Is er 'n probleem mee?'

'Nou ja, ik ben geloof ik bang hoe Glen 't zal opvatten. Je weet wat ze van Kitty denkt.'

Ik haalde mijn schouders op. 'Het was Bobby's geld, hij kon ermee doen wat hem goeddocht. Hoe kan ze daar nou bezwaar tegen maken?'

'Denk je dat ze 't testament gaat aanvechten?'

'Derek, ik kan me niet inlaten met speculaties over wat Glen misschien gaat doen. Je zult 't met haar zelf moeten bespreken.'

'Ja, dat moet ik maar doen als ze terugkomt.'

'Ik neem aan dat dat geld voor Kitty is vastgezet. Ze is tenslotte nog maar zeventien. Wie is de executeur testamentair, jij?'

'Nee, nee. De bank. Bobby had 't niet zo op mij, geloof ik. En om je de waarheid te vertellen, zit 't me niet lekker hoe dit kan overkomen. Bobby zegt dat iemand hem naar 't leven staat en dan blijkt dat Kitty al zijn geld krijgt als hij sterft.'

'Ja, de politie zal haar wel willen spreken.'

'Maar jij denkt toch niet dat ze iets met Bobby's ongeluk te maken heeft gehad, of wel soms?'

Aha, zie hier de ware reden voor dit bezoek.

Ik zei: 'Eerlijk gezegd lijkt dat me sterk, maar misschien ziet politie dat anders. Misschien voelt men jou ook wel aan de tand.'

'Mij?!' Hij wist zowel een vraag- als uitroepteken in die kreet te leggen.

'Stel dat Kitty iets overkomt, wie krijgt dat geld dan? Ze is nu niet bepaald kerngezond.'

Hij keek me geschrokken aan, en wenste waarschijnlijk dat hij maar niet was gekomen. Hij had kennelijk vagelijk gehoopt dat ik hem zou geruststellen, maar ik had alleen maar zijn basis voor ongerustheid verbreed. Enige ogenblikken later stond hij op, met de mededeling dat hij me spoedig zou bellen. Toen hij zich omdraaide naar de deur, zag ik dat zijn golfshirt aan zijn rug vastplakte. Ik kon de spanning in zijn zweet ruiken.

'O, Derek,' riep ik hem na. 'Zegt de naam Schwarzmann je iets?'

'Niet dat ik weet. Hoezo?'

'Louter nieuwsgierigheid. Bedankt voor je bezoek,' zei ik. Als je verder nog iets te weten komt, laat 't me dan weten, hè?'

'Ja zeker.'

Zodra hij weg was, belde ik een vriend van me bij het telefoonbedrijf en deed navraag naar S. Schwarzmann. Hij zei dat hij er werk van zou maken en me terug zou bellen. Ik liep naar het parkeerterrein en haalde de kartonnen doos uit mijn auto die ik uit Bobby's garage had meegenomen. Ik liep terug naar mijn kantoortje en nam de inhoud nog eens door. Ik pakte de voorwerpen er één voor één uit. Alles zag er precies zo uit als ik me het herinnerde: een tweetal gebruiksaanwijzingen voor röntgenapparatuur, de nodige medische teksten, paperclips, ballpoints, kladblokken. Niets dat voor zover ik kon zien van enige betekenis was. Ik sleepte de doos weer naar het parkeerterrein en zette hem op mijn achterbank, met het plan hem de eerstvolgende keer dat ik naar Bobby's huis moest, daar af te geven.

Wat kon ik dan nu nog proberen? Ik kon nergens opkomen, en ging maar naar huis.

Toen ik een parkeerplaats voor het huis opreed, betrapte ik mezelf erop dat ik het trottoir afspeurde op tekenen van Lila Sams. Voor een vrouw die ik nog maar drie of vier maal van mijn leven had gezien, was ze veel te snel op de voorgrond gedrongen. Ze bedierf mijn gevoel van 'thuis' zijn. Ik deed mijn auto op slot en liep om het huis heen naar de achtertuin. Ik wierp een blik op de achterzijde van het huis om te zien of Henry er was. De achterdeur stond open en ik rook de kruidige geur van gist en kaneel door de hordeur. Ik gluurde naar binnen en zag Henry aan de tafel zitten met een mok koffie en de avondkrant.

'Henry?'

Hij keek op. 'Ha, Kinsey, fijn dat je er bent.' Hij kwam naar de hordeur toe gelopen, deed die van de haak en hield hem voor me open. 'Kom erin, meisje, kom erin. Zin in 'n kop koffie? Ik haal zo meteen de koffiebroodjes uit de oven.'

Ik kwam aarzelend binnen, nog steeds half in de verwachting dat Lila Sams als een tarantula op me af zou schieten. 'Ik wil niet storen,' zei ik. 'Is Lila hier?'

'Nee, ze had een en ander te regelen, maar tegen zessen dacht ze wel weer hier te zijn. Ik neem haar vanavond mee uit eten. We hebben bij 't Crystal Palace gereserveerd.' 'Zo, doen jullie even chic,' zei ik. Henry schoof een stoel voor me bij en schonk me koffie in terwijl ik om me heen keek. Lila was hier duidelijk in de weer geweest. Er hingen nieuwe gordijnen: zout- en peperstelletjes, bosjes groenten en houten lepels met groene strikjes erom tegen een ondergrond van avocadogroen katoen. Ze had bijpassende placemats en servetjes aangesleept, met accessoires in een pompoengele contrasterende tint. Op het aanrecht stond een nieuw koelrek op een driepoot met een huiselijk gezegde in smeedijzeren krulletters. Ik meende dat de tekst 'God zegene onze koekjes' luidde, maar dat zou toch te dol zijn. 'Je hebt je huis opgeknapt,' zei ik.

Zijn gezicht klaarde op en hij keek om zich heen. 'Vind je 't mooi geworden? Dat was Lila's idee. Je hebt geen idee hoe enorm die lieve schat m'n leven heeft veranderd.'

'Mooi zo, ik ben blij dat te horen,' zei ik.

'Ze geeft me 'n gevoel van... hoe moet ik 't zeggen – *vitaliteit* lijkt me 'n goed woord. Ik voel me in staat 'n heel nieuw leven te beginnen.'

Ik vroeg me af of hij helemaal om haar beschuldigingen dat ik hem te kort deed heen zou draaien. Hij stond op en deed de ovendeur open; hij inspecteerde zijn koffiebroodjes en besloot dat ze nog even nodig hadden. Hij schoof ze terug de oven in en deed die dicht, zijn pompoenkleurige ovenwant aanhoudend als was het een bokshandschoen.

Ik schoof ongemakkelijk heen en weer op mijn hoge kruk. 'Volgens mij moesten we 't maar 's over Lila's beschuldigingen omtrent de huur hebben.'

'O, trek je daar niks van aan,' zei hij. 'Ze loopt soms wat hard van stapel.'

'Maar Henry, ik wil niet met het gevoel zitten dat ik je 't vel over de oren haal. Vind jij ook niet dat we dit uit moeten praten?'

'Welnee. Lariekoek. Ik vind helemaal niet dat je me 't vel over de oren haalt.'

'Maar zij wel.'

'Welnee, niks daarvan. Je hebt 't verkeerd begrepen.'

'Verkeerd begrepen?' zei ik ongelovig.

'Hoor 's, dit is allemaal mijn schuld en 't spijt me dat ik 't niet meteen heb rechtgezet. Lila was wat overhaast en dat ziet ze nu ook wel in. Ik weet zelfs wel zeker dat ze van plan is haar verontschuldigingen aan te bieden. Zij en ik hebben er achteraf uitgebreid over gepraat en ik weet dat 't haar dwarszit. 't Had niks met jou persoonlijk te maken. Ze is soms wat fel, maar ze is echt de liefste vrouw die je je kunt indenken. Als je haar eenmaal beter leert kennen, zul je wel zien wat 'n best mens 't is.'

'Dat hoop ik,' zei ik. 'Wat me evenmin lekker zit is dat ze toen ze mij in de nek sprong al bonje met Rosie gehad had. Ik weet niet wat ik hiervan moet denken.'

Henry lachte. 'Vat dat nu maar niet te serieus op. Je weet hoe Rosie is. Die heeft vroeg of laat met iedereen bonje. Lila is 'n schat. Ze heeft 'n hart van goud en ze is zo trouw als 'n jong hondje.'

'Ik hoop alleen maar dat jij je niet in de nesten werkt,' zei ik. Dat was zo'n uitlating die in wezen niets zegt, een dooddoener waarmee je alle kanten op kunt.

'Maak je over mij nou maar geen zorgen,' zei hij bedaard. 'Ik ben geen groentje, weet je, niemand heeft mij er ooit onder gekregen.'

Hij wierp nog een blik op zijn koffiebroodjes, haalde ze ditmaal uit de oven en zette ze op het koelrek om ze uit te laten wasemen. Toen keek hij mij aan. 'Ik heb je nog iets te vertellen, daar was 't nog niet van gekomen. Zij en ik gaan samen 'n belegging in onroerend goed doen.'

'Je meent 't.'

'Vandaar dat 't gesprek erop kwam hoeveel huur jij betaalt. Inkomsten uit huur zijn mede bepalend voor de totale waarde van 'n huis en dat zat haar dwars. Ze zei dat ze beslist geen onvrede in onze verhouding had willen stichten. Ze is waar 't om zaken gaat 'n harde tante, maar ze wilde nergens haar neus in steken.'

'Wat voor belegging in onroerend goed?'

'Nou, zij heeft de nodige bezittingen die ze als onderpand wil gebruiken, en met mijn huis erbij hebben we wel zo ongeveer genoeg voor 't pand dat we op 't oog hebben.'

'Hier in de stad?'

'Laat ik je dat nou maar niet vertellen. Ze drong op absolute geheimhouding aan. 't Is tenslotte nog niet zeker, maar ik vertel 't je zodra 't dat is. Langer dan 'n paar dagen duurt 't vast niet. Ik heb haar gezworen dat ik 't voor me zou houden.'

'Ik begrijp hier niks van,' zei ik. 'Dus je gaat je huis verkopen?'

'Ik snap 't zelf ook niet tot in de kleinste bijzonderheden. Dat is mij allemaal te ingewikkeld,' zei hij.

'Ik had geen idee dat ze in onroerend goed deed.'

'O, ze doet al jaren dit soort zaken. Ze was in New Mexico getrouwd met 'n heel gewiekste zakenman, en toen die overleed liet hij haar goed verzorgd achter. Ze zit er warmpjes bij en belegt in onroerend goed als 'n soort hobby, zei ze.'

'En ze komt uit New Mexico? Ik dacht dat ze uit Idaho kwam.'

'O, ze heeft heel wat afgezworven. Ze is in haar hart 'n zigeunerin. Ze heeft mij zelfs al warm gekregen voor 't zwerversbestaan. Je biezen pakken en de zonsondergang tegemoet rijden, met 'n kampeerwagen en 'n kaart van de Verenigde Staten. Erop uit gaan en zien waar je belandt. Ik heb 'n gevoel alsof ik van haar twintig jaar extra leven cadeau heb gekregen.' Ik had hem graag nader aan de tand gevoeld, maar hoorde Lila's 'Joehoe!' bij de hordeur en zag toen haar door hupse krulletjes omkranste gezicht verschijnen. Toen ze mij zag zitten legde ze haar hand tegen haar wang en werd op slag een en al bedeesdheid.

'O, Kinsey, ik weet vast al waarvoor je langs bent gekomen,' zei ze. Ze kwam de keuken in en bleef even met haar handen voor de borst gevouwen staan, als ging ze op haar knieën neervallen om te bidden. 'Wacht, zeg even niks, eerst moet mij iets van 't hart,' vervolgde ze. Ze zweeg een ogenblik en tuurde in Henry's richting. 'Henry, je hebt haar toch wel verteld hoe 't me spijt dat ik zo lelijk tegen haar was, hè?' Ze zette haar speciale kleine meisjesstemmetje op.

Henry legde zijn arm om haar middel en drukte haar tegen zich aan. 'Dat heb ik al uit de doeken gedaan en natuurlijk begrijpt ze 't best,' zei hij. 'Hier hoef je echt verder niet mee te zitten.'

'Maar ik zit er wel mee, honnepon, en ik ben pas met mezelf in 't reine als ik 't haar zelf vertel.'

Honnepon?

Ze kwam op mijn kruk af en drukte mijn rechterhand tussen haar beide handen.

'Het spijt me zo verschrikkelijk. Ik wil je vertellen hoe vreselijk ik me voel over wat ik tegen je heb gezegd en ik vraag je vergiffenis.' Ze sprak op berouwvolle toon en ik was bang dat Honnepon een brok in de keel zou krijgen. Ze keek me innig aan en een paar van haar ringen boorden zich pijnlijk in mijn vingers. Ze had kennelijk die ringen zo omgedraaid dat de stenen in haar handpalm lagen zodat ik ze goed kon voelen toen ze mijn hand nog plechtiger in de hare klemde.

Ik zei: 'Nou, maakt u zich maar geen zorgen. Zet 't gerust uit uw hoofd, heus, ik ben 't al vergeten.'

Om haar te laten weten wat een sportieve meid ik was, stond ik op en sloeg mijn linkerarm om haar heen zoals Henry voorheen had gedaan. Ik drukte haar net zo tegen me aan, maar schoof onopvallend mijn voet over de punt van haar rechterschoen en zette heel mijn gewicht erop. Ze probeerde aan me te ontkomen maar ik wist mijn voet op zijn plek te houden en we bleven heup aan heup staan. Even blikten we elkaar in de ogen. Ze glimlachte mierzoet naar me en liet toen mijn hand los. Ik tilde mijn gewicht van haar voet, maar inmiddels had ze wel hoogrode vlekken op de wangen.

Honnepon was duidelijk in zijn nopjes dat we elkaar nu zoveel beter begrepen en dat was ik ook. Ik nam kort daarop afscheid. Lila had me na onze verzoening niet meer aangekeken en het viel me op dat ze met een plofje was gaan zitten en haar ene schoen had uitgeschopt.

HOOFDSTUK ZEVENTIEN

Ik stak de sleutel in het slot van mijn eigen woninkje en ging naar binnen. Daar schonk ik mezelf een glas wijn in en maakte toen een dubbele boterham van volkorenbrood met meikaas, plakjes komkommer en uiringen. Ik sneed hem doormidden, pakte een stuk keukenrol bij wijze van servet en bord tegelijk, en liep toen met mijn boterham en glas wijn naar de badkamer. Ik zette mijn badkamerraampje op een kier en at mijn boterham in de badkuip staand op, van tijd tot tijd door de kier glurend om te zien of Henry en Lila zich al naar hun etentje begaven. Om kwart voor zeven liepen ze om het huis heen naar de straat, waar Henry zijn auto van het slot deed en aan de passagierszijde het portier voor haar openhield. Ik richtte me op, maar trok snel mijn hoofd weer in tot ik hem de wagen hoorde starten en wegrijden.

Ik had mijn boterham op en hoefde niets af te wassen, alleen maar mijn papieren servet te verkreukelen en in de vuilnisbak te gooien, en ik vond dat ik dat prima geregeld had. Ik trok mijn sandalen uit en deed mijn gympjes aan, pakte mijn loper, haaksleutels, zakmes en zaklantaarn, en liep toen de straat af naar Moza Lowensteins huis, waar ik aanbelde. Ze gluurde verschrikt door het zijraampje en deed toen de deur open.

'Ik had geen idee wie het om deze tijd nog kon zijn,' zei ze. 'Ik dacht dat Lila misschien iets vergeten was en 't kwam halen.'

Ik ga anders nooit bij Moza op bezoek en ik merkte wel dat ze zich afvroeg wat ik bij haar op de stoep deed. Ze liet me met een beduusd lachje binnen. De televisie stond aan, een oude aflevering van 'M.A.S.H.', met helikopters temidden van opstuivende stofwolken.

'Ik wilde wat meer over Lila Sams te weten komen,' zei ik, tegen de achtergrond van de vrolijke klanken van het herkenningsmelodietje van de serie, 'Suicide is Painless'.

'Gut, maar ze is net weg,' zei Moza jachterig. Ze had al wel door dat ik kwaad in de zin had en ik neem aan dat ze dacht dat ze me er nog vanaf kon brengen.

'Is haar kamer daar achter?' vroeg ik terwijl ik de gang opliep.

Ik wist dat Moza's slaapkamer aan het eind van de gang links-af was en ging ervan uit dat Lila de voormalige logeerkamer had gekregen.

Moza scharrelde achter me aan. Ze is een omvangrijke vrouw en heeft een aandoening waardoor haar voeten opzwellen. Haar gezichtsuitdrukking was een kruising tussen pijn en ver-bijstering.

Ik morrelde aan de deurknop. Lila's deur was op slot.

'Daar kun je niet zomaar naar binnen.'

'O nee?'

Ze keek inmiddels angstig en de aanblik van de loper die ik in het sleutelgat stak stelde haar geenszins gerust. Dit was een eenvoudig huisslot waarvoor een simpele loper voldeed.

'Maar je begrijpt 't niet,' zei ze nog eens. 'Die deur is op slot.'

'Nee hoor. Kijk maar.' Ik duwde de deur open en Moza legde haar hand op haar hart.

'Straks komt ze nog terug,' zei ze met een bibberstem.

'Moza, ik steel heus niks,' zei ik. 'Ik zal uiterst zorgvuldig te werk gaan, zodat ze nooit zelfs maar vermoedt dat ik hier bin-nen geweest ben. Ga nou maar lekker in je voorkamer zitten en houd voor alle zekerheid 'n oogje op de straat, ja?'

'Als ze erachter komt dat ik je heb binnengelaten is ze razend,' zei ze. Haar ogen stonden zo treurig als die van een bloedhond.

'Maar daar komt ze niet achter, dus maak je nou maar niet te sappel. O, ben je er ooit achter gekomen uit welk plaatsje in Idaho ze komt?'

'Dickey, zei ze.'

'Mooi, goed zo. Heeft ze je ooit verteld van haar tijd in Nieuw Mexico?'

Moza schudde haar hoofd en begon met haar hand op haar borst te trommelen als probeerde ze een oprisping los te klop-pen. 'Alsjeblieft, schiet op,' zei ze. 'Ik zou me geen raad weten als ze terugkwam.'

Daar zat wat in.

Ik liep op mijn tenen de kamer in, trok de deur dicht en knipte het licht aan. Buiten de kamerdeur hoorde ik Moza weer naar de voorkant van het huis schuifelen en bij zichzelf mompelen. De kamer bevatte een oud slaapkamerameublement dat pretenties had antiek te zijn, al zag ik dat niet zitten. De onderdelen zagen er net uit als die stukken die je als koopje op de stoep voor tweedehands meubelzaken ziet staan: krakende misvormde krengen die merkwaardig naar natte as ruiken. Er was een chiffonnière die bij de nachtkastjes paste, een toilettafel met een ronde spiegel die tussen twee pilaartjes van laatjes in stond. Het ledikant zelf was van ijzer met een afbladderende laag witte verf, en de sprei was van een stoffig roze chenille met franje. Het behang was een en al bloemboeketjes in lila en lichtroze op een grijze achtergrond. Er was een aantal sepia foto's van een man te zien, naar ik aannam Mr. Lowenstein; deze heer droeg in elk geval zijn haar nat over de schedel platgekamd en had een bril met ronde glazen in een gouden montuur op de neus. Hij was zo te zien in de twintig, een ongerimpeld knap gezicht met een ernstige mond die zich over iets te ver uitstekende tanden sloot. De studio had zijn wangen roze ingekleurd, hetgeen een merkwaardig contrast vormde met de rest van de foto, maar het zag er toch alleraardigst uit. Ik had me laten vertellen dat Moza in 1945 weduwe was geworden. Ik had wat graag een foto van haar uit die tijd gezien. Bijna met tegenzin wijdde ik mij weer aan mijn taak.

Drie smalle raampjes waren van binnen vergrendeld, en de blinden waren neergelaten. Ik gluurde door de spleet bij een van de blinden naar buiten en keek door roestende horretjes de achtertuin in. Ik keek op mijn horloge. Het was nog maar zeven uur. Ze zouden nog minstens een uur wegblijven en ik dacht niet dat ik een nooduitgang nodig zou hebben. Aan de andere kant kun je zulke dingen maar beter slim aanpakken. Ik liep terug naar de deur en zette die op een kier. Moza had de televisie uitgezet en ik stelde me voor hoe ze door de gordijnen naar buiten gluurde, met haar hart in de keel; daar bonsde het mijne tenminste op dat moment wel.

Buiten was het nog licht maar in de kamer was het al schemerig, zelfs al had ik de plafondlamp aan. Ik begon met de chiffonnière. Ik liet mijn zaklantaarn erop schijnen om te zien of Lila amateuristische pogingen tot beveiliging had gepleegd. En ja hoor, ze had listig een paar haren zorgvuldig dwars over de kier van de bovenste lade gelegd. Ik plukte de schoonheden eraf en legde ze voorzichtig op het gehaakte lopertje bovenop. In de bovenste la lagen een berg sieraden, een paar in elkaar verstrengelde ceintuurtjes, geborduurde zakdoekjes, een horlogekoker, haarspelden, de nodige losse knopen en twee paar witkatoenen handschoenen. Ik bleef er geruime tijd naar staan kijken, zonder ergens aan te komen, en vroeg me af wat hier zo belangrijk was dat die beschermende haar noodzakelijk was. Nu was het waar dat iemand die in Lila's spulletjes wilde rondsnuffelen hoogstwaarschijnlijk bij de bovenste la zou beginnen, dus misschien was dit voor haar een snelle controle als ze de kamer binnenkwam. Ik probeerde de volgende lade, die vol lag met keurig opgestapelde wijde oudedames-directoire'tjes. Ik liet mijn vinger verkennend langs de stapeltjes gaan maar paste wel op dat ik de orde niet verstoorde. Ik stuitte op niets van belang: geen revolver, geen verdachte doosjes of bobbels. Op een ingeving trok ik de eerste lade nog eens open en keek eronder. Er was niets onderaan de bodem geplakt. Ik trok de hele lade eruit en controleerde de achterkant. Nee maar, kijk 's aan! Een in plastic gewikkelde envelop was met stevig kruisgewijs over de hoeken geplakt kleefband tegen de achterzijde van de lade bevestigd. Ik pakte mijn zakmes en liet het kleinste lemmet onder een van de vastgeplakte hoeken glijden en pelde die zover terug dat ik de envelop uit het plastic kon wurmen. In de envelop zaten een in Idaho afgegeven rijbewijs onder de naam Delilah Sampson. Die vrouw had bepaald gevoel voor humor. Ik tekende adres, geboortedatum, lengte, gewicht en kleur van haar en ogen op, en die leken voor het grootste deel van toepassing op de vrouw die ik als Lila Sams had leren kennen. God, dit was nog 's een vette buit. Ik liet het rijbewijs in de envelop terugglijden en plakte die weer vast. Ik bezag mijn werk kritisch. Het geheel zag er naar mijn smaak onaangeroerd uit, of ze had het met een of ander geniepig poedertje onder moeten hebben gestoven dat mijn handen de eerste de beste keer dat ik ze hierna waste felrood zou kleuren. Nou, dat zou dan jammer zijn.

Ook de achterzijde van de tweede lade bleek een kluisje, met een stapel kredietkaarten en nog een rijbewijs. Dit stond op naam van Delia Sims, met een adres in Las Cruces, in Nieuw Mexico met dezelfde geboortedatum als in het eerste. Opnieuw tekende ik de gegevens op en stopte toen het document zorgvuldig terug. Ik schoof de lade weer dicht en wierp een snelle blik op mijn horloge. Twee minuten over half acht. Ik had nog redelijk wat tijd maar had nog heel wat te bekijken. Ik zette mijn speurtocht voort, waarbij ik uiterst omzichtig te werk ging en ervoor zorgde geen laden overhoop te halen. Toen ik heel de chiffonnière had doorzocht, viste ik de twee haren weer op en legde die weer over de rand van de bovenste lade.

De toilettafel gaf geen geheimen prijs en in de nachtkastjes zat niets bijzonders. Ik doorzocht de kast, keek in jaszakken, koffers, handtasjes en schoenendozen, in één waarvan nog de kwitantie lag voor de rode schoentjes die ze bij onze eerste ontmoeting had gedragen. Een papiertje van haar kredietrekening zat met een nietje aan de kwitantie vast en ik stopte beide in mijn zak om ze later nader te bekijken. Er lag niets onder het bed, en er was niets achter de chiffonnière gestopt. Ik keek nog even of ik echt niets had gemist toen ik uit de voorkamer een merkwaardig gekweel hoorde.

'Kinsey, ze zijn terug!' riep Moza met een hese, jammerende uithaal. Op straat hoorde ik de doffe klap van een autoportier dat dichtviel.

'Bedankt,' zei ik. Adrenaline stroomde door mijn aderen als water door een stormgeul en ik had durven zweren dat mijn hart, net als in een stripverhaal als een gummibal tegen de binnenkant van mijn shirtje stuiterde. Ik keek snel om me heen: alles zag eruit als voorheen. Ik bereikte de deur naar de gang, glipte naar buiten en trok hem achter me dicht. Toen ik de sleutelring met lopers uit mijn zak viste, bedacht ik dat ik de zaklantaarn op de toilettafel had laten liggen.

Ik hoorde gedempte stemmen bij de voordeur. Lila en Henry.

Moza hield ze amicaal aan de praat, vroeg hoe het etentje geweest was. Ik rukte de deur open en rende op mijn tenen naar de toilettafel, griste de zaklantaarn weg en sprong, geruisloos als een gazelle terug naar de deur. Ik stopte de zaklantaarn onder mijn arm en bad dat ik de goede loper in het slot stak. Ik draaide de sleutel om en trok hem met trillende handen uit het slot, er wel voor zorgend dat de sleutels niet tegen elkaar rinkelden. Ik keek over mijn schouder, op zoek naar een ontsnappingsweg.

De gang liep nog zo'n anderhalve meter verder naar rechts, waar de doorgang naar de woonkamer was. Aan het verste uiteinde van de gang lag Moza's slaapkamer. Links van me was een nisje voor de telefoon, een grote hangkast, de badkamer en de keuken die op de eetkamer uitkwam. Deze kwam op zijn beurt weer op de woonkamer uit. Als ze deze kant opkwamen, zouden ze waarschijnlijk rechts van mij in de doorgang verschijnen. Ik nam twee enorme stappen naar links en glipte de badkamer in. Zodra ik daar was, besefte ik dat dit een slechte keus was geweest. Ik had moeten proberen de keuken te halen, aangezien die een deur naar buiten had. Hier kon ik geen kant meer op.

Meteen links van mij was een afgeschermde douchecel met een matglazen deur met een badkuip ernaast. Rechts van me was een wastafel en daarnaast het toilet. Het enige raam was klein en was waarschijnlijk in geen jaren geopend. Ik hoorde de stemmen luider worden terwijl Lila de gang in kwam. Ik stapte de douchecel in en trok de deur dicht. Ik durfde hem niet te vergrendelen. Ik wist wel zeker dat dat klikje van verschuivend metaal duidelijk te horen zou zijn en haar op mijn aanwezigheid opmerkzaam zou maken. Ik legde mijn zaklantaarn neer en liet me met mijn handen plat tegen de tegels leunend langzaam tot een hurkzit zakken; ik ging ervan uit dat ik minder snel zou opvallen als ik me klein maakte. De stemmen op de gang kwamen nog dichterbij en ik hoorde Lila haar slaapkamerdeur openen.

De douche was nog nat van de laatste keer dat hij gebruikt was en rook naar deodorantzeep. Een washandje dat over de koude kraan hing, druppelde van tijd tot tijd op mijn schouder. Ik luisterde scherp maar hoorde weinig. In dergelijke situaties moet je je op de Zen van het wegduiken toeleggen. Anders krijg je pijn in je knieën, kramp in je beenspieren en weldra laat je alle behoedzaamheid varen en wil je alleen nog maar met een gil te voorschijn springen, onverschillig wat daarvan de gevolgen zouden kunnen zijn. Ik legde mijn gezicht op mijn rechterarm en keerde mijn aandacht inwaarts. Ik proefde de ui van mijn boterham nog en hunkerde ernaar mijn keel te schrapen. Bovendien moest ik nodig plassen. Ik hoopte dat ik niet gesnapt zou worden want ik zou me knap opgelaten voelen als Lila of Henry de deur van de douchecel openschoof en mij daar in hurkzit aantrof. Ik probeerde niet eens een verklaring te verzinnen, die bestond eenvoudigweg niet.

Ik lichtte mijn hoofd op. Stemmen op de gang. Lila was uit haar kamer gekomen en deed die weer achter zich op slot. Misschien was ze alleen even naar binnen gegaan om te zien of de haren nog op hun plek lagen. Ik vroeg me af of ik, nu ik de kans had, de hand op die vervalste rijbewijzen had moeten leggen. Nee, ik had er maar het beste aan gedaan ze te laten waar ze waren.

Opeens vloog de badkamerdeur open en weergalmde Lila's stem tegen de badkamerwanden. Mijn hart begon zo snel te kloppen dat het wel leek of ik in een ijskoud zwembad was geplonst. Ze bevond zich pal aan de andere kant van de deur van de douchecel. Ik zag het vervaagde silhouet van haar mollige figuur. Ik kneep als een klein kind mijn ogen dicht en wenste dat ik onzichtbaar mocht worden.

'Ik kom eraan, honnepon,' kweelde ze van nog geen meter bij mij vandaan.

Ze liep op de wc af en ik hoorde haar polyester jurkje ritselen en haar korset knappen.

O alsjeblieft, Lieve God, dacht ik, laat haar nou niet besluiten om snel onder de douche te gaan. Ik was zo gespannen dat ik wel zeker wist dat ik zou gaan niezen of hoesten of mijn schoenen of kleren zouden knersen of ritselen. Ik dwong mezelf tot een hypnotische staat en voelde mijn oksels nat worden van het zweet.

Het toilet werd doorgespoeld. Lila nam uitgebreid de tijd om zich opnieuw op te doffen. Geritsel, gekners en andere onbestemde geluiden. Ze waste haar handen en de kraan maakte een knierpend geluid toen ze hem dichtdraaide. Ging ze nou nog eens weg? Uiteindelijk liep ze op de badkamerdeur af en deed die open en toen was ze weg. Haar voetstappen stierven weg, in de richting van de woonkamer. Kwebbeldekwebbel, babbeldebabbel, zacht gelach, gemompelde afscheidszinnetjes en toen sloeg de voordeur dicht.

Ik bleef roerloos zitten tot ik Moza op de gang hoorde.

'Kinsey? Ze zijn weg. Ben je er nog?'

Ik blies een longvol lucht uit die ik had ingehouden en stond op. Ik propte de zaklantaarn in mijn achterzak. Dit is geen waardige manier om je brood te verdienen, bedacht ik. Jezus, ik kreeg hier niet eens voor betaald. Ik schoof de deur van de douchecel op een kier en gluurde naar buiten om me ervan te verzekeren dat ik niet in een val liep. Het huis deed stil aan, afgezien van Moza, die de deur van de bezemkast opendeed en nog steeds fluisterend mijn naam zei.

'Hier ben ik,' zei ik met luide stem.

Ik liep de gang op. Moza was zo in haar nopjes dat we niet gesnapt waren dat ze niet eens boos op me was. Ze leunde tegen de muur en waaierde zich koelte toe. Ik bedacht dat ik maar liever moest maken dat ik wegkwam voor ze nog eens ergens voor terugkwamen, hetgeen me nog eens tien jaar van mijn leven zou kosten.

'Je bent 'n schat,' fluisterde ik. 'Ik ben je innig dankbaar. Ik trakteer je op 'n etentje bij Rosie.'

Ik liep de keuken door en gluurde door de achterdeur naar buiten voor ik naar buiten liep. Het was inmiddels volslagen donker maar ik verzekerde mij ervan dat er niemand op straat was voor ik uit de duisternis rond Moza's huis te voorschijn kwam. Toen liep ik naar huis, zachtjes bij mezelf lachend. Het is eigenlijk enorm opwindend om met gevaar te stoeien en in andermans laden rond te snuffelen. Misschien zou ik wel inbreekster zijn geworden als politiewerk me niet eerst had getrokken. Hoe dan ook, inzake Lila begon ik eindelijk greep te

Opnieuw werd een hand over het mondstuk gelegd en op de achtergrond werd gesmoesd. Toen kwam de vrouw weer aan de lijn.

'Als u me uw naam en telefoonnummer geeft, dan vraag ik haar wel of ze u terugbelt.'

'Ja, dat is 'n goed idee,' zei ik. Ik gaf haar opnieuw mijn fictieve naam, spelde die braaf uit en verzon toen een telefoonnummer met het netnummer voor Los Angeles. 'Zal ik die spullen aan haar opsturen of zal ik ze hier houden? Misschien weet ze niet eens meer waar ze ze had laten liggen en dat zou ik ellendig vinden.'

'Wat heeft ze eigenlijk laten liggen?'

'Nou, overwegend kleren. 'n Zomerjurk waarvan ik weet dat ze erop gesteld is, maar zo belangrijk zal 't ook wel weer niet zijn. En dan heb ik die ring van haar met de vierkant geslepen smaragd en de diamantjes,' zei ik, de ring beschrijvend die ik die eerste middag in Henry's tuin had gezien. 'Verwacht u haar binnenkort thuis?'

De vrouw aarzelde even en zei toen op uiterst koele toon: 'Met wie spreek ik eigenlijk?'

Ik hing op. Aardig geprobeerd, dat spelletje met die mensen in Las Cruces. Ik had nog steeds geen idee wat ze in haar schild voerde, maar ik had geen goed woord over voor dat plan om samen in onroerend goed te beleggen dat ze Henry had voorge-schoteld. Hij was zo ontzettend verliefd dat ze hem waar-schijnlijk alles kon aanpraten. En ze had er goed vaart in zit-ten, dus moest ik maar liever mijn antwoorden vinden voor ze hem kaalplukte. Ik deed een greep naar de stapel blanco fiches in mijn bovenste la en toen de telefoon een paar seconden later rinkelde, schrok ik op. Jezus, ze hadden toch hoop ik niet mijn vorige telefoontje kunnen laten traceren? Alsjeblieft niet.

Ik pakte behoedzaam de hoorn van de haak en spitste mijn oren of ik dat geruis van een gesprek met een andere staat kon ontwaren. Goddank niet.

'Hallo?'

'Miss Millhone?' Een mannenstem die me bekend voorkwam maar die ik niet meteen kon plaatsen. Harde achtergrondmuziek dwong hem een keel op te zetten en van de weeromstuit begon ik ook te krijsen.

'Ja, dat ben ik.'

'Met Gus,' brulde hij, 'Bobby's vriend van de rolschaatsen.'

'O, ben jij 't. Hallo, ik ben blij dat je belt. Hopelijk heb je me iets te vertellen. Ik kan je hulp goed gebruiken.'

'Tsja, ik heb Bobby al dagenlang in gedachten en nou ja, dit ben ik hem wel verschuldigd, vind ik. Ik had vanmiddag m'n mond gewoon open moeten doen.'

'Maak je niet druk. Ik ben blij dat je me belt. Zullen we ergens afspreken of wil je 't me nu over de telefoon vertellen?'

'Doet er niet toe. Ik wilde je één ding alvast vertellen, en ik heb geen idee of je daar wat aan hebt, maar Bobby had me 'n adresboekje gegeven waar je misschien wijzer van wordt. Heeft hij daar ooit iets van tegen jou gezegd?'

'Nou en of. Ik heb me te pletter gezocht naar dat kreng,' zei ik.

'Waar ben je nu?'

Hij gaf me een adres aan Granizo Street en ik zei dat ik eraan kwam. Ik hing op en greep mijn tas en sleutels.

De buurt waar Gus woonde had bar weinig straatlantaarns en de tuintjes waren niet meer dan stoffige zandbakken, met hier en daar een armetierige palmboom. De auto's die langs de trottoirband geparkeerd stonden waren halfgesloopte, overgeschilderde wrakken met kale banden en onheilspellende butsen. Hier voelde mijn Volkswagentje zich beter thuis. Ongeveer elk derde perceel had een splinternieuw metalen hek, om God mag weten wat voor beest binnen te houden. Terwijl ik langs een van de huizen reed, hoorde ik iets dat kwaadaardig en bijtgraag klonk op het hek af krabbelen zover zijn ketting hem toestond. Hij jankte schor toen hij niet dicht genoeg bij me kon komen. Ik reed snel door.

Gus woonde in een piepklein houten huisje dat met een aantal soortgenoten een U-vormig hofje vormde. Ik liep onder een tierelantijnig poortje door waarop een in smeedijzer gewrocht straatnummer was aangegeven in de vorm van een regenboogje. Het hofje bestond in totaal uit acht woninkjes, drie aan beide kanten van een centraal weggetje en dan nog twee, eentje aan elk uiteinde. Alle huisjes waren gebroken wit en zagen er zelfs in het donker smoezelig uit. Ik herkende het huisje van Gus met gemak aan de daverende muziek die eruit opsteeg, dezelfde die ik aan de telefoon had gehoord. Van dichtbij klonk die lang zo goed niet. Zijn gordijn bestond uit een over een gordijnroe geslagen bedlaken. Ik wachtte af tot het tussen twee nummers even stil was en bonkte toen op de deur. De muziek barstte opnieuw los, maar hij had kennelijk mijn kloppen gehoord.

'Joe!' riep hij. Hij deed de deur open en hield de hordeur voor me open. Ik liep de kamer in en werd overspoeld door hitte, luide rockmuziek en een sterke lucht van een kattebak.

'Kun je dat zachter draaien?' riep ik.

Hij knikte, liep op de stereo af, en zette die af. 'Sorry,' zei hij sullig. 'Ga zitten.'

Zijn woninkje was ongeveer half zo groot als het mijne en stond vol met tweemaal zoveel meubilair. Een groot tweepersoons bed, een enorme ladenkast van plastic dat notehout moest voorstellen, de stereo-installatie, doorzakkende boekenplanken, twee luie stoelen met kapotgekrabde zijkanten, een kachel en een keukenblok ter grootte van een televisiemeubel, met een aanrecht, fornuis en ijskastje. De badkamer was van de kamer afgescheiden door een lap stof die aan een lijntje hing. Hij had rode handdoeken over de beide lampen in het vertrek gegooid die de tweehonderdvijftig watt tot een roze gloed dempten. Beide stoelen lagen vol katten, hetgeen Gus tegelijk met mij opmerkte.

Hij raapte het stel in een van de stoelen met beide armen op alsof het oude kleren waren en ik ging op de plaats zitten die hij voor me had vrijgemaakt. Zodra hij de katten op het bed had gegooid, gingen ze weer op weg naar hun oorspronkelijke plaats. Een van hen begon mijn schoot te kneden alsof het een bal brooddeeg was en nestelde zich toen tevreden op het plekje dat hij had gemaakt. Een andere kat drong zich naast me op de zitting en een derde drapeerde zich over de armleuning. Ze bezagen elkaar als in een poging vast te stellen wie er het beste van af was gekomen. Ze waren zo te zien volgroeid en kwamen waarschijnlijk uit hetzelfde nest, want ze hadden allemaal een dikke vacht met streepjes en koppen ter grootte van softballen. Op de andere stoel lagen twee bijna volgroeide jongen, een rode en een zwarte, die in elkaar verstrengeld lagen als twee sokken van verschillende paren. Een zesde kat kwam vanonder het bed te voorschijn en bleef even staan, al zijn poten één voor één uitstrekkend. Gus bezag dit kattengedrag met een verlegen lachje en een trotse blos.

'Zijn ze niet te gek?' zei hij. 'Ik kan gewoon niet genoeg van die mormels krijgen. 's Nachts klimmen ze op bed over me heen als 'n soort levende donsdeken. Een van die duvels slaapt op mijn kussen met z'n pootjes in m'n haar. Ik kan altijd kattekusjes halen.' Hij graaide er eentje van de vloer en hield die als een baby in zijn armen, een onwaardige positie die de kat verrassend gelaten onderging.

'Hoeveel heb je er?'

'Op 't moment zes, maar Luci Baines en Lynda Bird verwachten allebei kleintjes. Dat wordt me wat, maar wat doe je eraan, hè?'

'Misschien moest je ze maar laten steriliseren,' zei ik hulpvaardig.

'Tsja, als dit stel straks geboren is, moest ik dat misschien maar doen. Maar ik ben 'n kei in 't vinden van goeie tehuizen voor de kleintjes, en ze zijn altijd zo leuk.'

Ik had graag opgemerkt dat ze bovendien zo heerlijk roken, maar ik had het hart niet sarcastisch uit de hoek te komen; hij was duidelijk zo gek met zijn mormels. Daar stond die jongen, die eruit zag als de politieschets van een lustmoordenaar, verliefde praat over zijn verzameling huisbontjes uit te slaan.

'Ik wou dat ik je dit eerder had verteld,' zei hij. 'Ik snap niet wat me bezielde.' Hij liep naar de boekenkast en rommelde wat in de rotzooi die er bovenop lag. Hij haalde een adresboekje te voorschijn ter grootte van een speelkaart en stak mij dat toe. Ik pakte het aan en bladerde het door. 'Wat maakt 't zo belangrijk? Heeft Bobby je dat verteld?'

'Niet echt. Hij zei alleen dat ik 't goed moest bewaren, dat 't

belangrijk was, maar hij heeft niks uitgelegd. Ik ging ervan uit
dat 't een lijst of code was, iets, wat dan ook, over wat hij wist,
maar ik weet niet wat.'

'Wanneer heeft hij je dit gegeven?'

'Dat weet ik niet meer precies. Vóór 't ongeluk. Hij kwam op 'n
dag voorbij en gaf me 't boekje. Hij vroeg me of ik dat voor hem
kon bewaren en ik zei, ja hoor. Ik had er helemaal niet meer
aan gedacht tot jij erover begon.'

Ik keek in het boekje onder de letter S. Er stond geen Schwarzmann in, maar ik vond die naam in potlood achterin gekrabbeld, met een telefoonnummer ernaast. Er stond geen netnummer bij, dus was het waarschijnlijk een lokaal nummer, al
meende ik niet dat het overeenkwam met het nummer dat ik in
de telefoongids voor S. Schwarzmann had gevonden.

'Wat zei hij toen hij je dit boekje gaf?' vroeg ik. Ik wist dat ik in
herhaling verviel, maar ik bleef maar hopen dat hij me iets zou
vertellen waaruit ik kon opmaken wat Bobby destijds van plan
was geweest.

'Niets eigenlijk. Hij vroeg me 't goed te bewaren, meer niet. Hij
heeft jou dus ook niks verteld, hè?'

Ik schudde mijn hoofd. 'Hij kon 't zich niet meer herinneren.
Hij wist dat 't belangrijk was, maar hij had geen idee waarom.
Heb je ooit van de naam Schwarzmann gehoord? S. Schwarz-
mann? Wat voor Schwarzmann ook?'

'Nee.' De kat begon in zijn armen te spartelen en hij zette het
diertje neer.

'Ik heb me laten vertellen dat Bobby destijds op iemand verliefd was. Zou 't die Schwarzmann hebben kunnen zijn?'

'Misschien, maar hij heeft mij er niks van gezegd. Ik weet wel
dat hij meermalen afspraakjes met 'n vrouw aan 't strand heeft
gehad. Ze ontmoetten elkaar daar op 't parkeerterrein niet ver
van m'n schaatskraampje.'

'Vóór of na 't ongeluk?'

'Voordien. Hij zat daar in z'n Porsche te wachten tot zij kwam
aanrijden en dan praatten ze samen 'n tijdje.'

'Maar hij heeft haar nooit aan je voorgesteld of je verteld wie ze
was?'

'Ik weet hoe ze eruit zag maar niet hoe ze heet. Ik heb ze op 'n keer 't strandcafé in zien gaan en toen zag ik dat ze een raar lijf had, met 'n soort bocheltje. Dat vond ik vreemd, weet je, want Bobby was 'n knappe vent en hij had altijd prachtige meiden. Dit was 'n lelijk wijf.'

'Blond miezerig haar? Zo'n jaar of vijfenveertig?'

'Ik heb haar nooit van dichtbij gezien dus ik kan niet echt zeggen hoe oud ze was, maar dat haar, dat kan wel kloppen. Ze rijdt in 'n Mercedes die ik wel 's op straat heb gezien; donker-groen met 'n beige interieur. Lijkt me 'n oud model maar prima onderhouden.'

Ik bladerde het adresboekje nog eens door. Sufi's adres en telefoonnummer stonden onder de D.

Had hij dan iets met haar gehad? Dat leek me sterk. Bobby was drieëntwintig geweest en, zoals Gus had gezegd, een knappe vent. Carrie St. Cloud had iets van chantage gezegd maar als Sufi door iemand gechanteerd werd, waarom zou ze dan hulp bij hem zoeken? Zou zij hem soms gechanteerd hebben? Nee toch. Wat het ook was, ik had nu een aanknopingspunt en daar was ik blij mee. Ik stopte het boekje in mijn tas en keek op. Gus keek me geamuseerd aan.

'Jezus, je zou je eigen gezicht moeten kunnen zien. Ik zag de radertjes zo ongeveer draaien,' zei hij.

'Er komt eindelijk schot in en daar ben ik blij mee,' zei ik. 'Je hebt me enorm geholpen. Ik weet nog niet wat dit betekent, maar daar kom ik wel achter. Neem dat maar van mij aan.'

'Dat hoop ik maar. Ik vind 't vreselijk dat ik toen je 't me die eerste keer vroeg, niks heb gezegd. Als ik verder nog iets kan doen, laat 't me dan weten, hè?'

'Ja, bedankt,' zei ik. 'Ik duwde de kat van mijn schoot, klopte mijn spijkerbroek af en plukte een kattehaar van mijn lip. Het was nu tien uur 's avonds en ik had naar huis moeten gaan, maar ik was veel te opgewonden. Het verstoppertje spelen bij Moza en het plotseling opduiken van Bobby's adresboekje werkten op me in als een stimulerend middel. Ik wilde Sufi spreken en dacht erover bij haar langs te gaan. Als ze nog op

was, konden we nu een babbeltje maken. Ze had eerder geprobeerd me van mijn onderzoek af te brengen en ik vroeg me
af wat daar achter zat.

HOOFDSTUK NEGENTIEN

Ik parkeerde mijn auto in het donker aan de overkant van Haughland Road tegenover Sufi's huis. Dit was hartje Santa Teresa. De huizen hier waren grotendeels van stenen en hout opgetrokken villa's met een bovenverdieping, omgeven door grote tuinen met struiken en bomen. Op menig gazon prijkte een bordje van een alarminstallatie-firma, ter waarschuwing dat hier in de buurt gepatrouilleerd werd en dat een geruisloze alarminstallatie hulp zou oproepen.

Sufi's tuin lag in de schaduw van ineengestrengelde boomtakken, en haar huis was met donker hout betimmerd, dat waarschijnlijk dof bruin of groen geschilderd was, al was dat om deze tijd moeilijk te zien. De zijveranda was smal maar strekte zich langs het gehele huis uit. Er brandde buiten geen licht. Een donkergroene Mercedes stond links van het huis geparkeerd.

Het was een stille buurt. Niemand liep op straat en er was geen verkeer. Ik stapte uit mijn auto en stak over naar het huis. Van dichtbij zag ik dat het een kast van een huis was, van het soort dat tegenwoordig vaak als pension wordt gebruikt, liefst met een oubollige naam op een uithangbord. Die zijn nu bijzonder populair: opgeknapte negentiende-eeuwse herenhuizen van een onmogelijk pittoresk aanzien waar je voor negentig dollar per nacht in een namaak-koperen ledikant kunt slapen en de volgende ochtend de strijd kunt aanbinden met een verse croissant die in je schoot afbrokkelt tot lichtgele vlokken.

Zo te zien bood Sufi's huis nog steeds alleen aan haarzelf onderdak, maar het zag er vervallen uit. Misschien was ze, zoals zoveel ongetrouwde vrouwen van haar leeftijd, op het punt aangeland waar de afwezigheid van een manspersoon gelijk staat aan lekkende kranen en dakgoten die hoognodig gerepareerd moeten worden. Een ongetrouwde vrouw van mijn leeftijd zou in de gereedschapskist grijpen en het dak op klimmen en genieten van die kick die je krijgt als je weet dat je 't zelf kunt opknappen. Sufi had haar huis dusdanig laten vervallen dat ik me afvroeg wat zij met haar salaris uitspookte. Ik meende me te herinneren dat operatiezusters goed verdienden.

Achteraan het huis zag ik een serre, en door het glas zag ik het blauwgrijze geflikker van een televisietoestel. Ik liep op de tast een paar afbrokkelende treetjes op en klopte op de deur. Even later ging het licht bij de voordeur aan en keek Sufi door het gordijntje.

'Dag, ik ben 't,' zei ik. 'Kan ik je even spreken?'

Ze leunde dichter naar het venstertje toe en gluurde langs me heen, wellicht om te zien of ik een bende boeven had meegebracht.

Ze deed de deur open op haar muiltjes en in haar peignoir, die ze met de ene arm om haar middel geslagen en met de andere hand aan haar hals dichthield. 'Jezus, ik schrok me dood,' zei ze. 'Wat doe je hier nog zo laat? Is er iets mis?'

'Nee hoor. Sorry dat ik je zo aan 't schrikken maakte. Ik was in de buurt en wilde je graag spreken. Mag ik binnenkomen?'

'Ik wou net naar bed.'

'Een paar minuutjes hier op de veranda dan?'

Ze keek me stuurs aan en deed toen met tegenzin een stapje achteruit zodat ik binnen kon komen. Ze was een halve kop kleiner dan ik en haar blonde haar was zo dun dat ik haar hoofdhuid zag doorschijnen. Ik had me haar niet direct in een glibberige satijnen peignoir en bijpassende muiltjes met dons langs de rand voorgesteld, maar zo liep ze erbij. Spannend, hoor. Ik had graag waarderend gefloten maar was bang dat ze beledigd zou zijn.

Toen ik binnenkwam wierp ik een snelle blik om me heen en prentte me het aanzien van het interieur in. De woonkamer was rommelig en waarschijnlijk vuil, te oordelen naar de borden met etensrestjes die ik hier en daar zag staan, de dode bloemen in een vaas en de prullebak waarvan de inhoud voor een deel op de vloer was gerold. Het water onderin de vaas was troebel van de bacteriën en rook waarschijnlijk naar het eindstadium van een of andere ziekte. Op de armleuning van de luie stoel lag een prop verkreukeld cellofaan, duidelijk een zakje snoepgoed. Een damesroman lag met de geopende pagina's naar beneden op het voetstoeltje. Het rook naar pizza, en ik ontwaarde een laatste stuk in een kartonnen doos bovenop de televisie. De hitte die uit het toestel opsteeg hield het stuk warm en de geur van oregano en mozzarella-kaas vermengde zich met die van warm karton. Gut, dacht ik, wanneer had ik ook weer voor 't laatst gegeten?

'Woon je alleen?' vroeg ik.

Ze keek me aan alsof ik een dief was die kwam kijken of er iets te halen viel. 'Nou en?'

'Ik heb de indruk dat je alleen woont, al heeft niemand me dat eigenlijk verteld.'

'Het is nogal laat om een bevolkingsonderzoek te houden,' zei ze bits. 'Wat wil je?'

Ik vind het toch zo bevrijdend als andere mensen onbeschoft zijn. Dan voel ik altijd een heerlijk loom soort kwaadaardigheid in me opkomen. Ik keek haar glimlachend aan. 'Ik heb Bobby's adresboekje gevonden.'

'Waarom kom je mij dit vertellen?'

'Ik was nieuwsgierig naar jouw verhouding met hem.'

'Ik had geen verhouding met hem.'

'Ik heb me heel wat anders laten vertellen.'

'Nou, daar klopt dan niks van. Natuurlijk heb ik hem gekénd. Hij was Glens enige kind en zij en ik zijn al sinds jaar en dag bevriend, maar verder hadden Bobby en ik elkaar niet zoveel te vertellen.'

'Waarvoor was 't dan nodig dat jullie elkaar aan 't strand ontmoetten?'

'Ik heb Bobby nooit "aan 't strand ontmoet",' viel ze uit.

'Jullie zijn anders meer dan eens gesignaleerd.'

Ze aarzelde even. 'Misschien ben ik hem daar wel eens tegen 't lijf gelopen, maar wat dan nog? Ik zag hem in 't ziekenhuis ook regelmatig.'

'Ik vroeg me alleen maar af waar jullie bij die gelegenheden over praatten.'

'O, over van alles en nog wat,' zei ze. Ik zag haar het roer omgooien. Ze liet haar norse houding varen; kennelijk had ze

besloten het met charme te proberen. 'Jezus, wat mankeert me? Sorry dat ik zo kortaf doe. Nu je hier toch bent, ga alsjeblieft zitten. Ik heb wijn koud staan als je zin hebt.'
'Ja graag, dank je.'
Ze liep de kamer uit, waarschijnlijk blij dat ze even respijt had om te bedenken hoe ze haar sporen kon uitwissen. Ik voor mijn part was uiterst tevreden met deze gelegenheid om wat rond te snuffelen. Ik liep met gezwinde pas naar de luie stoel en bekeek de tafel die ernaast stond. Die lag vol dingen die ik niet zou willen aanraken. Ik trok voorzichtig de la open. Daar lag allerhande huidhoudelijke rommel in. Batterijen, kaarsen, een verlengsnoer, kwitanties, elastiekjes, luciferdoosjes, twee knopen, een naaidoosje, potloden, advertentieblaadjes, een vork, een nietmachine, het geheel ingebed in stof en gruis. Ik liet mijn hand onder de zitting glijden en vond een stuiver, die ik terugstopte. Ik hoorde in de keuken een kurk uit een wijnfles komen en hoorde de glazen rinkelen toen ze die uit een kast pakte. De glazen tinkelden zachtjes tegen elkaar terwijl zij naar de televisiekamer terugliep. Ik staakte mijn gerommel en ging achteloos op de armleuning van de bank zitten.
Ik probeerde iets aardigs te bedenken dat ik over haar huis kon zeggen, maar ik kon de gedachte niet van me afzetten dat mijn tetanusinjecties misschien niet werkzaam waren. Dit was zo'n huis waar je maar liever niet naar de wc gaat. 'Wat 'n huis, zeg,' zei ik maar.
Sufi trok een lelijk gezicht. 'Morgen komt m'n schoonmaakster,' zei ze. 'Niet dat dat veel uithaalt. Ze heeft jaren voor m'n ouders gewerkt en ik heb 't hart niet haar de laan uit te sturen.'
'Wonen je ouders hier?'
Ze schudde haar hoofd. 'Die zijn dood. Kanker.'
'Allebei?'
'Tsja, 't is niet anders,' zei ze schouderophalend. Wat 'n familiegevoel.
Ze schonk een glas wijn in en reikte me dat aan. Ik zag het etiket en stelde vast dat dit datzelfde bocht was dat ik gewoon was geweest te drinken tot ik een ander goedkoop merk had gevonden dat een aardig plaatje op het etiket had en net iets

beter smaakte. Het was duidelijk dat we geen van beiden de smaak of de middelen hadden om iets behoorlijks te kopen.

Ze ging met haar glas wijn in de hand gemakkelijk in haar luie stoel zitten. Haar houding was opvallend veel welwillender. Ze had kennelijk tijdens haar afwezigheid een goede aflei-dingsmanoeuvre bedacht.

Ze nam een slokje wijn en staarde me over de rand van haar glas aan. 'Wanneer heb je Derek 't laatst gesproken?' vroeg ze.

'Hij kwam vanmiddag op m'n kantoor langs.'

'Hij is vertrokken. Toen Glen vanavond uit San Francisco te-rugkwam, heeft ze de dienstbode opdracht gegeven z'n spullen in te pakken en die op de stoep te zetten. Toen heeft ze 't slot laten veranderen.'

'Da's niet gering,' zei ik. 'Ik vraag me af waar hij dat aan te danken had.'

'Je zou er goed aan doen met hém te gaan praten voor je mij in de nek springt.'

'Hoezo?'

'Hij had 'n motief om Bobby te vermoorden. En ik niet, als dat was waar je op aanstuurde.'

'Hoezo, 'n motief?'

'Glen is erachter gekomen dat hij achttien maanden geleden 'n enorme levensverzekering op Bobby heeft afgesloten.'

'Wat?' Ik hield mijn wijnglas schuin en een scheutje wijn plensde over mijn hand. Ik kon niet verhullen dat ik verrast was, maar de zelfingenomen uitdrukking die op haar gezicht verscheen stond me niet aan.

'O jazeker. De verzekeringsmaatschappij heeft contact met haar opgenomen om naar een afschrift van de overlijdensakte te vragen. Zo is Glen erachter gekomen.'

'Ik dacht dat je geen levensverzekering op iemand kon afslui-ten zonder dat diegene zijn handtekening zette.'

'Technisch gesproken is dat ook zo, maar er zijn mogelijkhe-den.'

Ik depte met een papieren zakdoekje de natte wijnvlek. Middenin mijn gedep besefte ik opeens met verblindende hel-derheid dat ik Derek een klootzak vond. 'Nou, vertel op,' zei ik.

'Derek is lelijk door de mand gevallen,' zei ze. 'Hij beweert dat hij die polis al eeuwen geleden heeft afgesloten na de eerste paar keer dat Bobby z'n auto in de prak had gereden. Hij dacht dat Bobby met de dood flirtte. Je kent dat type wel. 't Ene ongeluk na 't andere tot zo'n knul tenslotte de dood vindt. Ik persoonlijk weet nog zo net niet of Derek er zo ver naast zat. Bobby zoop stevig en ik weet wel zeker dat hij drugs nam. Hij en Kitty waren allebei behoorlijk losgeslagen. Rijke, verwende krengen...'

'Pas op je woorden, Sufi. Ik mocht Bobby Callahan graag. Ik vond hem 'n knul met pit.'

'Ja, dat was wel duidelijk,' zei ze op een neerbuigende toon waar ik razend van werd, maar ik kon me op dit moment geen reaktie permitteren. Ze sloeg haar benen over elkaar en liet haar ene voet op en neer wippen. Het donsrandje aan dat muiltje wapperde in de luchtstroom. 'Misschien staat 't je niet aan, maar dit is de waarheid. En dit is nog niet alles. Kennelijk heeft Derek ook op Kitty 'n verzekering afgesloten.'

'Voor hoeveel?'

'Een half miljoen dollar elk.'

'Kom nou toch, Sufi. Dat slaat nergens op. Derek zou z'n eigen dochter niet om zeep helpen.'

'Nou, Kitty is ook niet dood, hè?'

'Maar waarom zou hij Bobby vermoorden? Hij zou wel gek zijn. De politie zou hem als eerste aan de tand voelen.'

'Kinsey,' zei ze geduldig. 'Niemand heeft ooit beweerd dat Derek snugger is. Hij is 'n stomme idioot.'

'Zo stom kan hij toch niet zijn,' zei ik. 'Hij wist toch zeker wel dat dit niet ongestraft zou blijven?'

'Niemand heeft bewijs dat hij ook maar iets heeft gedaan. Dat eerste ongeluk heeft geen bewijsmateriaal opgeleverd en Jim Fraker is duidelijk van mening dat dit ongeluk is gebeurd doordat Bobby 'n beroerte kreeg. Dat kan niemand Derek toch zeker in de schoenen schuiven.'

'Maar waarom zou hij? Hij heeft toch geld.'

'*Glen* heeft geld. Derek heeft geen rooie cent. Die is tot alles in staat om onder haar duim vandaan te komen. Weet je dat dan niet?'

Ik staarde haar alleen maar aan terwijl mijn brein deze informatie probeerde te verwerken. Ze nam nog een slokje wijn en keek me glimlachend aan, duidelijk in haar nopjes met het effect dat ze had bereikt.

Uiteindelijk zei ik: 'Ik kan dit gewoonweg niet geloven.'

'Geloof dan maar wat je wilt. Ik zeg alleen maar dat je maar liever Derek 's onder de loep moet nemen voor je andere mensen lastig valt.'

'Jij hebt 't niet op Derek, hè?'

'Allicht niet. Ik vind hem de grootste oen die ooit op aarde heeft rondgelopen. Ik snap überhaupt niet wat Glen ooit in hem gezien heeft. Hij is arm, hij is stom, hij is opgeblazen. En dan heb ik 't over z'n goeie kanten,' zei ze energiek. 'Afgezien daarvan gaat hij over lijken.'

'Die indruk heb ik niet,' zei ik.

'Jij kent hem nog niet zo lang als ik. Hij is iemand die alles voor geld doet en ik verdenk hem ervan dat er heel wat in zijn leven is waar hij 't maar liever niet over heeft. Krijg jij niet 't gevoel dat hij 'n verleden heeft?'

'Zoals?'

'Ik weet niet zeker wat 't is, maar ik wil wedden dat zijn oenige gedrag 'n dekmantel is voor heel iets anders.'

'Wil je me vertellen dat Glen zich heeft laten beetnemen? Daar lijkt ze mij veel te intelligent voor.'

'Ze is in alles intelligent behalve waar 't om mannen gaat. Dit is haar derde huwelijk al, weet je, en Bobby's vader was 'n ramp. Van echtgenoot nummer twee weet ik niks. Ze woonde toen ze met hem trouwde in Europa en dat huwelijk heeft niet lang standgehouden.'

'Om even op jou terug te komen. De dag dat Bobby begraven werd, kreeg ik de indruk dat jij me van mijn onderzoek probeerde af te brengen. Nu geef je me aanwijzingen. Waarom is dat?'

Ze vond het op dat moment nodig haar aandacht op haar peignoir te vestigen en die opnieuw dicht te binden, maar bleef praten. 'Ik dacht dat je onderzoek Glens pijn en verdriet maar zou verlengen,' zei ze en keek toen naar me op. 'Het is me nu wel duidelijk dat je je door niets van je voornemen laat afbrengen, dus vertel ik je maar wat ik weet.'

'Waarom had je die ontmoetingen met Bobby aan 't strand? Wat zat daar achter?'

'Ach wat, niks bijzonders,' zei ze. 'Ik kwam hem 'n paar maal tegen en hij wilde z'n hart luchten over Derek. Bobby kon hem ook niet uitstaan en hij wist dat zijn verhalen aan mij besteed waren. Meer zat daar niet achter.'

'Waarom zei je dat zoëven dan niet meteen?'

'Ik ben jou geen verklaringen schuldig. Jij komt hier ongenood aanzetten en vraagt me 't hemd van 't lijf. 't Gaat je allemaal geen moer aan, dus waarom zou ik jou antwoorden? Volgens mij heb jij geen idee hoe je soms bij anderen overkomt.'

Ik voelde hoe ik een kleur kreeg bij deze welgeplaatste belediging. Ik dronk mijn wijnglas leeg. Ik geloofde haar bewering dat ze Bobby aan 't strand toevallig was tegengekomen niet echt, maar het was duidelijk dat ze niet meer los zou laten. Ik besloot voorlopig niet verder aan te dringen, maar het stond me niet aan. Als ze alleen maar zijn klachten over Derek had aangehoord, waarom had ze me dat dan niet meteen verteld? Ik keek op mijn horloge en zag dat het al na elven was. Ik besloot om te zien of ik Glen nog te spreken kon krijgen. Ik nam kortaf afscheid en vertrok. Ik weet zeker dat mijn haastige vertrek haar opviel.

Soms begint alles opeens ineen te passen zonder dat je daar iets voor hebt gedaan. Ik kan hetgeen volgde niet aan mijn genialiteit toeschrijven: toen ik naar mijn Volkswagentje liep, besefte ik hoe koud het was, stapte snel in, trok het portier dicht, deed het zoals gebruikelijk op slot en draaide me toen om ten einde op mijn rommelige achterbank de trui te zoeken die ik daar onlangs had neergesmeten. Ik had die net te pakken en sjorde hem onder een stapel boeken vandaan toen ik een auto hoorde starten. Ik trok snel mijn hoofd in om niet gezien te worden. Ik wist niet zeker of ze mijn auto kende maar ze ging er kennelijk van uit dat ik al weg was, want ze reed zonder op of om te kijken weg. Toen ze bijna buiten mijn gezichtsveld was, startte ik mijn wagen, keerde en reed haar achterlichten achterna, rechtsaf, richting State Street.

Ze had duidelijk geen tijd gehad om zich te verkleden. Ze had hoogstens een jas over haar satijnen boudoirkledij kunnen aanschieten. Wie kende ze zo goed dat zij er om deze tijd in haar peignoir à la Jean Harlow langs kon gaan? Ik kon haast niet wachten tot ik zag wie dat wel mocht zijn?

HOOFDSTUK TWINTIG

In Santa Teresa kan men de rijkelui in twee kliekjes verdelen: de ene helft woont in Montebello, de andere in Horton Ravine. In Montebello treft men het oude geld aan, in Horton Ravine het nieuwe. Beide buurten hebben eindeloos veel oude bomen, slingerende weggetjes en Country Clubs met hoge lidmaatschapskosten. Sufi reed in de richting van Horton Ravine.

Toen ze bij de poort van Los Piratas aankwam, minderde ze vaart, waarschijnlijk omdat ze geen zin had voor het overschrijden van de maximumsnelheid gesnapt te worden in een kledij die een call-girl op weg naar haar cliënt deed vermoeden. Ik minderde vaart om afstand te bewaren. Ik maakte me al zorgen over het vooruitzicht haar langs eindeloze slingerweggetjes te moeten volgen, maar ze verraste me door een van de eerste opritten aan onze rechterhand in te slaan. Het huis stond ongeveer honderd meter van de weg, een Californische 'bungalow' met bovenverdieping: een kast van een huis met zeker vijf slaapkamers, niets bijzonders maar desalniettemin duur. Het licht bij de voordeur ging aan toen Sufi's Mercedes voorreed. Ze stapte in een werveling van roze satijn en nerts haar auto uit en liep op de voordeur af, die openging en haar opslokte.

Ik was langs het huis doorgereden. Ik reed tot de eerste weg rechtsaf door, keerde daar, dempte mijn koplampen en reed stapvoets terug. Ik parkeerde links van de weg, bij wat bosjes. Het was hier pikdonker, geen straatlantaarn te bekennen. Ik zag een golfterrein en een smalle vijver in het maanlicht liggen. De maan flonkerde op de waterspiegel van de vijver, die er glanzend bij lag, net een lap grijze zijde.

Ik haalde mijn zaklantaarn uit mijn handschoenenvakje, stapte uit en liep op mijn tenen door het hoge gras dat langs de weg groeide. Dat was dik en zat onder de dauwdruppels, zodat mijn gympjes en broekspijpen kletsnat werden.

Ik kwam bij de oprit aan. Er stond geen naam op de brievenbus maar ik schreef het huisnummer op. Ik kon altijd langs mijn kantoor rijden en daar zonodig nakijken wie op dit nummer woonde. Ik was ongeveer halverwege de oprit toen ik bij het huis een hond hoorde blaffen. Ik had geen idee wat voor ras hij was, maar hij klonk groot – zo'n hond die vanuit z'n kloten blaft, en er geen twijfel over laat bestaan dat hij 't meent, dat hij scherpe tanden en een slecht humeur heeft. Bovendien had dat mormel me duidelijk geroken en wilde hij nu nader kennismaken. Ik kon met geen mogelijkheid dichter bij het huis komen zonder dat de mensen daarbinnen merkten dat er iemand was. Ze vroegen zich waarschijnlijk nu al af waarom hun monster van opwinding bijna pieste. Misschien zouden ze hem wel van de ketting doen, zodat hij me langs de oprit na kon zitten. Ik hoorde in gedachten zijn nagels al over het asfalt krabbelen. Ik ben al eens eerder door honden nagezeten en het is geen lolletje.

Ik liep terug naar mijn auto en stapte in. Een privé-detective hoeft zich geenszins voor gezond verstand te schamen. Ik hield het huis een uur in de gaten maar zag geen levensteken. Ik begon er genoeg van te krijgen en had inmiddels het gevoel dat ik hier mijn tijd verspilde. Tenslotte startte ik de motor en deed mijn koplampen pas aan toen ik weer buiten de poort van Los Piratas was.

Toen ik thuiskwam, was ik bekaf. Ik maakte snel wat aantekeningen en vond het toen welletjes. Het was bijna één uur toen ik eindelijk het licht uitdeed. Ik stond om zes uur op en ging hardlopen, louter om mentaal bij mijn positieven te komen. Toen sprong ik vliegensvlug onder de douche, at in het voorbijgaan een appel en was om zeven uur op mijn kantoor. Het was dinsdag en ik was dankbaar dat ik die dag niet naar de gymzaal moest. Nu ik erbij stilstond, besefte ik dat mijn arm bijna geen pijn meer deed, of misschien leidde het feit dat ik met een onderzoek bezig was me af van het laatste restje pijn en stijfheid.

Er stonden geen berichten op mijn antwoordapparaat en er was de dag tevoren geen post gekomen die mijn aandacht opeiste. Ik kamde mijn stratenboekje uit op zoek naar de huisnummers op Los Piratas. Kijk eens aan. Dat had ik kunnen weten. Fraker, James en Nola. Ik vroeg me af wie van die twee Sufi zo hoognodig had moeten spreken. Het zou natuurlijk kunnen dat ze ze beiden had gesproken, maar dat kon ik me nauwelijks voorstellen. Kon Nola de vrouw zijn op wie Bobby verliefd was geraakt? Ik kon me niet voorstellen wat dr. Fraker hiermee te maken had, maar ik was beslist iets op het spoor. Ik pakte Bobby's adresboekje en probeerde het nummer voor Schwarzmann. Ik kreeg een bandje met een mierzoete vrouwenstem: 'Helaas is onder dit netnummer het door u gedraaide nummer niet in gebruik. Kijkt u na of u het juiste nummer had en draait u opnieuw. Dank u.' Ik probeerde het onder andere netnummers in de buurt. Niets. Ik bekeek de andere namen in het boekje uitgebreid. Als het niet anders ging, kon ik altijd iedereen in dat boekje bellen, maar dat leek me een tijdrovende en niet noodzakelijkerwijs vruchtbare benadering. Maar wat moest ik nu?

Het was nog te vroeg om bij mensen aan te bellen, maar ik bedacht dat ik misschien bij Kitty in het ziekenhuis op bezoek kon gaan. Ze was nog steeds in St. Terry's en was ongetwijfeld volgens aloude ziekenhuisregels voor dag en dauw gewekt. Ik had haar al in geen dagen gezien en misschien kon ze me helpen.

De kilte van de dag tevoren was verdwenen. De lucht was helder en de zon had al kracht. Ik zette mijn Volkswagentje op het laatste parkeerplaatsje voor bezoekers en liep naar de hoofdingang. De informatiebalie was verlaten maar het ziekenhuis zelf draaide op volle toeren. De coffee shop zat bomvol en de geuren van cholesterol en caffeïne kringelden onweerstaanbaar door de open deur naar buiten. In de geschenkenwinkel brandde licht. Bij de kassa heerste grote drukte, net een chic hotel tegen twaalf uur 's middags. Er hing een geladen stemming – medisch personeel dat zich opmaakte om de strijd aan te binden met geboortes en sterfgevallen en gecompliceerde operaties, gebroken botten en zenuwinzinkingen en overdoses... Honderd maal per dag ging het hier om leven en dood. En dat zorgde voor een merkwaardig soort seksuele spanning die een televisiefeuilleton waardig was.

Ik nam de lift naar de derde verdieping en sloeg linksaf bij de lift om naar de zuidelijke vleugel te gaan. De grote dubbele deuren van Zuid 3 waren zoals gebruikelijk op slot. Ik drukte op het belletje. Even later kwam een dikke zwarte vrouw in spijkerbroek en een hemelsblauw T-shirt met rammelende sleutels aanlopen. Ze deed de deuren van het slot en opende ze op een kiertje. Ze had een uiterst zakelijk horloge om en droeg van die schoenen met dikke spekzolen die op platvoeten en spataderen berekend zijn. Ze had opvallend lichtbruine ogen en een gezicht dat enorme competentie uitstraalde. Op haar wit plastic naambordje stond dat ze Natalie Jacks heette. Ik liet haar de kopie van mijn vergunning zien en vroeg of ik Kitty Wenner kon spreken. Ik zei erbij dat ik met de familie bevriend was.

Ze bekeek mijn papieren aandachtig en deed uiteindelijk een stap achteruit om mij binnen te laten.

Ze deed de deur achter me op slot en ging me voor naar een kamer aan het eind van de gang. Ik wierp onderweg steelse blikken de zalen in. Ik weet niet wat ik had verwacht – vrouwen die op de vloer lagen te kronkelen of in zichzelf mompelden, mannen die zich voormalige presidenten of wilde beesten waanden. Of het hele gezelschap flink maf gespoten, met gezwollen tongen en rollende ogen. In plaats daarvan zag ik bij elke deur nieuwsgierig opkijkende gezichten die zich wellicht afvroegen of ik een nieuwe patiënte was en of ik me krijsend de kleren van het lijf zou rukken. Ik zag geen enkel verschil tussen hen en mezelf en dat vond ik eng.

Kitty was al op. Ze was aangekleed en had nog nat haar van de douche. Ze lag languit op haar bed, met een stel kussens onder haar rug gepropt en een dienblad met ontbijt op het nachtkastje naast haar. Ze had een zijden kaftan aan die aan haar lijf hing alsof ze een kleerhanger was. Haar borstjes waren niet groter dan de knopen op een sofa en haar armen waren louter botten overtrokken met vel zo dun als vloeipapier. Haar ogen waren enorm groot en stonden angstig en je kon haar schedel zo duidelijk zien als was ze een oud besje. Ze kon zo op een aanplakbiljet voor Foster Parents Plan.

'Je hebt bezoek,' zei Natalie.

Kitty sloeg haar ogen naar me op en heel even zag ik hoe doodsbang ze was. Ze was op sterven na dood en daar kon ze niet meer omheen. De energie ebde uit haar weg als zweet door de poriën.

Natalie wierp een blik op het dienblad. 'Je weet dat je intraveneus je voeding krijgt als je niet wat meer eet,' zei Natalie. 'Ik dacht dat je 'n contract met dr. Kleinert was aangegaan.'

'Ik heb er wel wat van gegeten,' zei Kitty.

'Nou, ik wil je niet op stang jagen, maar hij doet straks zijn ronde. Probeer er nog wat van te eten terwijl je met je bezoek praat, afgesproken? We staan aan jouw kant, meissie, heus.'

Natalie glimlachte ons beiden toe en vertrok naar de kamer ernaast, waar we haar iemand anders hoorden toespreken.

Kitty's gezicht had een hoogrode kleur en ze drong met moeite haar tranen terug. Ze pakte een sigaret en stak die aan. Ze hoestte achter haar botterige hand. Ze schudde haar hoofd en wist een eigenlijk heel lieve glimlach te voorschijn te toveren.

'God, ik snap gewoon niet dat ik 't zover heb laten komen,' zei ze en toen, op weemoedige toon: 'Denk je dat Glen me misschien zou komen opzoeken?'

'Dat weet ik niet. Ik ga waarschijnlijk straks bij haar langs. Als je wilt, kan ik 't voor je vragen.'

'Ze heeft Paps eruit gebonjourd.'

'Dat heb ik gehoord, ja.'

'Straks gooit ze mij er ook uit.'

Ik kon haar eenvoudig niet aankijken. Haar verlangen naar Glen was bijna tastbaar en ik vond het vreselijk om aan te zien. Ik wierp een blik op het dienblad met haar onbijt: een fruitsalade, een zoet broodje met blauwe bessen, een bekertje aardbeienyoghurt met muesli, sinaasappelsap, thee. Zo te zien had ze er nog helemaal niets van gegeten.

'Wil jij er iets van?' vroeg ze.

'Mij niet gezien. Dan vertel jij Kleinert straks dat jij 't hebt opgegeten.'

Kitty had het fatsoen te blozen en lachte toen opgelaten.

'Ik snap niet waarom je niet eet,' zei ik.

Ze trok een vies gezicht. 'Alles ziet er zo goor uit. 'n Meisje twee kamers verderop had anorexia, hè? Nou, die hebben ze hier binnengebracht en uiteindelijk aan 't eten gekregen. Nu ziet ze eruit of ze in verwachting is. Ze is nog steeds mager maar nu heeft ze een buik als 'n ballon. Stuitend.'

'Nou en? Ze is tenminste nog in leven, of niet soms?'

'Zo wil ik er niet uitzien. Bovendien smaakt alles vies, ik krijg de hele tijd kotsneigingen.'

Het had geen zin hier verder op door te gaan dus bracht ik het gesprek op iets anders. 'Heb je je vader gesproken sinds Glen hem het huis uitgezet heeft?'

Kitty haalde haar schouders op. 'Hij komt elke middag langs. Hij is op zoek naar 'n huis en logeert zolang in 't Edgewater Hotel.'

'Heeft hij je van Bobby's testament verteld?'

'Wel iets. Hij zegt dat Bobby me al z'n geld heeft nagelaten. Is dat waar?' Zo te horen vond ze het een vreselijke gedachte.

'Voor zover ik weet wel, ja.'

'Maar waarom?'

'Misschien had hij het gevoel dat hij je leven verpest had en wilde hij iets goedmaken. Derek zei dat hij Ricks ouders ook wat geld heeft nagelaten. Of misschien heeft hij 't bedoeld als aanmoediging voor jou om uiteindelijk toch nog wat van je leven te maken.'

'Ik heb hem nooit wat hoeven beloven.'

'Ik geloof ook niet dat hij 't zo bedoelde.'

'Nou, ik hou er niet van als mensen mij vertellen wat ik moet doen.'

'Ja Kitty, dat heb je inmiddels wel heel duidelijk gemaakt. Daar bestaat werkelijk geen enkele twijfel meer over. Maar Bobby hield van je.'

'Had ik hem daar soms om gevraagd? Soms was ik niet eens aardig tegen hem, en ik ben best weleens tegen zijn belangen ingegaan.'

'Hoe bedoel je dat?'

'Laat maar zitten. Ik wou dat hij me niks had nagelaten, dat is alles. Ik voel me er lullig bij.'

'Ik weet niet wat ik je moet zeggen,' zei ik.

'Nou, ik heb hem nooit ergens om gevraagd.' Ze klonk weerbarstig, maar ik begreep niet waar ze zo'n moeite mee had.

'Wat zit je eigenlijk zo dwars?'

'Niets.'

'Waarom doe je dan zo moeilijk?'

'Ik doe helemaal niet moeilijk! Jezus, waarom zou ik? Hij heeft 't gedaan omdat hij daar zin in had, waar of niet? 't Had niks met mij te maken.'

'O, maar 't had wel degelijk iets met jou te maken, anders had hij dat geld wel aan iemand anders nagelaten.'

Ze begon op haar duimnagel te bijten, waarbij ze tijdelijk de sigaret verwaarloosde, die op de rand van het asbakje bleef liggen. Er steeg een dun sliertje rook van op, net een Indiaans rooksignaal op een verre bergtop. Ze verzonk in een duistere gemoedstoestand. Ik wist niet zeker waarom ze zo'n moeite had met twee miljoen dollar die haar in de schoot geworpen werden maar ik wilde haar niet tegen me in het harnas jagen. Ik wilde gegevens van haar lospeuteren, dus veranderde ik maar weer van gespreksonderwerp. 'Wat betreft die levensverzekering die je vader op Bobby had afgesloten? Heeft hij daar iets van gezegd?'

'Ja, raar hè? Hij haalt dat soort dingen uit en dan kan hij maar niet begrijpen waarom mensen kwaad worden. Hij snapt niet wat er verkeerd aan is. Voor hem is 't gewoon logisch. Bobby had al 'n paar auto-ongelukken achter de rug dus toen bedacht Paps dat als hij bij zo'n ongeluk omkwam, iemand er maar liever beter van kon worden. Dat is vast de reden dat Glen hem 't huis uit heeft gezet, denk je ook niet?'

'Dat zit er dik in. Ze wil er absoluut niet aan dat hij van Bobby's dood profiteert. Wat haar betreft was dit wel 't ergste wat hij had kunnen doen. En bovendien vestigt hij zo de verdenking van moord op zich.'

'Mijn vader zou niemand kunnen vermoorden!'

'Dat zegt hij ook van jou.'

'Nou, dat is waar. Ik had geen enkele reden Bobby dood te wensen. En dat hadden we geen van beiden. Ik wist niet eens van dat geld en bovendien wil ik dat helemaal niet.'

'Geld hoeft 't motief niet te zijn,' zei ik. 'Het is een logisch uitgangspunt voor 'n onderzoek, maar dat hoeft nergens toe te leiden.'

'Jij denkt toch niet dat Paps 't gedaan heeft, of wel?'

'Ik heb nog niet besloten wat ik denk. Ik probeer nog steeds uit te vogelen waar Bobby mee bezig was en ik heb nog de nodige gaten te dichten. Er was destijds iets gaande waar ik maar geen duidelijk beeld van krijg. Wat voor verhouding had hij met Sufi? Heb jij enig idee?'

Kitty pakte haar sigaret weer en keek een andere kant op. Ze tikte de as van het uiteinde en nam toen een laatste trekje voor ze hem uitdrukte. Ze had haar nagels zo ver afgebeten dat haar vingertoppen net kleine balletjes waren.

Ze ging duidelijk bij zichzelf te rade. Ik hield mijn mond dicht en gaf haar de tijd. 'Ze was 'n contact,' zei ze uiteindelijk zacht. 'Bobby deed een of ander onderzoek of hoe je 't noemen wilt voor iemand anders.'

'Wie?'

'Dat weet ik niet.'

'Dat zullen dan de Frakers wel zijn geweest, hè? Ik ben gister-avond bij Sufi langs geweest en zodra ik vertrokken was, ging zij in gestrekte galop naar de Frakers. En daar is ze toen zo lang gebleven dat ik maar naar huis ben gegaan.'

Kitty keek me recht in de ogen. 'Ik weet niet zeker wat 't was.'

'Maar hoe was hij erin verwikkeld geraakt? Waar ging 't om?'

'Ik weet alleen maar dat hij naar iets op zoek was en dat hij in 't lijkenhuis was gaan werken om 's nachts rond te kunnen snuffelen.'

'Medische gegevens? Iets dat daar in 'n dossier stond?'

Haar gezicht nam weer de oude gesloten uitdrukking aan en ze haalde haar schouders op.

'Maar Kitty, toen je besefte dat iemand hem probeerde te ver-moorden, had je toen niet door dat 't hiermee te maken had?'

Ze knaagde nu verwoed op haar duimnagel. Ik zag haar ogen knipperen en draaide me om. Dr. Kleinert stond in de deur-opening en staarde haar aan. Toen hij besefte dat ik hem gezien had, keek hij mij aan. Zijn glimlach kwam me geforceerd voor; er lag weinig opgewektheid in.

'Kijk 's aan, ik wist niet dat je al bezoek had,' zei hij tegen haar. En vervolgens tegen mij: 'Wat brengt jou hier op de vroege ochtend?'

'Ik was op weg naar Glen en besloot hier even te stoppen. Ik probeerde Kitty net over te halen om iets te eten,' zei ik.

'Dat is niet nodig,' zei hij gladjes. 'Deze jongedame heeft 'n overeenkomst met mij gesloten.' Hij wierp een geoefende blik op zijn horloge. 'Neem me niet kwalijk, maar ik moet nog andere patiënten bezoeken en mijn tijd is beperkt.'

'Ik wilde net gaan,' zei ik. Ik keek Kitty aan. 'Misschien bel ik je later wel. Ik zal met Glen praten of ze niet bij je langs kan komen.'

'Geweldig,' zei ze. 'Bedankt.'

Ik wuifde en liep de kamer uit. Ik vroeg me af hoeveel hij had gehoord. Ik probeerde me te herinneren wat Carrie St. Cloud had gezegd. Ze had me verteld dat Bobby iets met een of andere chantage te maken had gehad, maar het was geen kwestie geweest van chantage waarbij mensen geld afpersten, maar iets anders. 'Iemand wist iets van iemand met wie hij bevriend was en hij probeerde te helpen,' zo had ze het voor zover ik me kon herinneren gezegd. Als het om afpersing ging, waarom was hij dan niet naar de politie gegaan? En waarom had hij het nodig gevonden zelf iets te ondernemen?

Ik stapte weer in mijn auto en reed naar Glens huis.

HOOFDSTUK EENENTWINTIG

Het was vlak na negenen toen ik bij Glen voorreed. Er was niemand op het terrein te bekennen. De fontein spoot een waterkolom van vijf meter hoog de lucht in, die in een lichtgroene en witte flonkering weer neerklaterde. Ik hoorde van achter het huis een grasmaaimachine ronken en een paar vogels schoten weg tussen enorme varens die langs de kiezelpaden groeiden. De tropisch aandoende lucht geurde naar jasmijn.

Ik belde aan en werd binnengelaten door een van de dienstboden. Ik vroeg naar Glen en ze mompelde iets in het Spaans. Ze maakte een hoofdgebaar naar de bovenverdieping, waaruit ik opmaakte dat Glen boven was.

De deur naar Bobby's kamer stond open en ze zat in een van zijn leunstoelen, met haar handen in haar schoot en een onbewogen gezicht. Toen ze mij zag, gleed er een haast onmerkbaar glimlachje om haar lippen. Ze zag er afgemat uit, met donkere kringen onder de ogen. Ze was met zorg opgemaakt, maar dat vestigde alleen nog verder de aandacht op het feit dat ze doodsbleek zag. Ze droeg een gebreide jurk in een kleur rood die te hard voor haar was. 'Dag Kinsey, kom bij me zitten,' zei ze.

Ik ging op de stoel naast de hare zitten. 'Hoe is 't met je?'

'Niet al te best. Op de een of andere manier zit ik hier 'n groot deel van de dag – op Bobby te wachten.'

Haar blik zocht mij op. 'Dat bedoel ik natuurlijk niet letterlijk. Ik ben veel te rationeel om te geloven dat de doden terugkeren. Maar ik kan me niet aan 't gevoel onttrekken dat er nog iets moet komen, dat 't nog niet voorbij is. Snap je wat ik bedoel?'

'Nou nee, niet echt.'

Ze staarde naar de vloer, kennelijk luisterend naar haar innerlijke stemmen. 'Ergens voel ik me in de steek gelaten, verraden. Ik heb m'n tanden op elkaar gezet en heb hemel en aarde bewogen om hem weer op de been te brengen. Ik ben 'n dappere Dodo geweest en nu wil ik m'n beloning. Maar de enige beloning die me zou kunnen interesseren is Bobby terug te krijgen. Dus hier zit ik dan.' Haar blik zwierf door de kamer alsof ze een reeks foto's maakte. Ze sprak op uiterst vlakke toon, in weerwil van de emotionele lading van hetgeen ze zei. Het was vreemd, net of je met een robot zat te praten. Ze deed menselijke uitingen, maar sprak ze werktuiglijk uit. 'Zie je dat?'

Ik volgde haar blik. Bobby's voetstappen waren nog op het witte tapijt te zien.

'Ik heb ze verboden hier te stofzuigen,' zei ze. 'Ik weet dat dat stom is. Ik wil niet een van die vreselijke vrouwen worden die een altaar voor de doden oprichten en alles bij 't oude laten. Maar ik wil hem niet zomaar zien verdwijnen, niet zomaar uitgewist zien worden. Ik krijg 't niet eens over m'n hart z'n spullen uit te zoeken.'

'Maar dat hoeft toch ook nog niet, of wel?'

'Nee, dat is ook zo. Ik zou trouwens niet weten wat ik met deze kamer zou moeten. Ik heb er tientallen en ze zijn allemaal leeg. 't Is niet alsof ik er 'n naaikamer of werkkamer van zou maken.'

'Zorg je verder 'n beetje voor jezelf?'

'Ja hoor. Zo ver ben ik niet heen, maar ik ervaar droefenis als 'n ziekte die je niet echt te boven komt. Wat me zorg baart is dat het allemaal een bepaalde aantrekkingskracht heeft waarvan ik moeilijk afstand kan doen. Het doet natuurlijk pijn, maar het stelt me tenminste in staat me nog bij hem betrokken te voelen. Af en toe valt me op dat ik aan iets anders denk en dan voel ik me schuldig. Het lijkt haast verraad om even geen pijn te voelen, ik voel me trouweloos als ik ook maar even vergeet dat hij er niet meer is.'

'Maak 't jezelf alsjeblieft niet nog moeilijker,' zei ik.

'Ja, je hebt gelijk. Ik probeer te minderen. Elke dag rouw ik ietsje minder. 't Is net zoiets als roken opgeven. Ondertussen doe ik net of ik niet kapot ben, maar dat ben ik wel. Ik wilde dat ik iets kon bedenken waardoor ik niet meer zo kapot was. Jezus, ik moet niet zo doorzagen. Ik ben net iemand die 'n hartaanval of 'n zware operatie heeft gehad. Ik heb 't over niks anders, vreselijk egocentrisch van me.'

Ze zweeg en leek zich te binnen te brengen hoe wellevende mensen zich gedragen. Ze keek me aan. 'Wat heb jij zoal gedaan?'

'Ik ben vanochtend langs 't ziekenhuis geweest, om Kitty op te zoeken.'

'O ja?' Glen keek me aan zonder een greintje belangstelling in haar gezichtsuitdrukking.

'Denk je dat je bij haar op bezoek zult gaan?'

'Geen sprake van. Om te beginnen ben ik razend dat zij leeft en Bobby niet. Ik vind 't afgrijselijk dat hij haar al dat geld heeft nagelaten. Als je 't mij vraagt is ze 'n hebberig, zelfvernietigend, manipulatief...' Ze dwong zich tot zwijgen door haar mond dicht te klappen, en bleef even stil. 'Sorry, 't was niet mijn bedoeling zo tekeer te gaan. Maar ik heb haar nooit gemogen. Louter 't feit dat ze nu in de knoei zit, verandert daar niks aan. Ze heeft 't zichzelf aangedaan. Ze dacht dat iemand haar altijd wel uit de brand zou helpen. Nou, ik prakkizeer er niet over en Derek zie ik 't niet voor elkaar krijgen.'

'Ik hoorde dat hij niet meer bij je is.'

Ze ging geagiteerd verzitten. 'We hebben vreselijke ruzie gehad. Het zag er even naar uit dat ik hem niet eens de deur uit kon werken. Ik heb uiteindelijk de tuinlieden erbij gehaald. God, wat veracht ik die man. Ik kots bij de gedachte dat ik ooit met hem in bed heb gelegen. Ik weet niet wat ik erger vind... 't feit dat hij die lijkevretersverzekering op Bobby's leven heeft gesloten of de wetenschap dat hij geen idee had wat een verachtelijke handelwijze dat was.'

'Kan hij dat geld in handen krijgen?'

'Hij denkt kennelijk van wel, maar ik zal alles in 't werk stellen om daar 'n stokje voor te steken. Ik heb er bij die verzekeringsmaatschappij werk van gemaakt en ik heb contact opgenomen met een advocatenkantoor in Los Angeles. Ik wil hem m'n leven uit hebben. 't Kan me niet schelen wat 't me kost, alhoewel – hoe minder hij van mij krijgt, des te beter. Gelukkig hebben we een huwelijk van gescheiden goederen gesloten, al bezweert hij me dat hij dat zal aanvechten als ik hem zijn verzekeringsgeld door de neus boor.'

'Nou nou, dat gaat echt hard tegen hard.'

Ze wreef zich vermoeid over het voorhoofd. 'God, 't was vreselijk. Ik heb Varden gebeld om te zien of ik 'n dwangbevel kan aanvragen. 't Is maar goed dat er geen vuurwapens in huis waren, anders was een van ons nu wel dood geweest.'

Ik zweeg.

Na enige ogenblikken was ze zich weer meester. 'Het is niet m'n bedoeling als 'n waanzinnige tekeer te gaan. Ik klink als 'n maniak. Sorry, ik zal me beheersen. Je bent hier me dunkt niet om mijn geraaskal aan te horen. Heb je zin in koffie?'

'Nee, dank je. Ik wilde je alleen even spreken en je mijn laatste bevindingen melden. Dit heeft grotendeels betrekking op Bobby, dus als je er nu niet over wilt praten dan kan ik 'n andere keer wel terugkomen.'

'Nee, welnee, dat hindert niet. Misschien brengt 't me op andere gedachten. En ik wil absoluut dat je erachter komt wie hem heeft vermoord. Dat is misschien de enige vorm van verlichting die ik in 't vooruitzicht heb. Wat heb je tot nog toe ontdekt?'

'Veel is 't niet. Ik pas de puzzel stukje bij beetje in elkaar en ik ben niet eens zeker van m'n feiten. Aan de ene kant weet ik niet wie me voorliegt, aan de andere kant weet ik niet eens hoe de waarheid eruit ziet, dus kan ik moeilijk vaststellen wie liegt,' zei ik.

'Ik snap wat je bedoelt.'

Ik aarzelde even voor ik mijn hypothese te berde bracht. Ik voelde me een indringster met mijn speculaties over zijn verleden en het kwam me smakeloos voor om de intieme details van zijn leven te bespreken met deze vrouw die het zo zwaar viel zijn dood te verwerken. 'Ik denk dat Bobby 'n verhouding met iemand had.'

'Dat verbaast me niks. Ik meen me iets over 'n vriendinnetje te herinneren.'

'Ik heb 't over Nola.'

Ze staarde me aan om te zien wat de clou zou zijn. Tenslotte zei ze: 'Dat kun je niet menen.'

'Ik heb me laten vertellen dat Bobby 'n affaire met iemand had en dat hij verliefd was geraakt. Daarom had hij 't met Carrie St. Cloud uitgemaakt. Ik heb reden om aan te nemen dat 't Nola Fraker was, al weet ik 't nog niet zeker.'

'Dat bevalt me niks. Ik hoop dat 't niet waar is.'

'Ik weet niet wat ik je moet zeggen. 't Lijkt met de feiten te stroken.'

'Ik dacht dat je zei dat hij op Kitty verliefd was.'

'Misschien niet "verliefd". Volgens mij hield hij echt van haar, maar is het nooit verder gegaan. Zij beweert dat ze niets met elkaar hadden en ik ben geneigd dat te geloven. Als ze 'n seksuele relatie met elkaar hadden, dan had jij dat ongetwijfeld als eerste te horen gekregen – al was het maar uit Kitty's verlangen je te schokken. Je weet hoe ze is, ze is vreselijk onrijp en losgeslagen en ze wist heel goed hoe jij tegenover haar stond. En wat hij ook voor haar gevoeld mag hebben, dat sluit een verhouding met iemand anders niet uit.'

'Maar Nola is gelukkig getrouwd. Zij en Jim zijn hier zo vaak over de vloer geweest en ik heb nooit iets gemerkt dat er ook maar in de verste verte op wees dat zij iets met Bobby had.'

'Dat is allemaal goed en wel, maar weet je, zo speelt men die dingen. Als je 'n klandestiene affaire met iemand hebt, dan ga je vrolijk naar dezelfde feestjes: daar praat je dan beleefd met elkaar, zonder al te veel aandacht aan elkaar te besteden, maar je doet ook weer niet al te koeltjes, want dat zou in 't oog lopen. Bij de punchbowl raak je stiekem elkaars hand aan, en je werpt elkaar van de overkant van de kamer geheime blikken toe. Het is 'n reuzegrap en later giechel je er in bed samen om, net 'n stelletje kinderen die de grote mensen te slim af zijn geweest.'

'Maar waarom met Nola? Dat is te belachelijk voor woorden.'

'Welnee, helemaal niet. Nola is 'n mooie vrouw. Misschien liepen ze elkaar 'n keer ergens tegen 't lijf en sprong er opeens 'n vonk over. Of misschien hadden ze al jaren 'n oogje op elkaar. Ik denk dat 't vorige zomer is begonnen, want ik denk niet dat hij lang iets met haar heeft gehad terwijl Carrie nog zijn vriendin was. Hij leek me niet 't type dat twee affaires tegelijk had.'

Glens gezichtsuitdrukking veranderde en ze keek me aan met een onverholen gekwelde blik.

'Wat is er?'

'Ik bedacht opeens iets. Derek en ik zijn vorige zomer twee maanden in Europa geweest. Toen we terugkwamen, viel me op dat we opeens veel meer met de Frakers optrokken. Ik heb er toen werkelijk niet bij stilgestaan. Je weet hoe dat gaat. Soms zie je 'n bevriend echtpaar om de haverklap en dan opeens in geen tijden. Ik kan me niet voorstellen dat ze mij of Jim dat zou aandoen. Ik voel me net de bedrogen eega. Ik voel me zo belazerd.'

'Ach Glen, misschien was dit wel het fijnste dat hem ooit is overkomen. Misschien is hij er wel volwassener van geworden. Wie zal 't zeggen? Bobby was 'n aardige knul. En wat doet 't er nu nog toe?' zei ik. Ik voelde me een gemeen kreng, maar ik wilde haar niet toestaan toe te geven aan deze onzin en te ontkennen wie hij was geweest en wat hij had gedaan.

Ze had een hoogrode kleur en vestigde een kille blik op me. 'Ja ja, best, maar ik begrijp nog steeds niet waarom je me dit vertelt.'

'Omdat 't niet mijn taak is je voor de waarheid te behoeden.'

'Het is evenmin je taak me roddelpraatjes te vertellen.'

'Ja oké, dat ben ik met je eens. Ik hou ook niet van roddel omwille van de roddel. Maar de kans bestaat dat dit verband houdt met Bobby's dood.'

'Hoe dan?'

'Goed, ik leg 't je uit, maar ik moet zeker weten dat dit onder ons blijft.'

'Wat voor verband is er dan?'

'Glen, je luistert niet. Ik vertel je zoveel ik kan, maar ik kan je niet alles vertellen en ik wil niet dat je je mond voorbijpraat. Als je dit aan iemand doorvertelt, kan dat ons allebei in gevaar brengen.'

Ik zag aan de blik in haar ogen dat ze eindelijk in zich opnam wat ik haar zei. 'Neem me niet kwalijk. Nee, natuurlijk vertel ik niemand iets.'

Ik vertelde haar in het kort over Bobby's laatste bericht op mijn antwoordapparaat en over de chantage, waarvan ik nog steeds niet het fijne begreep. Ik maakte geen melding van Sufi's aandeel in dit alles omdat ik nog steeds bang was dat Glen daar zelf met een kwaaie kop iets aan zou doen. Ze kwam me momenteel voor als een vat springstof dat bij het minste of geringste trillinkje kon ontploffen.

'Ik heb trouwens wel je hulp nodig,' zei ik toen ik uitgesproken was.

'Hoe dan?'

'Ik wil met Nola praten. Tot dusver ben ik hier nog niet zeker van en als ik haar zomaar opeens op haar dak kom vallen, schrikt ze zich natuurlijk te pletter. Kun jij haar bellen en 'n afspraak voor me maken?'

'Voor wanneer?'

'Liefst nog voor vanochtend.'

'Wat wil je dat ik tegen haar zeg?'

'Vertel haar de waarheid. Zeg haar dat ik onderzoek doe naar Bobby's dood, dat we denken dat hij vorige zomer iets met 'n vrouw heeft gehad en dat je, aangezien jij toen van huis was, haar wilde vragen of zij hem misschien met iemand had gezien. Vraag haar of ze bezwaar heeft als ik langskom.'

'Denk je niet dat ze dat verdacht zal vinden? Me dunkt heeft ze meteen door dat je haar verdenkt.'

'Nou, allereerst kan ik 't bij 't verkeerde eind hebben. Misschien was zij 't niet. Daar probeer ik nou net achter te komen. Als ze onschuldig is, laat 't haar allemaal koud. En als ze dat niet is, laat ze dan maar 'n mooie smoes verzinnen om zich daarachter te verschuilen. Mij 'n zorg. Waar 't mij om gaat is, dat ze dan niet 't lef heeft de deur voor mijn neus dicht te smijten, en ik denk dat ze dat wel zou doen als ik onaangekondigd kwam aanzetten.'

Ze dacht er even over na. 'Goed dan.'

Ze stond op en liep naar de telefoon op het nachtkastje. Ze draaide uit het blote hoofd Nola's nummer. Ze stond Nola buitengewoon onschuldig te woord en ik bedacht hoe goed ze moest zijn in haar liefdadigheidswerk. Nola was een en al bereidwilligheid en een kwartiertje later reed ik opnieuw richting Horton Ravine.

In het daglicht zag ik dat het huis van de familie Fraker zacht-geel was met een donkerbruin dak. Ik parkeerde naast een kastanjebruine BMW en een zilveren Mercedes. Aangezien ik geen zelfmoordneigingen heb, leunde ik mijn raampje uit, om te zien of ik de hond zag. Rover of Fido, of hoe hij ook mocht heten, bleek een Deense Dog met rubberige zwarte lippen, waaraan lange slierten speeksel bungelden. Ik had de indruk dat zijn halsband was afgezet met staalpunten. Zijn etensbak was een wijde aluminium kom met tandafdrukken rondom.

Ik stapte behoedzaam uit. Hij rende op de schutting af en begon stinkende adem in mijn gezicht te blaffen. Hij stond op zijn achterpoten, met zijn voorpoten op het hek. Zijn pik zag eruit als een worst in een lang harig broodje en zwenkte heen en weer als die van zo'n vent die uit een telefooncel springt en zijn regenjas openrukt.

Ik stond net op het punt hem een kwetsende opmerking toe te voegen toen ik besefte dat Nola de voordeur uit was gekomen en achter me stond.

'Trek je niks van hem aan,' zei ze. Ze had weer een jumpsuit aan, ditmaal een zwarte, en liep op hoge hakken waarmee ze een kop groter was dan ik.

'Leuk beessie,' zei ik. De meeste mensen zijn in hun nopjes als je hun hond leuk vindt. Kun je nagaan wat een illusies mensen er op na houden.

'Dank je. Kom binnen. Ik heb nog iets te doen, maar je kunt zolang in de zitkamer wachten.'

HOOFDSTUK TWEEËNTWINTIG

Het huis van de Frakers had een koel en eenvoudig interieur: glanzende donkere houten vloeren, witte muren, ramen zonder gordijnen en verse bloemen. De meubels waren met wit linnen overtrokken en de zitkamer waar Nola me binnenbracht had wanden vol boeken. Ze excuseerde zich en ik hoorde haar hoge hakken klepperend door de gang verdwijnen.

Het is altijd een slecht idee om mij in een kamer alleen te laten. Ik ben een ongeneeslijke snuffelaarster, ik steek overal mijn neus in, dat kan ik eenvoudig niet helpen. Aangezien ik vanaf mijn vijfde jaar door een ongetrouwde tante van me ben opgevoed, heb ik als kind heel wat tijd doorgebracht in de huizen van haar vrienden, die grotendeels zelf geen kinderen hadden. Ik kreeg te horen dat ik stil moest zijn en mezelf moest zien te vermaken, en daar slaagde ik ook in, de eerste vijf minuten met het inkleuren van die eindeloze reeks kleurplaatjes die we meenamen als we ergens op bezoek gingen. De narigheid was dat ik moeite had binnen de lijntjes te blijven en bovendien vond ik de plaatjes zo stom – kindertjes die met honden stoeiden en de boer op gingen. Ik vond het inkleuren van kippen en varkens stomvervelend, dus leerde ik rondsnuffelen. Op deze manier ontdekte ik de verborgen levens van grote mensen – de pillen en poeiers in hun medicijnkastjes, de tubes glijmiddel in de laatjes van nachtkastjes, de geldvoorraadjes die achterop kasten geplakt waren, schrikbarende seksboekjes en rare rubberwaren onder het matras. Ik kon natuurlijk achteraf nooit mijn tante uitvragen over al dat interessants dat ik had aangetroffen, aangezien ik niet geacht werd dat te hebben gezien. Ik zwierf gefascineerd de keuken binnen, waar de grote mensen destijds meestal zaten te drinken en over stierlijk vervelende dingen als politiek en sport zaten te praten en ik staarde de vrouwen aan die Bernice en Mildred heetten en hun mannen die Stanley en Edgar heetten en ik vroeg me af wat die in vredesnaam uitspookten met dat lange geval met dat batterijtje erin. Het was geen zaklantaarn, dat stond vast. Op uiterst jeugdige leeftijd leerde ik het bijwijlen opmerkelijke onderscheid kennen tussen het gezicht dat mensen de wereld toekeren en de manieren waarop zij zich als er niemand bij was vermaakten. Dit waren de lieden in wier bijzijn ik van mijn tante niet mocht vloeken, onverschillig wat voor woorden we in onze eigen huiskamer gebruikten. Sommige uitdrukkingen die zij gebruikte zouden hier wellicht van toepassing zijn, of althans die indruk had ik, al kon ik die niet staven. Onderwijs was voor mij het leren van de juiste woorden voor zaken waarvan ik het bestaan reeds kende.

De zitkamer van de Frakers had een schokkend gebrek aan potentiële geheime bergplaatsen. Geen laden, geen tafeltjes met kastjes onder het blad. De twee luie stoelen waren van chroom en repen leer. De koffietafel was van glas met smalle chroom-poten en daarop stond een karaf brandy met twee glazen op een dienblad. Er lag geen tapijt waar je onder kon kijken. Jezus, wat waren dit voor mensen? Ik ging bij gebrek aan alternatieven maar de boekenkast inspecteren, om te zien of ik daaruit kon opmaken wat voor hobby's en interesses ze hadden.

Mensen bewaren gebonden boeken doorgaans, en ik zag dat Nola zich had verdiept in achtereenvolgens woninginrichting, de fijne keuken, tuinonderhoud, handwerk en persoonlijke verzorging. Wat evenwel mijn aandacht trok waren de twee planken vol boeken over architectuur. Wat zat daarachter? Ik nam aan dat zij noch dr. Fraker in hun vrije tijd bouwkundige ontwerpen maakten. Ik pakte een enorm boekwerk met de titel *Bouwkundige Grafische Standaarden* en sloeg het open. Het Ex Libris was een litho van een zittende kat die naar een vis in een kom zat te staren. Onder het Ex Libris was in een mannelijk handschrift de naam Dwight Costigan gekrabbeld. Ergens in mijn brein luidde een klokje. Ik meende dat hij de architect was geweest die Glens huis had ontworpen. Een geleend boek? Ik keek nog eens drie boeken in. Alle drie kwamen ze 'uit de boekenkast van' Dwight Costigan. Vreemd. Wat deden die hier?

Ik hoorde Nola weer aan komen klepperen en zette het boek terug. Toen liep ik naar het raam en nam een houding aan alsof ik daar de hele tijd door naar buiten had staan kijken. Ze kwam de zitkamer binnen met een glimlach die aan en uit flikkerde alsof er ergens een elektriciteitsdraadje loszat. 'Sorry dat ik je liet wachten. Ga toch zitten, zeg.'

Ik had er nog niet echt over nagedacht hoe ik dit wilde aanpakken. Als ik dit soort toneelstukjes in gedachten repeteer, breng ik het er schitterend vanaf en zeggen de andere figuren precies wat ik wil horen. In werkelijkheid maakt iedereen er 'n potje van, ikzelf inbegrepen, dus waarom zou ik me van tevoren drukmaken?

Ik ging in een van de stoelen van chroom en leer zitten en hoopte maar dat ik niet in de repen leer verstrengeld zou raken. Zij ging op de rand van een wit tweepersoonsbankje zitten en legde haar ene hand bevallig op de glazen koffietafel in een houding die op sereniteit moest duiden, hetgeen evenwel werd tegengesproken door de plasjes transpiratievocht die rond haar vingertoppen op het glas achterbleven. Ik onderwierp haar verschijning aan een snel onderzoek. Slank met lange benen en van die perfekte appelvormige borsten. Haar haar had een in de kapsalon gehaalde rode glans en viel in zachte golven om haar gezicht. Blauwe ogen, een smetteloze huid. Ze had het soort stralende verschijning dat men zich met eerste klas cosmetische chirurgie kan verwerven, en de zwarte jumpsuit die ze droeg benadrukte haar weelderige lichaam zonder ordinair te worden. Ze stelde zich ernstig en openhartig op en ik geloofde er allemaal geen moer van.

'Hoe kan ik je helpen?' vroeg ze.

Ik moest nu snel beslissen. Kon Bobby Callahan werkelijk een verhouding hebben gehad met zo'n vals mens? Ik wilde er niet aan, maar ik wist wel beter!

Ik schonk haar een flauwe glimlach en zette mijn vuist onder mijn kin. 'Tsja Nola, ik zit met 'n probleempje. Mag ik je Nola noemen?'

'Maar natuurlijk. Glen zei dat je Bobby's dood onderzoekt.'

'Dat klopt. Om precies te zijn, heeft Bobby me 'n week geleden

zelf nog ingehuurd en ik wil dat hij waar voor z'n geld krijgt.'
'O, ik dacht dat zijn dood misschien verdacht was en dat dat de reden voor je onderzoek was.'
'Ja, 't is ook nog niet duidelijk hoe hij gestorven is.'
'Maar is dat geen politiewerk?'
'De politie werkt er ongetwijfeld ook aan. Ik ben gewoon bezig met 'n, eh.. aanvullend onderzoek, voor 't geval ze op 't verkeerde spoor zitten.'
'Nou, ik hoop dat íemand 't geheel ontrafelt. Arme knul. We hebben allemaal zo vreselijk met Glen te doen. Maak je vorderingen?'
'Ja, dat kan ik wel zeggen. Iemand heeft me de helft van 't verhaal verteld en nu hoef ik alleen nog maar de rest uit te vogelen.'
'Dus dan begint 't erop te lijken, hè?' Ze aarzelde even. 'Wat voor verhaal?'
Ik had sterk het vermoeden dat ze dit liever niet had gevraagd, maar in dit soort gesprekken wordt dat van je verwacht en ze moest wel doen of ze belang stelde in iets dat ze waarschijnlijk het liefst had genegeerd.
Ik liet een paar seconden voorbijgaan en staarde wat naar het tafelblad. Ik dacht dat dit een zekere geloofwaardigheid zou verlenen aan de leugen die ik op het punt stond te vertellen. Ik keek op en keek haar strak in de ogen. 'Bobby heeft me verteld dat hij verliefd op je was.'
'Op mij?'
'Dat zei hij, ja.'
Haar ogen knipperden heftig. Haar glimlach flikkerde aan en uit. 'Ik sta paf. 't Is een compliment, daar niet van, en ik ben altijd enorm op hem gesteld geweest, maar dit is belachelijk!'
'Ik vond het helemaal niet belachelijk.'
Haar lach was een schitterende combinatie van onschuld en ongeloof. 'Maar God nog toe, ik ben getrouwd. En ik ben twaalf jaar ouder dan hij.'
Wat een scherpe tante – ze werkte daar even jaren van haar leeftijd weg zonder ze op haar vingers af te tellen of wat ook. Ik ben niet zo goed in hoofdrekenen en het is waarschijnlijk maar

goed dat ik niet over mijn leeftijd lieg.

Ik glimlachte flauwtjes. Ik begon nijdig op haar te worden en ik merkte dat er een dodelijk milde toon in mijn stem sloop. 'Leeftijd speelt geen rol. Bobby is nu dood. Hij is ouder dan God. Hij is zo oud als een mens maar kan worden.'

Ze staarde me aan en zag dat ik kwaad was. 'Je hoeft niet zo akelig te doen. Kan ik 't helpen dat Bobby Callahan dacht dat hij verliefd op me was? Dus die jongen viel op me, nou en?'

'Dus die jongen had 'n *affaire* met je, Nola. Dáár gaat 't om. Iemand had jou in de tang genomen en "die jongen" probeerde je te helpen. "Die jongen" is om jou vermoord, klerewijf. Als we nou 's ophielden met deze kletspraat en spijkers met koppen gingen slaan, of moet ik Dolan bij Moordzaken bellen en 't verder aan hem overlaten?'

'Ik snap niet waar je' t over hebt,' zei ze vinnig. Ze stond op maar ik was haar te vlug af en klemde zo snel haar smalle polsje in mijn hand dat ze naar adem snakte. Ze probeerde zich los te rukken en ik liet haar gaan maar ik sprong bijna uit mijn vel van woede.

'Nola, luister goed naar me. Je mag zelf kiezen. Of jij vertelt mij wat er gaande was óf ik doe je de duimschroeven aan. En misschien doe ik dat hoe dan ook wel. Ik kan naar het stadhuis gaan en daar dossiers en oude kranten en politierapporten uitspittten tot ik wat meer van jou weet en dan kom ik er heus wel achter wat jij te verbergen hebt en dán vind ik wel 'n manier om jou zo lelijk te grazen te nemen dat je zou willen dat je me nu 't hele verhaal had verteld.'

En toen opeens ging mij een licht op. In mijn achterhoofd hoorde ik een geluid als een parachute die zich ontvouwt. Flap... daar ging hij. Het was een van die buitengewone momenten waarop je geheugen opeens over de hele linie meewerkt en iets je als bij toverslag duidelijk wordt. Ik had nog steeds geen volledig beeld, maar ik had genoeg. 'Wacht 's even. Jij bent met Dwight Costigan getrouwd geweest. Ik wist dat ik je ergens van kende. Je stond destijds in alle kranten.'

Ze werd doodsbleek. 'Dat heeft hier niks mee te maken,' zei ze. Ik lachte, overwegend omdat plotselinge geheugenflitsen die uitwerking op me hebben. Bij een gedachtensprong komt een stof in je hersenen vrij die een kortstondige roes teweegbrengt. 'Kom nou toch,' zei ik. 'En of 't ermee te te maken heeft. Ik weet nog niet hoe, maar 't grijpt allemaal in elkaar of niet soms?'

Ze zakte onderuit op haar bankje en strekte haar ene hand uit naar het glazen tafelblad om haar evenwicht te bewaren. Ze haalde diep adem en probeerde zich te ontspannen. 'Je zou er goed aan doen dit te laten rusten,' zei ze, mijn blik mijdend. 'Ben je niet goed snik?' zei ik. 'Ben je helemaal stapelgek geworden? Bobby Callahan heeft mij ingehuurd omdat hij dacht dat iemand hem om zeep probeerde te helpen en hij had gelijk. Hij is nu dood en hij kan hier niks meer aan doen, maar ik wel en als jij denkt dat ik dit fraais laat rusten, dan ken jij mij niet.'

Ze schudde haar hoofd. Alle schoonheid was verdwenen en wat achterbleef zag er groezelig uit. Ze zag er op dat moment uit zoals wij er allemaal uitzien in fluorescerend licht – moe, grauwbleek, afgepeigerd. Ze praatte met een heel zacht stemmetje verder. 'Goed, ik vertel je wat ik kan. En dan smeek ik je dit onderzoek te laten varen. Dat meen ik. Om je eigen bestwil. Ja, ik heb 'n affaire met Bobby gehad.' Ze zweeg even, niet zeker welk pad ze verder zou volgen. 'Hij was 'n schat, heus, ik was dol op hem. Hij was ongecompliceerd en had geen verleden. Hij was 'n heerlijke jonge sterke knul. God, hij was nog maar drieëntwintig. Alleen z'n huid al... Hij was...' Ze keek op en zweeg gegeneerd. Een glimlach kwam over haar gezicht en liet het toen afweten, ditmaal voortkomend uit een emotie die ik niet kon plaatsen... pijn of wellicht tederheid.

Ik ging voorzichtig verzitten en hoopte dat ik haar nieuwe stemming niet verstoorde.

'Als je zo jong bent,' zei ze, 'dan denk je nog dat alles rechtgetrokken kan worden, dat je alles naar je hand kunt zetten. Je denkt dat 't leven eenvoudig is, dat je alleen maar 'n paar dingetjes hoeft te regelen, dat 't dan allemaal wel goed komt. Ik heb hem verteld dat ik wel beter wist, maar hij had 'n ridderlijk trekje. Die lieve stommerd.'

Ze zweeg geruime tijd.

'Hoezo, "stommerd"?' zei ik zacht.

'Nou,'t heeft hem dus z'n leven gekost. Ik kan je niet vertellen hoe schuldig ik me voel...' Haar stem liet het afweten en ze keek een andere kant op.

'Geef me de proloog tot dit verhaal. Wat is de rol van Dwight in dit alles? Hij is destijds door iemand overhoop geschoten, nietwaar?'

'Dwight was stukken ouder dan ik. Vijfenveertig toen we trouwden. Ik was tweeëntwintig. 't Was 'n goed huwelijk... tot op zekere hoogte althans. Hij aanbad mij en ik keek huizenhoog tegen hem op. Hij heeft ongelofelijk veel voor Santa Teresa gedaan.'

'Hij heeft Glens huis ontworpen, hè?'

'Niet echt. Zijn vader was destijds in de jaren twintig toen 't gebouwd werd de architect. Dwight heeft de restauratie verzorgd,' zei ze. 'Ik ben hard aan 'n borrel toe. Jij ook 'n brandy?'

'Ja, graag,' zei ik.

Ze pakte de karaf en lichtte er de zwarte glazen stop af. Ze legde de hals van de karaf tegen het randje van een van de cognacglazen, maar haar handen trilden zo, dat ik bang was dat ze het glas zou breken. Ik stak mijn hand uit, nam de fles van haar over en schonk haar een stevige bel in. Toen schonk ik mezelf in, al zag ik hier om tien uur 's ochtends weinig heil in. Zij liet haar brandy voor de vorm door het glas zwieren en toen namen we allebei een slok. Mijn mond viel van de weeromstuit open, het soort reflex dat je hebt als je in een zwembad valt en bovenkomt. Dit was duidelijk goed spul, maar ik dacht niet dat ik het eerstkomende jaar mijn gebit hoefde te laten reinigen. Ik keek toe hoe zij door een paar maal diep adem te halen haar kalmte hervond.

Ik pijnigde mijn hersenen af in een poging me te binnen te brengen wat ik had gelezen over de manier waarop Costigan de dood had gevonden. Het was iets van vijf, zes jaar geleden geweest. Ik meende me te herinneren dat iemand op een avond hun huis in Montebello was binnengedrongen en Dwight na een gevecht in de slaapkamer had doodgeschoten. Ik was destijds voor een cliënt in Houston geweest en had de zaak dus niet op de voet gevolgd, maar voor zover ik wist stond die nog steeds als een onopgeloste moord te boek.

'Wat is er gebeurd?' vroeg ik.

'Vraag me dat niet en steek je neus er niet in. Ik heb Bobby gesmeekt 't te laten rusten maar hij luisterde niet en 't heeft hem z'n leven gekost. Voorbij is voorbij. 't Is allemaal eeuwen geleden en ik ben de enige die er nu voor boet. Laat toch zo. Voor mij hoeft 't niet meer en als jij weet wat goed voor je is, dan voor jou ook niet.'

'Je weet dat ik 't niet kan laten rusten. Vertel me de ware toedracht.'

'Waarom? Dat verandert nu niks meer.'

'Nola, ik kom dit toch te weten, of je 't me vertelt of niet. Als jij 't me nu vertelt, dan hoeft niemand 't misschien verder te horen. Misschien begrijp ik 't dan en laat ik 't vallen. Ik ben niet onredelijk maar je moet me 'n kans geven.'

Ik kon de besluiteloosheid op haar gezicht aflezen. Ze zei: 'O God,' en liet haar hoofd hangen. Toen keek ze naar me op met een angstig gezicht. 'Let wel, 't gaat hier om 'n gek, om iemand die volslagen waanzinnig is. Beloof me... je moet me beloven dat je 't laat rusten.'

'Dat kan ik niet beloven, dat weet je heel goed. Vertel je verhaal, dan zien we wel hoe 't verder moet.'

'Ik heb dit nooit aan iemand anders dan aan Bobby verteld en je weet wat er met hem is gebeurd.'

'Wat is Sufi's rol? Zij weet hiervan, he?'

Bij het horen van Sufi's naam keek ze verbijsterd op. Ze keek een andere kant op. 'Welnee, dat kan niet. Ik weet zeker dat ze geen idee heeft. Waarom zou ze?' Haar antwoord was te aarzelend om me te overtuigen, maar daar zei ik nu even maar niets van. Kon het zijn dat Sufi haar chanteerde?

'Nou, *iemand* weet hiervan,' zei ik. 'Ik heb begrepen dat je gechanteerd wordt en dat Bobby daar iets aan wilde doen. Nou, hoe zit 't? Wat weet die persoon van jou? Waar ben je zo bang van?'

Ik keek toe hoe zij gedurende een lange stilte worstelde met haar behoefte om alles op te biechten.

Uiteindelijk begon ze te praten, met een zo zachte stem dat ik gedwongen was dichter bij haar aan te schuiven om haar te kunnen horen. 'We waren bijna vijftien jaar getrouwd. Dwight kreeg pillen tegen z'n hoge bloeddruk en die maakten hem impotent. We hadden trouwens nooit zo'n actief seksleven gehad. Ik kreeg de kriebels en vond... 'n ander.'

'Een minnaar.'

Ze knikte, met haar ogen dicht als deed de herinnering haar pijn. 'Op een avond betrapte Dwight ons in bed. Hij werd razend, haalde z'n revolver uit z'n studeerkamer en kwam terug, waarna 'n gevecht volgde...'

Ik hoorde voetstappen door de gang komen. Ik keek naar de deur en zij deed hetzelfde, terwijl ze sneller verder sprak. 'Zeg niemand hier iets van, alsjeblieft.'

'Afgesproken. En verder?'

Ze aarzelde. 'Ik heb Dwight doodgeschoten. 't Was een ongeluk, maar iemand heeft de revolver met mijn vingerafdrukken erop.'

'Dus dat was wat Bobby probeerde te vinden?'

Ze knikte haast onmerkbaar.

'Maar wie heeft die revolver? Je ex-minnaar?'

Nola legde haar vinger tegen haar lippen. Er werd aan de deur geklopt en dr. Fraker stak zijn hoofd om de deur. Hij was duidelijk verrast dat hij mij daar zag zitten. 'O, dag Kinsey. Is dat jouw auto in de oprit? Ik wilde net vertrekken, en ik had geen idee wie hier was.'

'Ik wilde 't met Nola over Glen hebben,' zei ik. 'Volgens mij gaat 't slecht met haar en ik vroeg me af of we haar nu Derek weg is maar liever niet om de beurt gezelschap moesten houden.'

Hij schudde somber het hoofd. 'Dr. Kleinert zei dat ze hem 't huis uit had gesmeten. Verdomde zonde. Niet dat ik die vent zelf zie zitten, maar ze heeft op 't ogenblik genoeg ellende. Ze heeft niet nog meer verdriet nodig.'

'Zeg dat wel,' zei ik. 'Staat mijn auto je in de weg?'

'Nee hoor,' zei hij met een blik naar Nola. 'Ik heb nog wat in 't ziekenhuis te doen, maar ik ben op tijd thuis. Wat doen we aan 't avondeten?'

Ze keek hem met een warme glimlach aan, maar moest haar keel schrapen voor ze een woord kon uitbrengen. 'Als je 't goed vindt, wilde ik gewoon thuis 'n hapje eten.'

'Uitstekend. Nu, dan laat ik jullie verder plannetjes maken. Prettig je weer te zien, Kinsey.'

'We waren uitgesproken,' zei Nola en stond op.

'Goed,' zei hij. 'Dan loop ik met je naar de voordeur.'

Ik wist dat ze zijn komst gebruikte om een eind aan ons gesprek te maken maar ik kon niets bedenken om tijd te winnen, zeker niet terwijl die twee me aan stonden te staren.

We namen snel afscheid, waarna dr. Fraker de deur voor me openhield en ik de kamer uitliep. Toen ik omkeek, zag ik dat Nola's gezicht van spanning vertrokken was. Ik wist wel zeker dat ze wenste dat ze haar geheim voor zich had gehouden. Er stond heel wat voor haar op het spel: vrijheid, geld, aanzien. Ze was kwetsbaar voor een ieder die wist wat ik nu wist. Ik vroeg me af hoe wanhopig ze zich vastklampte aan alles wat ze had en wat voor prijs ze dientengevolge had moeten betalen.

HOOFDSTUK DRIEËNTWINTIG

Ik liep mijn kantoor binnen. Er lag een stapel post op de vloer vlak voor de deur. Ik graaide de post bij elkaar en gooide die op mijn bureau. Toen sloeg ik de deuren open om frisse lucht binnen te laten. Het lichtje op mijn antwoordapparaat brandde. Ik ging zitten en spoelde het bandje voor ingesproken berichten terug.

Er stond een bericht op van mijn vriend bij het telefoonbedrijf met zijn bevindingen over het niet in bedrijf zijnde nummer van S. Schwarzmann, die voluit Sebastian S. Schwarzmann heette, een heer van zesenzestig met een contactadres in Tempe in Arizona. Nu, dat klonk niet direct veelbelovend. Als al het andere niet mocht baten kon ik hier altijd nog werk van maken om te zien wat dit met mijn onderzoek te maken had. Ik betwijfelde het. Ik maakte een aantekening in Bobby's dossier. Het gaf me een iets veiliger gevoel dat ik alles op papier had staan, de wetenschap dat ik zodoende een ander in staat stelde de draad op te pakken als mij iets overkwam – een akelige gedachte, maar niet irreëel gezien Bobby's lot.

De daarop volgende anderhalf uur besteedde ik aan het doornemen van mijn post en het bijwerken van mijn boekhouding. Een stel cheques waren gearriveerd en ik maakte een aantekening dat ik die kon storten. Een rekening was ongegeopend teruggekomen, met erop gekrabbeld 'Onbekend op dit adres – retour' met een grote paarse vinger die recht op mij wees. Verdorie, iemand die er tussenuit geknepen was. Ik had er enorm de pest aan als klanten me m'n honorarium door de neus proberen te boren. En ik had goed werk geleverd voor die kerel. Hij was met de eerdere betalingen ook traag geweest, maar ik had niet gedacht dat hij me zou belazeren. Ik zette het van me af. Zodra ik tijd had, zou ik hem achterna moeten.

Het was tegen twaalven en ik keek naar de telefoon. Ik wist dat ik een telefoontje af te wikkelen had en ik pakte de hoorn van de haak en draaide het nummer voor ik van gedachten veranderde.

'Politiebureau. Met agent Collins.'

'Brigadier Robb van Vermiste Personen, alstublieft.'

'Een moment, ik verbind u door.'

Mijn hart bonsde en mijn oksels dropen.

Ik had Jonah leren kennen toen ik een vermiste vrouw probeerde op te sporen. Hij was een leuke kerel met een uitgestreken smoel, zo'n kilo of tien te zwaar, amusant, recht voor z'n raap, een dwarsligger die me tegen alle regels in een stel politierapporten over moordzaken had toegespeeld. Hij was al jarenlang met zijn vriendinnetje van de middelbare school getrouwd en zij was een jaar geleden vertrokken. Ze was met zijn twee dochters vertrokken, met achterlating van een vriesvak vol ingevroren, door haarzelf toebereide, weinig appetijtelijke maaltijden. Hij was geen Adonis, maar daar is het mij eigenlijk nooit om te doen en ik had hem meteen gemogen. We hadden nooit iets met elkaar gehad, maar hij had een zekere hoeveelheid gezonde mannelijke belangstelling aan de dag gelegd en ik had het wat jammer gevonden toen hij en zijn vrouw hun geschillen bijlegden. Ik geef eerlijk toe dat ik goed kwaad was en sindsdien mijn afstand had bewaard.

'Met Robb.'

'Jezus,' zei ik. 'Ik heb nog niet eens met je gepraat en ik ben nu al kwaad.'

Ik hoorde hem aarzelen. 'Kinsey, ben jij dat?'

Ik lachte. 'Ja, met mij en 't dringt nu pas tot me door hoe pissig ik ben.'

Hij wist maar al te goed waar ik het over had. 'Jezus ja, ik weet dat ik toen behoorlijk stom bezig was. Meissie, je hebt geen idee hoe vaak ik nog aan je denk.'

Ik bromde naar ik hoopte op mijn meest skeptische toon. 'Hoe is 't met Camilla?'

Hij zuchtte en ik kon hem bijna zijn hand door zijn haar zien halen. 'Er is bar weinig veranderd. Ze behandelt me alsof ik 'n schooier ben. Ik snap niet waarom ik haar weer in m'n leven heb binnengelaten.'

'Maar je bent vast blij dat je dochters weer thuis zijn, hè?'

'Ja, da's waar,' zei hij. 'En we gaan naar 'n therapeut. Niet de meisjes, zij en ik.'

'Misschien helpt dat.'

'Misschien ook niet.' Hij betrapte zich erop dat hij uit de school klapte en bond in. 'Nou ja, laat ik niet klagen. Ik neem aan dat ik 't aan mezelf te danken heb. 't Spijt me alleen dat jij erin verstrikt moest raken.'

'Maak je geen zorgen. Ik ben 'n grote meid. Bovendien bied ik je de kans 't goed te maken. Ik wou je vandaag op de lunch trakteren en je om politiegeheimpjes vragen.'

'Prima idee, alleen betaal ik dan wel voor de lunch. Dat lenigt m'n schuldgevoel. Hoe vind je die? "Lenigen"? Dat is mijn woord van de dag op mijn vocabulaire-kalender. Gisteren was 't "onomstotelijk.". Ik heb nog geen kans gezien dat in 'n gesprek te verwerken. Waar zullen we gaan eten? Zeg jij 't maar.'

'O, laten we 't eenvoudig houden. Ik heb geen zin in een of andere chique tent.'

'Wat zeg je van de tuin van 't gerechtshof? Ik koop 'n paar broodjes en die eten we dan lekker op 't gazon op.'

'Gut, zomaar in 't openbaar? Dat geeft me straks 'n roddel.'

'Dat mag ik hopen. Misschien krijgt Camilla er lucht van en gaat ze er weer vandoor.'

'Tot half één dan.'

'Wil je dat ik voordien nog iets voor je uitzoek?'

'O ja, wat je zegt.' Ik bracht hem de schietpartij in huize Costigan in herinnering, zonder de naam Nola Fraker te noemen. Ik kon hem later zonodig altijd nog meer toevertrouwen. Nu gaf ik hem de openbare versie van het verhaal en vroeg of hij de dossiers voor me kon inzien.'

'Ja, daar staat me nog iets van bij. Goed, ik doe m'n best.'

'En nog één ding, graag,' zei ik. 'Kun je via 't NCIC 'n vrouw natrekken die zich Lila Sams noemt?' Ik gaf hem haar beide andere namen, Delia Sims en Delilah Sampson, de geboortedatum die ik van het rijbewijs had, en de verdere gegevens die ik had opgetekend.

'Oké, ik heb 't allemaal op papier. Dan ga ik ermee aan de slag. Tot straks,' zei hij en hing op.'

De mogelijkheid was bij me opgekomen dat als Lila een of andere gemene truc met Henry uithaalde, het heel goed mogelijk was dat ze al eens eerder over de schreef was gegaan. Ik had geen toegang tot de dossiers van het Nationale Criminologische Informatie Centrum tenzij ik een politiebureau inschakelde. Jonah kon haar naam in de computer invoeren en binnen enige minuten hopelijk weten of mijn verdenkingen terecht waren.

Ik ruimde mijn kantoor op, griste het stortingsbewijsje van mijn bureau en ging de deur uit. Voor ik het gebouw verliet, ging ik eerst even een praatje maken met Vera Lipton, die bij de California Fidelity Insurance Company werkt. Ik deed op weg naar het gerechtshof de bank aan en stortte het grootste deel van het geld op mijn spaarrekening, maar genoeg op mijn andere rekening om de lopende kosten te dekken.

De dag die warm was begonnen, was nu blakerend heet. De straat zinderde en de palmen leken in de zon te verbleken. Op de plaatsen waar gaten in de weg waren opgevuld, was het asfalt zo zacht en rul als koekjesdeeg.

Het gerechtshof van Santa Teresa ziet eruit als een Moors kasteel: met de hand gesneden houten deuren, torentjes, en balkonnetjes van smeedijzer. Binnen is er zoveel mozaïek aan de wanden dat het wel lijkt of iemand ze behangen heeft met lapjesdekens. Een van de rechtszalen heeft een panoramische wandschildering die de stichting van Santa Teresa door Spaanse zendelingen weergeeft. Het is een soort Walt Disney-versie van de ware geschiedenis, aangezien de kunstenaar de introductie van syfilis en de verloedering van de Indianen achterwege had gelaten. Daar ben ik, als ik heel eerlijk ben, eigenlijk blij om. Het is moeilijk je op gerechtigheid te concentreren als je tegen een stel arme stumperds van tot ondergang gedoemde Indianen moet aankijken.

Ik liep onder de grote poort door en slenterde naar de lager gelegen tuinen achter het gebouw. Zo'n twintig mensen zaten over het grasveld verspreid. Sommigen zaten boterhammen te eten, anderen deden een dutje of lagen te zonnebaden. Ik wierp een waarderende blik op een knappe man die in een lichtblauw shirt met korte mouwen op me af kwam lopen. Ik nam hem van onder naar boven in ogenschouw. Jaja, goeie heupen, linksdragend... hmm, platte buik, schitterende armen, vond ik. Hij stond bijna voor mijn neus toen ik bij zijn gezicht uitkwam en besefte dat het Jonah was.

Ik had hem sinds juni niet meer gezien. Hij was duidelijk op dieet gegaan en aan het trainen geslagen. Zijn gezicht, dat ik in het verleden als 'prettig' had afgedaan, was nu markant. Zijn donkere haar was langer en hij was zongebruind zodat zijn blauwe ogen nu in een gezicht met de kleur van lichtbruine basterdsuiker oplichtten.

'Jezus,' zei ik, aan de grond genageld. 'Wat zie jij er fantastisch uit.'

Hij keek me stralend aan. 'Vind je? Dank je wel. Ik ben sinds ik je voor 't laatst heb gezien zeker tien kilo kwijtgeraakt.'

'Hoe heb je dat voor elkaar gekregen? Hard gewerkt?'

'Ja, ik heb er wel wat voor moeten doen.'

Hij bleef mij aan staan staren en ik staarde terug. Hij droop van de feromonen en ik voelde mijn hormonen in oproer komen. Ik huiverde inwendig. Hier had ik mooi geen behoefte aan. Het enige dat erger is dan een man die net 'n huwelijk achter de rug heeft is 'n man die nog volop getrouwd is.

'Ik hoorde dat iemand je in je arm geschoten had,' zei hij.

'Het was maar 'n .22, niet de moeite. Maar ik ben bovendien in elkaar geslagen en dat was 'n pijnlijke geschiedenis.' Ik wreef me over de neus. 'M'n snavel gebroken.'

Hij stak spontaan zijn hand uit en streelde me met zijn wijsvinger over de neus. 'Ziet er nog prima uit.'

'Dank je,' zei ik. 'Hij snuit ook nog goed.'

Er viel een van die gespannen stiltes die onze vriendschap altijd heeft gekend.

Ik deed mijn tas over mijn andere schouder, om maar iets te doen. 'Wat heb je meegebracht?' zei ik en wees op de papieren zak die hij in zijn hand had.

Hij keek naar zijn hand. 'O ja, dat was ik vergeten. Belegd stokbrood en Pepsi Cola en koekjes van Famous Amos.'

'Als we nou 's wat aten,' zei ik.

Hij bleef staan en schudde zijn hoofd. 'Kinsey, zo moeilijk hebben we nog nooit gedaan, hè?' zei hij. 'Als we nou 's die lunch

oversloegen en daar achter die struiken sprongen?'
Ik lachte, want ik had net voor mijn geestesoog iets heerlijk
ondeugends gezien waar ik niet nader op in wil gaan. Ik stak
mijn hand door zijn arm. 'Je bent lief.'
'Aan "lief" heb ik geen boodschap,' zei hij.
We liepen de brede stenen treden af en liepen naar het verste
gedeelte van de gazons, waar hoog opgeschoten struiken hun
schaduw wierpen. We gingen zitten en richtten onze aandacht
op het eten. We haalden de dekseltjes van onze Cola en slablaadjes vielen uit onze stukken stokbrood en we gaven elkaar
papieren servetjes aan en mompelden hoe lekker het allemaal
was. Tegen de tijd dat we uitgegeten waren, waren we onszelf
weer enigszins meester en konden we weer als twee vaklui met
elkaar praten in plaats van als een stel naar seks snakkende
tieners.
Hij stopte zijn lege bekertje in de zak. 'Laat ik je 't fijne van
Costigans dood vertellen. De figuur met wie ik heb gepraat
werkte destijds op Moordzaken en hij zegt dat 't volgens hem
z'n vrouw was. 't Was een van die gevallen waar er allemaal
geen moer van klopte, ken je dat? Ze beweerde dat een of andere kerel bij ze was binnengedrongen, dat haar man 'n revolver had gepakt, vechtpartij en paf! De revolver gaat af en schiet
manlief dood. De indringer neemt de benen en zij belt de politie, als ontredderd slachtoffer van 'n uit de hand gelopen poging tot inbraak. Nou, 't leek nergens op, maar ze hield voet bij
stuk. Ze heeft meteen 'n uitgekookte advocaat gebeld en heeft
haar kaken op elkaar gehouden tot die ter plekke was. Je weet
hoe dat gaat. 'Helaas kan mijn cliënt daar geen antwoord op
geven.' 'Het spijt me, maar die vraag laat ik haar niet beant-
woorden.' Niemand geloofde ook maar één woord van wat ze
beweerde maar ze gaf geen krimp en uiteindelijk konden we
niks bewijzen. Geen bewijsmateriaal, geen informanten, geen
wapen, geen getuige. Eind van het verhaal. Ik hoop dat je niet
voor haar werkt, anders zit je goed fout.'
Ik schudde mijn hoofd. 'Ik doe onderzoek naar Bobby Callahans dood,' zei ik. 'Volgens mij is hij vermoord en ik denk dat
't teruggrijpt op Dwight Costigan.' Ik gaf hem een overzicht

van hetgeen ik tot nog toe te weten was gekomen, waarbij ik zorgvuldig zijn blik meed. We lagen daar in het gras en ik had allerlei beelden van seksueel wangedrag voor ogen, beelden die we beslist niet nodig hadden. Ik praatte stug door, breedsprakiger dan nodig was, louter om de aandacht van onze gevoelens af te leiden.

'Jezus, als jij iets over die moord op Costigan aan 't licht brengt, dan haakt Dolan 'n horloge voor je,' zei hij.

'En Lila Sams?'

Hij stak zijn wijsvinger op. 'Ik had 't beste voor 't laatst bewaard,' zei hij. 'Ik heb haar naam in de computer gestopt en heb 'n vette buit binnengehaald. Die tante heeft heel wat op haar kerfstok, de lijst ging terug tot 1968.'

'Wat heeft ze zo al uitgevreten?'

'Fraude, valse gegevens bij de aanschaf van goederen, diefstal en oplichting. En ze heeft met valse bankbiljetten gestrooid. Op dit moment lopen er zes aanhoudingsbevelen tegen haar. Ik heb de print-out meegebracht. Kijk zelf maar.'

Hij hield me de print-out voor en ik pakte die aan. Waarom sprong ik geen gat in de lucht bij de ontdekking dat ik haar te pakken had? Omdat het Henry's hart zou breken en ik daarvoor niet de verantwoording op me wilde nemen. Ik overzag snel de lijst. 'Mag ik deze houden?'

'Ja, en doe niet zo opgetogen. Beheers je 'n beetje,' zei hij. 'Ik neem aan dat je weet waar ze is.'

Ik keek hem aan en lachte zwakjes. 'Ze zit waarschijnlijk op dit moment in mijn achtertuin ijsthee te drinken,' zei ik. 'Mijn huisbaas is stapelverliefd op haar en ik verdenk haar ervan dat ze op 't punt staat hem kaal te plukken.'

'Ga dan maar bij Whiteside van de Fraude-afdeling langs, dan laat die haar wel in de kladden grijpen.'

'Nou, ik moest eerst maar 's even met Rosie gaan praten.'

'Dat ouwe mens van die eettent bij jou in de straat? Wat heeft die ermee te maken?'

'Nou, we kunnen Lila geen van beiden uitstaan. Rosie heeft me gevraagd om in haar verleden te duiken, al was 't maar om haar 'n hak te zetten. We wilden weten wat ze in haar schild voerde.'

'Nou, dan weten jullie dat nu. Wat is de moeilijkheid?'

'Ik weet niet, op de een of andere manier voel ik me er lullig bij, maar daar kom ik wel uit. Ik wil niks overhaast doen waar ik later spijt van heb.'

Het bleef even stil en toen trok Jonah me aan mijn shirt. 'Ben je de laatste tijd nog wel eens op de schietbaan geweest?'

'Niet meer sinds wij er samen voor 't laatst waren,' zei ik.

'Zullen we er 's heen?'

'Jonah, dat gaat niet.'

'Waarom niet?'

'Omdat dat het 'n afspraakje zou zijn en we dan misschien niet meer weten waar we aan toe zijn.'

'Kom nou, we zijn toch vrienden.'

'Ja, dat zijn we. Maar we kunnen niet met elkaar optrekken.'

'Waarom niet?'

'Omdat jij 'n te knappe vent bent en ik 'n te uitgekookte meid,' zei ik vinnig.

'Dus 't ketst weer op Camilla af, hè?'

'Precies. Ik wil daar niet tussen komen. Jullie zijn al zo lang samen.'

'Laat ik je 's wat vertellen. Ik kan mezelf wel om de oren slaan. Was ik maar naar 'n andere school gegaan. Dertien was ik toen 't aanraakte. Wist ik veel dat ik 'n besluit nam dat me tot in m'n middelbare jaren zou vervolgen?'

Ik lachte. 'Ja, 't leven zit vol van dat soort doorwerkende dingen. Welke vakken kies je voor je eindexamenpakket en zo. Je had 't op een technisch pakket kunnen gooien en de rest van je leven aan auto's kunnen sleutelen. Maar je bent naar de politieakademie gegaan. Weet je uit welke bijvakken ik kon kiezen? Kinderpsychologie of huishoudelijke economie. Geen van beide interesseerde me ook maar ene moer.'

'Ik wou dat ik je niet weer had gezien.'

Ik voelde mijn glimlach verbleken. 'Nou, dat spijt me. Mijn schuld.' Ik zag dat we elkaar weer te lang hadden zitten aankijken, dus stond ik op en klopte de grassprieten van mijn spijkerbroek. 'Ik moet gaan.'

Hij stond ook op en we namen stuntelig afscheid. Nadat ik een paar stappen van hem weg was gelopen, keek ik om en zag hem teruglopen naar het politiebureau. Toen vervolgde ik mijn weg terug naar mijn kantoor, om mij opnieuw aan de kwestie Henry Pitts te wijden. Al lopend bedacht ik dat het nergens op sloeg om eerst met Rosie te gaan praten, dat ik gewoon naar de politie moest gaan en Lila aangeven. Ze was al meer dan twintig jaar 'n bedriegster en ze zou heus niet nu opeens haar leven beteren en Henry in hun levensavond gelukkig maken. Ze zou hem uitkleden en alsnog zijn hart breken. Wat deed het ertoe hoe ze gesnapt werd of wie haar aangaf? Ik moest het maar liever meteen doen voor ze hem zijn laatste cent aftroggelde. Toen ik op de hoek van Floresta Street en Anaconda Avenue aankwam, sloeg ik vastberaden linksaf en beende op het politiebureau af.

HOOFDSTUK VIERENTWINTIG

Ik bracht een uur en drie kwartier door op het politiebureau. Gelukkig was de afdeling Fraude mijlenver van Vermiste Personen verwijderd, dus hoefde ik me geen zorgen te maken dat ik Jonah nogmaals tegen het lijf zou lopen. Toen ik arriveerde was Whiteside net met lunchpauze en toen hij terugkwam, moest hij naar een vergadering. Toen ik hem uiteindelijk vertelde waar het om ging, moest hij eerst New Mexico bellen, naar het plaatsje waar drie van de aanhoudingsbevelen waren uitgevaardigd. Terwijl hij op bevestiging wachtte, belde hij de sheriff van Marin County ten noorden van San Francisco om bevestiging op te vragen voor een aanhoudingsbevel zonder borgsom dat aldaar was uitgevaardigd. Een vijfde aanhoudingsbevel in Boise in Idaho bleek betrekking te hebben op een te onbeduidend vergrijp om het voor de plaatselijke fraude-afdeling de moeite waard te maken haar op te komen pakken. Het zesde bevel, uit Twin Falls, was om onduidelijke redenen herroepen. Tot dusver zag het ernaar uit dat Lila Sams de dans zou ontspringen.

Om tien voor half vier belde de sheriff van Marin County eindelijk terug ter bevestiging dat hun arrestatiebevel ook werkelijk geen borgsom toestond en dat iemand haar zou komen halen zodra ze bericht hadden dat ze ook werkelijk opgepakt was. Hun medewerking hadden we grotendeels te danken aan het feit dat iemand van hun bureau op dat moment in Santa Teresa vakantie hield en zich bereid had verklaard haar naar Marin terug te brengen. Whiteside zei dat hij zodra hij de telex met de bevestiging had, een agent erop af zou sturen om de arrestatie te verrichten. Het was niet eens nodig het bevel als zodanig in de hand te hebben, maar hij had geloof ik inmiddels wel door dat zij een glad aaltje was. Ik gaf hem Moza's adres, mijn adres, en een grondige persoonsbeschrijving van Lila Sams.

Om tien over half vier was ik weer thuis. Henry zat in de ach-

215

tertuin languit op een tuinstoel, omgeven door boeken. Toen ik om het huis heen kwam lopen, keek hij op van zijn schrijfbloc. 'O, ben jij 't,' zei hij. 'Ik dacht even dat 't Lila was. Ze zei dat ze voor ze vertrok nog even langs zou komen om afscheid te nemen.'

Daar keek ik van op. 'Gaat ze dan weg?'

'Nou, niet echt "weg". Ze gaat 'n paar dagen naar Las Cruces, maar ze hoopt tegen 't eind van de week terug te zijn. Er was iets aan de hand met een van haar huizen daar en ze moet ingrijpen. Verdomde vervelend, maar ja, wat moet je?'

'Ze is toch nog niet vertrokken, of wel?'

Hij keek op zijn horloge. 'Dat dacht ik niet, nee. Haar vliegtuig vertrekt om 'n uur of vijf. Ze zei dat ze nog even naar de makelaar moest en dan 'n koffertje zou pakken. Wilde je haar soms spreken?'

Ik schudde mijn hoofd, niet in staat hem te vertellen wat hij nu toch hoognodig moest weten. Ik zag dat hij bezig was met een nieuw kruiswoordraadsel, en aantekeningen zat te maken. Hij keek met een verlegen lachje naar me op toen hij me over zijn schouder zag kijken. 'Dit raadsel is speciaal voor de Sherlock Holmes-liefhebbers onder m'n klantjes,' zei hij. Hij legde het bloc weg, als voelde hij zich opgelaten dat iemand hem bij zijn werkzaamheden gadesloeg. 'Zo, en hoe staat 't leven voor jou?'

Hij was zo onschuldig, deze man die alleen in zijn hartstochtelijke liefde voor woorden uitgekookt was. Hoe kon ze 'n dergelijke man te grazen nemen?

'Ik ben op iets gestuit waarvan je maar beter weet kunt hebben,' zei ik. Ik legde de computeruitdraai voor hem open.

Hij bezag de uitdraai. 'Wat is dit?'

Zijn oog was duidelijk op Lila's naam gevallen, want opeens staarde hij strak naar het papier. De feiten drongen tot hem door en alle kleur verdween uit zijn gezicht. Toen hij de lijst had gelezen, maakte hij een hulpeloos gebaar. Hij bleef even stil en keek toen naar me op. 'Nou, ik sta goed voor gek, hè?'

'Ach wat Henry, dat is onzin. Zo zie ik dat helemaal niet. Je hebt 't erop gewaagd en 'n tijdlang van haar gezelschap genoten. Goed, uiteindelijk blijkt ze 'n dievegge. Dat is jouw schuld niet.'

Hij staarde naar het papier als een jochie dat net leert lezen. 'Hoe kwam je erbij navraag te doen ?'

Misschien had ik een tactvolle uitleg moeten geven, maar ik kon nergens opkomen. 'Om je eerlijk de waarheid te zeggen, mocht ik haar meteen al niet. Ik was bezorgd, vooral toen jij erover begon dat jullie samen beleggingen gingen doen. Ik had domweg niet 't gevoel dat 't zuivere koffie was en nu blijkt dat ik gelijk had. Je hebt haar toch nog geen geld gegeven, of wel?'

Hij vouwde de uitdraai op. 'Ik heb vanochtend m'n spaar-rekening leeggehaald.'

'Hoeveel?'

'Twintigduizend dollar in contanten,' zei hij. 'Lila zei dat ze die naar de makelaar zou brengen. De bankmanager heeft me nog zo op 't hart gedrukt er eerst nog 's over na te denken, maar ik dacht dat hij me betuttelde. Ik zie nu wel dat dit niet het geval was.' Er was een uiterst formele toon in zijn uitleg ge-slopen en ik kon wel janken.

'Ik ga naar Moza om te zien of ik haar nog op kan vangen voor ze ervandoor gaat. Kom je mee?'

Hij schudde zijn hoofd, met tranen in de ogen. Ik draaide me op mijn hak om en rende weg.

Ik liep hard tot ik bij Moza was. Een taxi kwam traag aan-rijden en ik zag de chauffeur de straatnummers afturen. We kwamen tegelijk bij Moza's voordeur. Hij kwam tot stilstand bij de trottoirband. Ik liep naar het portier aan de rechterkant en tuurde door het open raampje naar binnen. De man had een gezicht als een strandbal van mensenvlees.

'Was die taxi voor jou?'

'Ja, voor Lila Sams.'

Hij keek op zijn lijst. 'Klopt. Heb je bagage, moet ik helpen?'

'Tsja, weet u, eigenlijk heb ik geen taxi meer nodig. M'n buur-vrouw zei dat zij me wel naar 't vliegveld kon brengen. Ik heb de centrale nog gebeld maar kennelijk heeft die u niet meer op tijd kunnen bereiken. 't Spijt me.'

Hij keek me duister aan en streepte toen met een geprikkelde zucht het adres op zijn lijst door. Hij schakelde nijdig en reed hoofdschuddend weg. Hij was theatraal genoeg om in een toneelstuk voor taxichauffeur te spelen.

Ik rende Moza's tuin door en vloog de treetjes naar haar voordeur met twee tegelijk op. Ze stond in de deuropening zorgelijk de wegrijdende taxi na te kijken. 'Wat heb je tegen die man gezegd? Dat was Lila's taxi. Ze moet naar 't vliegveld.'

'Meen je dat nou? Hij zei dat hij 't verkeerde adres had. Volgens mij moest hij bij Zollinger zijn, om de hoek.'

'Laat ik dan maar 'n ander bedrijf bellen. Ze heeft al 'n half uur geleden 'n taxi besteld. Straks mist ze dat vliegtuig nog.'

'Misschien kan ik helpen,' zei ik. 'Is ze nog binnen?'

'Kinsey, je maakt toch geen stennis? Dat wil ik niet hebben, hoor.'

'Niks stennis,' zei ik. Ik liep door de woonkamer en de gang. De deur van Lila's kamer stond open.

Al haar persoonlijke eigendommen waren verdwenen. Een van de laden waarachter ze haar vervalste persoonsbewijs had geplakt stond bovenop de ladenkast, maar er zat nu alleen nog een stuk van het plakband op de achterkant. Een van haar koffers was gepakt en stond naast de deur. Een andere lag open op het bed, half vol met een wit plastic tasje ernaast.

Lila stond met haar rug naar me toe en pakte net een stapel kleren op. Ze droeg een polyester broekpak dat haar niet flatteerde. Haar achterste zag eruit als een schuimrubber kussen. Ze draaide zich om en zag mij staan. 'O gut, ik schrik me 'n hoedje. Ik dacht dat 't Moza was. Wat kom jij hier doen?'

'Ik hoorde dat je wegging. Ik dacht dat ik misschien kon helpen.'

Er verscheen heel even een onzekere blik in haar ogen. Haar plotselinge vertrek was hoogstwaarschijnlijk het gevolg van mijn telefoongesprek met haar trawanten de avond tevoren. Misschien had ze wel vermoed dat ik het geweest was, maar zeker wist ze dat niet. Ik voor mijn part wilde haar alleen maar aan de praat houden tot de politie kwam. Ik had helemaal geen zin een confrontatie met haar aan te gaan. Wist ik veel, misschien was ze in staat een lief klein pistooltje te trekken of me met oude dames-karate tegen de vlakte te slaan.

'Ze wierp een blik op haar horloge. Het was nu bijna vier uur. De rit naar het vliegveld was twintig minuten en ze moest er om half vijf zijn, wilde ze haar reservering niet op het spel zetten. Dus had ze nog tien minuten. 'O hemeltjelief, ik begrijp werkelijk niet waar die taxi blijft. Misschien zou jij me naar 't vliegveld kunnen brengen,' zei ze.

'Maar natuurlijk,' zei ik. 'Mijn auto staat bij Henry. Hij zei dat je nog langs zou komen om afscheid te nemen.'

'Ja, als ik tijd had, natuurlijk. Die lieve schat.' Ze legde de arm vol kleren in de koffer en keek rond of ze niets vergeten was.

'Heb je niets in de badkamer laten staan? Shampoo? Gewassen spulletjes?'

'O ja, ik geloof van wel. Ik ben zo terug.' Ze liep langs me heen naar de badkamer.

Ik wachtte tot ze de kamer uit was en pakte toen haar tas. Ik maakte die open en vond een dikke gele envelop met Henry's naam erop. Ik haalde het elastiekje eraf en keek wat erin zat. Bankbiljetten. Ik knipte haar tas weer dicht en stopte de envelop achterin mijn broek onder mijn shirtje. Ik nam aan dat Henry haar niet eens zou willen aanklagen en ik moest er niet aan denken dat de politie dat geld vast zou houden als bewijsmateriaal. Op die manier zou het eeuwen kunnen duren voor hij zijn geld terug zag. Ik trok net mijn T-shirt over de bobbel op mijn rug toen ze met haar shampoo, douchemuts en handcrème terugkwam. Ze stopte een en ander langs de randen van de koffer en klapte die toen dicht.

'Wacht, laat mij die nou maar dragen,' zei ik. Ik sleepte de koffer van het bed af en pakte ook de andere op, waarna ik als een pakezel de gang opliep. Moza stond daar, handenwringend van de zenuwen.

'Zal ik een van die koffers nemen?' zei ze.

'Nee hoor, niet nodig.'

Ik liep op de deur af, gevolgd door Moza en Lila. Ik hoopte maar dat die politielui opschoten. Lila en Moza babbelden nog wat, en Lila bleef maar beweren dat ze over 'n paar daagjes terug zou zijn. Jaja, nou die was niet van plan zich hier ooit nog te vertonen.

Toen we bij de voordeur waren, liep Moza me voorbij om de hordeur voor me open te houden. Een patrouillewagen kwam voorrijden. Ik was bang dat Lila die te snel in de gaten zou hebben en naar de achterdeur zou rennen.

'Heb je die schoenen onder 't bed wel gepakt?' vroeg ik haar over mijn schouder. Ik bleef in de deuropening staan, haar het uitzicht versperrend.

'Gut, ik dacht van wel, ik zag ze niet meer staan.'

'Dan zul je ze wel hebben, he,' zei ik.

'Nou nee, laat ik toch nog maar even kijken.' Ze rende terug naar de slaapkamer, en ik zette de beide koffers op de veranda neer.

Moza staarde ondertussen verbijsterd naar de politie-auto. Twee agenten in uniform waren uitgestapt en kwamen het trottoir op, een mannelijke en een vrouwelijke agent. Geen van beiden droeg een pet of uniformjasje; in Santa Teresa streeft men ernaar het autoritaire beeld van de politie te doorbreken, maar dit tweetal zag er evengoed onheilspellend uit. Moza dacht vast dat haar gras te lang was of haar televisietoestel te hard aanstond.

Ik liet haar aan haar lot met het tweetal over ten einde Lila op zo'n manier weer naar de voordeur te lokken dat ze de politie-agenten niet te snel zou opmerken en een vluchtpoging door de achterdeur zou ondernemen. 'Lila, je wagen staat voor,' riep ik.

'Godzijdank,' zei ze en kwam naar voren lopen. 'Ik heb niets onder 't bed gevonden maar ik had nota bene m'n reispapieren op de toilettafel laten liggen, dus 't is maar goed dat ik nog even ben gaan kijken.'

Toen ze bij de voordeur aankwam, vatte ik post achter haar. Ze keek op en zag de politielui.

De man heette volgens zijn naambordje G. Pettigrew. Hij was zwart, ergens in de dertig, met stevige armen en een brede borstkast. Zijn partner, M. Gutierez, was bijna even fors uit de kluiten gewassen als hij.

Pettigrew nam Lila op. 'Bent u Lila Sams?'

'Ja.' Ze wist grenzeloze verbijstering in die ene lettergreep te leggen en keek met haar ogen knipperend naar hem op. Haar lichaam kreeg als bij toverslag een ouder, gezetter aanzien.

'Kunt u alstublieft de veranda op komen?'

'Maar natuurlijk, al heb ik geen idee waar dit over gaat.' Lila deed een greep naar haar tasje, maar Gutierrez hield haar tegen en keek het tasje snel na om te controleren of er wapens in zaten.

Pettigrew vertelde Lila dat ze onder arrest was, en las haar haar rechten in deze situatie voor van een kaartje dat hij voor zijn neus hield. Ik kon zien dat hij dit al honderden keren had gedaan en heel dat kaartje niet nodig had, maar hij las het toch voor, opdat niemand later zou kunnen beweren dat het arrest niet volgens het boekje was verlopen.

'Wilt u zich alstublieft omdraaien, met uw gezicht naar de muur?'

Lila gehoorzaamde en Gutierrez fouilleerde haar, waarna ze haar een paar handboeien aandeed. Lila barstte in een meelijwekkend gejammer los. 'Maar wat heb ik dan gedaan? Ik heb niets gedaan. Dit is allemaal 'n vreselijke vergissing.' Haar wanhoop leek op Moza over te slaan.

'Maar agent, wat is er aan de hand?' zei Moza. 'Deze dame is mijn huurster. Ze heeft niets verkeerds gedaan.'

'Mevrouw, mag ik u verzoeken een stapje achteruit te doen. Zodra we op het bureau zijn, mag Mrs. Sams contact opnemen met een advocaat.' Pettigrew legde een hand om Lila's elleboog maar ze rukte zich los en begon te gillen: 'Help! Nee, laat me los! Help!'

De beide agenten pakten haar elk bij een arm en marcheerden met haar de veranda af, maar Lila's schrille kreten lokten inmiddels nieuwsgierige buren hun veranda's op. Ze liet zich slap worden als een ledenpop en draaide haar gezicht met een meelijwekkende uithaal naar Moza om. Ze wisten haar de politiewagen in te krijgen, waarbij ze haar voeten moesten oplichten om haar op de achterbank te deponeren. Lila had het klaargespeeld de indruk te wekken dat ze door de Gestapo

werd opgepakt en niemand ooit nog wat van haar zou ver-
nemen, aangezien ze nu de Nazi's in handen was gevallen.
Agent Pettigrew pakte hoofdschuddend haar bagage bij elkaar, die nu her en der verspreid stond, en legde die in de
achterbak.

De buurman voelde zich geroepen zich ermee te bemoeien en
ik zag hem Pettigrew toespreken terwijl Gutierez het bureau
belde en Lila op de achterbank tekeer ging en naar het raampje
tussen zichzelf en Gutierez klauwde. Tenslotte nam Pettigrew
plaats achter het stuur en vertrok de wagen.

Moza was doodsbleek en wendde mij haar lijkwitte gezicht
toe. 'Dit heb jij op je geweten! Wat heb je in vredesnaam gedaan? Dat arme vrouwtje!'

Maar ik zag Henry verderop staan. Zelfs op deze afstand kon
ik zien dat zijn gezicht strak stond van verbijstering. Hij stond
stram en stijf onze richting uit te staren. 'Ik leg 't je later wel
uit, Moza,' zei ik en rende op hem af.

HOOFDSTUK VIJFENTWINTIG

Tegen de tijd dat ik thuis aankwam, was Henry nergens te bekennen. Ik haalde de envelop uit mijn tailleband en klopte aan zijn achterdeur. Hij deed open. Ik hield hem de envelop voor en hij pakte die aan. Hij wierp een blik op de inhoud en keek mij toen onderzoekend aan, maar ik gaf geen uitleg hoe ik eraan was gekomen en hij stelde geen vragen.

'Dank je.'

'We praten later wel,' zei ik en hij deed de deur weer dicht. Ik zag nog net de pot suiker en zak bloem op zijn aanrecht staan. Hij was aan de slag gegaan, had zich ondergedompeld in het werk waarin hij zich thuisvoelde om zijn pijn te verwerken. Ik had vreselijk met hem te doen maar ik moest hem nu gewoon de tijd geven om dit in zijn eentje uit te zoeken. God, wat een onverkwikkelijke geschiedenis. Ondertussen moest ik weer aan het werk.

Ik ging mijn eigen woning binnen en keek in de telefoongids of Kelly Borden erin stond. Als Bobby in dat oude ziekenhuis die revolver had gezocht, dan wilde ik dat ook nog eens proberen, en ik had het idee dat Kelly me misschien kon vertellen waar ik het beste kon beginnen. Hij stond niet in de telefoongids. Ik belde informatie en probeerde het nummer van het oude ziekenhuisgebouw op te vragen maar dat was kennelijk niet in het bestand opgenomen en de telefoniste deed stompzinnig en hielp me niet verder. Als hij van zeven tot drie uur werkte, zou hij daar trouwens nu toch niet meer zijn. Verdorie. Ik zocht het nummer van het Santa Teresa Hospital op en belde dr. Fraker. Zijn secretaresse Marcy zei dat hij 'even weg' was (met andere woorden, hij was naar de plee) maar dat hij zo terug zou komen. Ik vertelde haar dat ik met Kelly Borden wilde praten en vroeg naar zijn adres en telefoonnummer.

'Gut, dat kan ik niet zomaar geven,' zei ze. 'Ik neem aan dat ik je dat wel van dr. Fraker mag vertellen, maar ik moet echt eerst zijn toestemming vragen.'

'Nou, ik moet toch die kant uit, dus dan kom ik over 'n minuut of tien wel langs,' zei ik. 'Zorg alsjeblieft dat hij niet naar huis gaat voor ik er ben.'

Ik reed naar St. Terry's. Parkeren bleek om deze tijd niet makkelijk, dus zette ik mijn auto een eind verderop. Ik ging door de achterdeur naar binnen en wist na enig zoeken de lift naar de kelder te vinden.

Toen ik op Pathologie aankwam, was dr. Fraker al weer weg, maar Marcy had hem verteld dat ik langs zou komen en hij had haar gezegd dat ze mij maar naar hem toe moest brengen. Ik liep achter haar aan door het laboratorium en trof hem tenslotte, in zijn groene operatiekledij, aan bij een werktafel van roestvrij staal met een afvoer, afvalmolen en weegschaal. Hij stond kennelijk op het punt ergens het mes in te zetten en ik betreurde het feit dat ik net op dit moment binnenkwam.

'Ik wil u werkelijk niet storen,' zei ik. 'Het gaat me alleen maar om Kelly Bordens adres en telefoonnummer.'

'Ga er even bij zitten,' zei hij en wees op een houten kruk aan het andere uiteinde van het werkblad. Toen zei hij tegen Marcy: 'Zoek die gegevens even voor Kinsey op, dan houd ik haar zolang wel bezig.'

Zij vertrok en ik schoof de kruk aan en ging zitten.

Voor het eerst zag ik waar Fraker mee bezig was. Hij had operatiehandschoenen aan en een scalpel in de hand. Hij had een bakje van wit geplastificeerd karton op het werkblad staan, van het soort waarin je bij de Chinees een afhaalmaaltijd haalt. Onder mijn toeziend oog, haalde hij een kluit glinsterende organen te voorschijn en begon die met een enorm pincet uiteen te plukken. Tegen mijn wil bleef mijn blik aan dat hoopje mensenvlees hangen. Gedurende ons gesprek bleef hij kleine stukjes van elk van de verschillende organen afsnijden.

Ik voelde mijn mond vertrekken van walging. 'Wat heeft u daar?'

Hij wierp me een vriendelijke, onpersoonlijke, vermaakte blik toe. Hij wees met zijn pincet de brokken vlees één voor één aan, waarbij hij ze aanraakte. Ik verwachtte haast dat die stukken het pincet zouden proberen te ontduiken, net als levende slak-

224

ken, maar niets bewoog. 'Nou, 's even kijken – dat is 'n hart, lever, long, milt, galblaas. Deze figuur overleed opeens op de operatietafel en niemand snapt waarom.'

'En dat kunt u zo vaststellen?'

'Tsja, niet altijd, maar ik denk dat we hier wel uitkomen,' zei hij.

Ik had het sterke vermoeden dat ik nooit meer op dezelfde manier tegen stooflapjes aan zou kijken. Ik kon mijn ogen niet van dat lillende vlees afhouden dat ooit deel had uitgemaakt van een levend mens. Zo hij zich er al van bewust was hoe afgrijselijk gefascineerd ik door zijn bezigheden was, dan liet hij dat niet blijken, dus probeerde ik er maar even nonchalant over te doen als hij.

Hij keek mij aan. 'Wat heeft Kelly Borden hiermee te maken?'

'Dat weet ik nog niet zeker,' zei ik. 'Soms moet ik heel wat dingen uitspitten die uiteindelijk niets met de zaak te maken blijken te hebben. Misschien is dat te vergelijken met wat u nu doet – 't is een kwestie van alle mogelijkheden bekijken voor je een theorie vormt.'

'Ik vermoed dat we hier toch wel iets wetenschappelijker te werk gaan,' merkte hij op.

'Ongetwijfeld,' zei ik. 'Maar ik heb één voordeel vergeleken met u in uw werk,' zei ik.

Hij hield even op met zijn werk en keek mij aan met voor het eerst iets van heuse belangstelling in zijn blik.

'Ik heb de man gekend wiens dood ik onderzoek en ik voel me persoonlijk bij deze zaak betrokken. Ik ben woedend dat dit hem is overkomen. Ziekte is onpersoonlijk, en dat is moord geenszins.'

'Ik denk dat je gevoel voor Bobby eerder je oordeel vertroebelt. Zijn dood was 'n ongeluk.'

'Misschien. Of misschien kan ik Moordzaken ervan overtuigen dat hij is overleden aan de gevolgen van een poging tot moord die iemand negen maanden geleden heeft ondernomen.'

'Tsja, áls je dat kunt bewijzen,' zei hij. 'Tot dusver heb ik niet de indruk dat je veel bewijsmateriaal hebt kunnen vinden.

Daarin verschilt jouw werk van 't mijne. Ik kan hoogstwaarschijnlijk mijn conclusies trekken zonder zelfs dit vertrek maar te verlaten.'

'Daar benijd ik u om,' zei ik. 'Ik wil alleen maar zeggen dat 't in mijn ogen geen twijfel lijdt dat Bobby vermoord is, maar ik heb geen idee wie 't gedaan heeft en misschien vind ik wel nooit m'n bewijzen.'

'Dan sta ik er echt stukken beter voor dan jij,' zei hij. 'Ik kan meestal met volslagen zekerheid mijn conclusies trekken. 'Een enkele keer zit ik met m'n handen in 't haar, maar dat overkomt me niet vaak.'

'Dan heeft u geluk.'

Marcy kwam terug met Kelly's adres en telefoonnummer op een papiertje, dat ze mij gaf.

'Ik geef er de voorkeur aan te zeggen dat ik talent heb,' zei hij droogjes. 'Nou, ik zal je maar niet ophouden. Laat me weten als je ergens achter komt.'

'Afgesproken. En bedankt,' zei ik, met het papiertje wapperend.

Het was inmiddels vijf uur. Ik vond een telefooncel in de foyer en draaide Kelly's nummer.

Hij nam vrijwel meteen op. Ik vertelde hem met wie hij sprak en hielp hem herinneren dat ik degene was die dr. Fraker hem eerder had voorgesteld.

'Ja, ik weet nog wie je bent.'

'Hoor 's,' zei ik, 'kan ik misschien langskomen om met je te praten? Ik wil iets met je natrekken.'

Hij aarzelde even, maar zei toen: 'Best. Weet je waar ik woon?'

Kelly woonde in het westelijke deel van de stad, niet ver van het ziekenhuis, aan Castle Street. Ik reed erheen, parkeerde voor een groot huis en liep langs een lang voetpad naar een klein houten bijgebouwtje in de achtertuin. Zijn woning was waarschijnlijk net als de mijne vroeger een garage geweest.

Toen ik om een bosje struiken heenliep, zag ik hem op zijn stoep een stickie zitten roken. Hij droeg zijn haar nog steeds in die keurige vlecht, en zijn baard en snor zagen er op de een of andere manier grijzer uit dan ik me herinnerde. Hij zat er uiterst ontspannen bij, maar uit de blik in zijn ogen, die zeegroen waren, kon ik niets opmaken. Hij hield mij zijn stickie voor, maar ik bedankte.

'Kan 't zijn dat ik je op Bobby's begrafenis heb gezien?' vroeg ik.

'Ja, dat kan. Ik heb jou in elk geval wel gezien.' Hij richtte een verontrustende blik op me. Waar had ik de kleur van die ogen eerder gezien? In een zwembad waarin een dode man had gedreven, een waterlelie gelijk. Dat was vier jaar geleden geweest, een van mijn allereerste zaken.

'Daar staat 'n stoel als je tijd hebt om te gaan zitten.' Hij wist die zin uit te brengen zonder uit te ademen, zodat hij de rook in zijn longen kon houden.

Ik keek om me heen en zag een oude houten tuinstoel staan, die ik aanschoof. Toen haalde ik het adresboekje uit mijn tas en hield dat hem, opengeslagen op het achterblad, voor. 'Enig idee wie dit is? 't Is niet 'n nummer van hier.'

Hij wierp een blik op de potloodkrabbel en keek mij toen aan. 'Dus je hebt 't proberen te draaien?'

'Jazeker; én ik heb 't nummer van de enige Schwarzmann die in de gids staat gedraaid, maar dat is niet meer aangesloten. Hoe zo? Weet jij wie dit is?'

'Ik ken dat nummer, alleen is 't geen telefoonnummer. Bobby heeft 't verbindingsstreepje verschoven.'

'Waar slaat 't op? Ik snap 't niet.'

'Die eerste twee cijfers staan voor de gemeente Santa Teresa. De laatste vijf zijn 'n code van ons lijkenhuis. Dit is 't kengetal van een stoffelijk overschot in ons lijkenhuis. Ik zei je toch dat we er twee al jarenlang in bewaring hadden? Nou, dit is Franklin.'

'Maar waarom heeft hij hem onder de naam Schwarzmann vermeld?'

Kelly keek me glimlachend aan en nam een stevige trek aan zijn stickie voor hij me antwoord gaf. 'Franklin is zwart. Schwarz. 'n Zwarte man – Schwarzmann. Kennelijk 'n grapje van Bobby.'

'Weet je dat zeker?'

'Redelijk zeker. Als je me niet gelooft, ga dan zelf maar kijken.'
'Ik heb de indruk dat hij daarginds 'n revolver probeerde te vinden. Heb je enig idee waar hij zou zijn begonnen?'
'Nee, 't is een enorm gebouw. Ze hebben daar zeker tachtig, negentig vertrekken die al in geen jaren gebruikt zijn. Daar kun je wel wat verstoppen. Bobby had alleen dienst. Hij kon overal rondkijken, zolang niemand merkte dat hij niet op z'n plek was.
'Tsja, dan moet ik 't maar op goed geluk proberen. Bedankt voor je hulp.'
'Graag gedaan.'

Ik reed terug naar mijn kantoor. Kelly Borden had me verteld dat een jongen die Alfie Leadbetter heette van drie tot elf dienst had in het lijkenhuis. Hij was met hem bevriend en zei dat hij wel wilde bellen om Alfie te laten weten dat ik langs zou komen.
Ik haalde mijn typemachine weer te voorschijn en maakte een aantal aantekeningen. Wat betekende dit? Wat had het stoffelijk overschot van een zwarte man te maken met de moord op Dwight Costigan waarmee zijn gewezen vrouw gechanteerd werd?
De telefoon ging en ik nam als een robot aan, met mijn gedachten nog bij dit vraagstuk. 'Hallo?'
'Kinsey?'
'Ja.'
'Ik dacht even dat jij 't niet was. Met Jonah. Neem jij altijd zo de telefoon aan?'
Ik kwam bij mijn positieven. 'Jezus, neem me niet kwalijk. Zeg 't eens.'
'Ik heb iets gehoord dat je misschien interesseert. Over dat ongeluk van Callahan.'
'Vertel op.'
'Ik sprak zo net 'n collega bij Verkeerszaken en die zei dat ze vanmiddag op 't lab die auto nog 's bekeken hebben. De remmen waren zo onklaar als maar kon. Moordzaken neemt 't nu over.'

Ik stond met mijn oren te klapperen, net als eerder die middag toen ik uiteindelijk hoorde wat de relevantie van de naam Schwarzmann was. 'Wat?'

'Je vriend Bobby Callahan is vermoord,' zei Jonah geduldig. 'Zijn remmen waren onklaar gemaakt, en hij is op die boom gebotst doordat hij bij die bocht niet meer kon afremmen.'

'Maar uit de autopsie bleek dat hij 'n beroerte had gehad.'

'Misschien kreeg hij 'n beroerte toen hij besefte wat hem overkwam. Dat zou heel goed kunnen.'

'Juist.' Een paar tellen lang had ik Jonah niets te zeggen en hoorde hij alleen maar mijn adem in zijn oor. 'Hoe lang duurt dat?'

'Het werkje zelf of voor de remvloeistof opraakt?'

'Allebei, nu je 't zegt.'

'Nou, je hebt de remmen in 'n minuut of vijf door. Dat is niet zo'n klus, als je maar weet waar je moet zijn. Dat van de remvloeistof, dat hangt ervan af. Het kan best dat hij nog 'n paar keer op de rem heeft getrapt voor die 't liet afweten, en toen was 't mis.'

'Dus dat moet die avond gebeurd zijn?'

'Ja, anders was hij niet ver gekomen.'

Ik zweeg, en dacht aan dat bericht dat Bobby op mijn apparaat had ingesproken. Op de avond van zijn dood was hij bij Kleinert langs geweest. En ik bedacht dat Kleinert daar zelf ook iets van had gezegd.

'Ben je daar nog?'

'Jonah, ik weet niet wat ik hiervan moet denken,' zei ik. 'Deze zaak neemt eindelijk vorm aan, maar ik kom er nog steeds niet uit.'

'Zal ik langskomen? We kunnen 't samen doorspreken.'

'Nee, nog niet. Ik moet alleen zijn. Mag ik je later bellen als ik meer weet?'

'Tuurlijk. Je hebt m'n privé-nummer nog wel, hè?'

'Geef 't me toch nog maar 's,' zei ik en schreef het op.

'Zeg, tante,' zei hij. 'Beloof je me dat je niks stoms doet?'

'Hoe kan ik nou iets stoms doen als ik niet eens weet wat er aan de hand is,' zei ik. 'Bovendien is "stom" 'n kwalificatie achter-

af. Op't moment zelf denk ik altijd dat ik reuze slim ben.'
'Jezus nog toe, je weet wat ik bedoel.'
Ik lachte. 'Ja ja, je hebt gelijk. En ik beloof je dat ik je zal bellen zodra ik iets heb. Heus, ik streef er absoluut naar heelhuids uit m'n zaken te komen.'
'Nou,' zei hij stuurs, 'dat is tenminste wat, maar ik moet 't eerst zien.'
We namen afscheid en hij hing op. Ik hield de hoorn aan mijn oor en draaide Glens nummer. Ik vond dat zij hiervan moest weten en ik wist niet zeker of de politie haar dit nu al zou door- geven, te meer daar ze op dit moment even weinig antwoorden hadden als ik.
Ze nam de telefoon aan en ik vertelde haar wat er gaande was, inclusief dat verhaal over Schwarzmann in Bobby's adres- boekje. Noodgedwongen vertelde ik haar ook wat ik van die chantage wist. Waarom ook niet? Dit was er niet het moment naar om geheimpjes te bewaren. Ze wist al dat Nola en Bobby een verhouding hadden gehad, dus liet ik haar ook maar weten wat hij voor Nola had willen doen. Ik was zelfs zo vrij gewag te maken van Sufi's rol in het geheel, al was ik daar nog niet echt zeker van. Ik koesterde de verdenking dat zij een tussenper- soon was geweest, die berichten tussen Nola en Bobby had overgebracht, en Bobby misschien wel raad had proberen te geven toen zijn hartstocht met zijn jeugdige ongeduld in aan- varing kwam.
Ze was even stil, net als ik toen ik hier achter kwam. 'En nu?'
'Ik ga morgen met Moordzaken praten. Ik wil ze alles vertellen wat ik weet, dan kunnen zij de rest doen.'
'Pas ondertussen op jezelf,' zei ze.
'Reken maar.'

HOOFDSTUK ZESENTWINTIG

Het zou nog anderhalf uur duren voor het donker werd, toen ik bij het oude ziekenhuis aankwam. Naar het aantal vrije parkeerplaatsen te oordelen, was het personeel al naar huis. Kelly had me verteld dat er een extra parkeerplaats achter was waarvan de schoonmakers 's avonds gebruik maakten, maar ik had geen zin om zo ver weg te parkeren. Ik zette mijn auto op een plekje zo dicht mogelijk bij de ingang. Ik merkte op dat links voor me een fiets met een ketting aan een rek was vastgezet. Het was een oud beestje waar iemand voor de grap een soort nummerbord achterop had bevestigd, met het opschrift 'Alfie'. Kelly had me verteld dat het gebouw doorgaans om zeven uur op slot ging maar dat Alfie me als ik aanbelde wel via de intercom zou binnenlaten.

Ik pakte mijn zaklantaarn en mijn lopers en sleutelhaken, en trok snel een sweatshirt aan over mijn dunne shirtje. Ik wist nog goed hoe kil het daarbinnen was en na zonsondergang was het ongetwijfeld ijzig. Ik deed mijn auto op slot en liep op de ingang af.

Ik bleef bij de dubbele deuren staan en drukte op een bel rechts van me. Even later hoorde ik een zoemtoon, de deuren gingen van het slot en ik liep naar binnen. In de foyer vielen nu al langgerekte schaduwen en ik moest aan een verlaten treinstation in een futuristische film denken. Er heerste een zekere ouderwetse elegantie: marmeren vloeren, hoge plafonds, prachtig eikenhout, duidelijk een overblijfsel uit de jaren twintig, toen dit gebouw was verrezen.

Ik liep de foyer door en keek onderweg naar het bord dat aangaf wie op welke verdieping kantoor hield. Onwillekeurig viel mijn oog op een naam. Ik bleef staan en keek nog eens. Leo Kleinert had hier een kantoor, iets dat ik niet had geweten. Was Bobby helemaal hier heen gekomen voor zijn wekelijkse psychiatrische sessies? Ik ging de trap af en hoorde mijn voetstappen op de treden. Net als voorheen voelde ik de temperatuur dalen, als dook ik in de koele wateren van een meer onder. Hier beneden was het donkerder, maar achter de glazen deur van het Mortuarium brandde licht, een helder rechthoekje in de duister wordende hal viel. Ik keek op mijn horloge. Het was nog niet eens kwart over zeven.

Ik tikte netjes op het ruitje en voelde toen aan de deurknop. De deur was niet op slot. Ik deed hem open en gluurde naar binnen.

'Hallo?'

Er was niemand te bekennen maar dat was vorige keer toen ik hier met dr. Fraker was ook zo geweest. Misschien was Alfie in de koelkamer waar de lijken opgeslagen waren.

'Halloooo!'

Geen antwoord. Hij had op een knop gedrukt om me binnen te laten, dus moest hij wel ergens zijn.

Ik trok de deur achter me dicht. Het fluorescerende licht was hard als winters zonlicht. Links van me was een deur. Ik liep erop af, klopte aan, deed hem open en zag een verlaten kantoor met een donkerbruine met kunstleer overtrokken bank. Misschien deden de mensen die nachtdienst hadden hier als er niets te doen was wel een dutje. Er stond een bureau en een draaistoel. Buiten het raam zag ik smeedijzeren siertralies en het daglicht werd door verwilderd struikgewas buitengehouden. Ik deed de deur dicht, liep naar de ijskoude kamer waar de lijken waren en gluurde naar binnen.

Alfie was nergens te bekennen. Binnen brandde licht, en de inwoners lagen op hun britsen van kunststof in hun eeuwige slaap gedompeld, roerloos, sommigen in lakens gewikkeld, sommigen in plastic, met zo te zien een soort plakband om hals en enkels gewonden. Om de een of andere reden moest ik aan de slaapzaal van een zomerkamp denken.

Ik liep terug naar de andere kamer en bleef daar een tijdje naar de autopsietafel zitten staren. Normaal gesproken zou ik in alle kastjes, laden en prullebakken rondsnuffelen, maar hier kwam dit me voor als een gebrek aan respect. Of misschien was ik bang dat ik op iets grotesks zou stuiten: bakken vol kunstgebitten, een weckfles waarin ogen ronddobberden. Ik weet niet wat ik dacht te vinden. Ik ging nerveus verzitten. Ik wist dat ik mijn tijd zat te verdoen. Ik liep naar de deur en keek de hal in, luisterde of ik iets hoorde. Niets.

'Alfie?' riep ik. Ik luisterde nogmaals, haalde toen mijn schouders op en trok de deur dicht. Ik bedacht dat ik nu ik hier toch was, in ieder geval maar moest controleren of dat nummer dat Bobby had opgeschreven ook werkelijk hetzelfde was dat aan Franklins teen bungelde. Dat kon geen kwaad. Ik pakte het adresboekje uit mijn tas en zocht het in potlood geschreven nummer op de achterkaft op. Toen liep ik de koelkamer weer in, ging van het ene lijk naar het andere, en keek naar de etiketten met hun persoonsgegevens. Het leek wel een uitdragerij – alleen stonden er nergens doorgestreepte oude prijzen met opmerkelijk lagere prijzen in rood eroverheen gekalkt.

Bij het derde lijk stuitte ik op het bewuste nummer. Kelly had gelijk gehad. Bobby had het streepje verschoven zodat het net een telefoonnummer leek. Ik staarde naar het lijk of wat ik daarvan kon zien. Het plastic waarin Franklin gewikkeld was, was doorzichtig maar begon te vergelen, met nicotine-achtige vlekken. Door de zak heen zag ik dat het een zwarte man van middelbare leeftijd en middelgroot postuur was. Hij was slank en had een verstard gezicht. Wat was zo belangrijk aan dit lijk? Ik voelde me steeds nerveuzer worden. Het zag er niet naar uit dat Alfie zou komen opdagen en ik vond het een enge gedachte dat iemand anders me hier bij mijn gesnuffel zou betrappen. Ik liep terug naar mijn stoel.

Vergeleken bij de lijkenkamer was de autopsiekamer warm. Ik kreeg een steeds sterkere neiging om zelf op verkenning uit te gaan. Ik kon het gewoon niet helpen, ik kreeg de zenuwen van de stilte en ik vond het ergerlijk dat er niemand ter plekke was om me te helpen. Dit was geen aangenaam oord. Normaal gesproken breng ik mijn avonden niet in lijkenhuizen door en ik vond het niet bepaald ontspannend.

Om mijn zenuwen tot bedaren te brengen nam ik een kijkje in een lade, om te zien wat ik in werkelijkheid zou aantreffen, vergeleken met de gruwelbeelden die mijn fantasie had opgeroepen. In deze lade zaten kladblokken, oningevulde bestelformulieren en andere paperassen. Met nieuwe moed trok ik de volgende lade open: kleine flesjes geneesmiddelen waarvan ik de namen niet kende. Ik trok steeds meer laden open. Alles had zo te zien betrekking op het ontleden van lijken – niet direct verrassend gezien de omgeving, maar wijzer werd ik er niet van.

Ik richtte me op en keek om me heen. Waar waren de dossiers? Iemand had gezegd dat hier oude gegevens over patiënten bewaard werden, maar waar dan wel? Op deze verdieping? Ergens op een van de bovenverdiepingen? Ik had weinig zin om in mijn eentje in dat verlaten gebouw rond te sluipen. Ik had mij deze onderneming voorgesteld met Alfie Leadbetter aan mijn zijde, die mij vertelde wat ik kon verwachten en waar ik moest zoeken. Ik was zelfs ten volle bereid geweest hem zonodig 'n briefje van twintig dollar toe te stoppen.

Ik keek op mijn horloge. Ik was hier nu drie kwartier en wilde nu weleens resultaten zien. Ik pakte mijn tas en liep de gang op. Ik keek naar rechts en naar links. Het werd hier beneden nu al donker, al kon ik door een raampje aan het einde van de gang zien dat het buiten nog licht was. Ik vond een lichtknop en deed het licht aan, waarna ik de gang doorliep en de witte bordjes op alle deuren las. Ik vroeg me af of Sufi Daniels hier ooit kwam.

Ergens in mijn achterhoofd bedelde iets om aandacht. Ik moest aan die kartonnen doos met Bobby's spullen denken. Wat had daar ook al weer in gezeten? Medische teksten en kantoorbenodigdheden en twee radiologie-handleidingen. Wat had hij daar eigenlijk mee aan gemoeten? Hij was nog niet eens met zijn studie begonnen en ik had geen idee waarom hij handleidingen nodig had voor apparatuur die hij waarschijnlijk nog in geen jaren zou gebruiken, zo dat ooit zou gebeuren. Hij had geen speciale belangstelling voor radiologie aan de dag gelegd.

Ik ging naar boven. Het kon geen kwaad die spullen nog eens te bekijken. Toen ik bij de voordeur aankwam, deed ik mijn sweatshirt uit en propte dat tussen de deur. Ik kon de deur met alle gemak van binnenuit open duwen, maar ik wilde niet dat hij achter me in het slot zou vallen. Ik liep naar mijn auto en sjorde de doos van de achterbank vandaan. Ik haalde de beide boeken over radiologie eruit en bladerde ze snel door. Dit waren technische handleidingen voor specifieke apparatuur, gegevens over peilglazen en wijzerplaten en knoppen, met fijnbesnaarde verhandelingen over belichtingstijden. Bovenaan een van de bladzijden was met potlood een nummer gekrabbeld, omgeven door krulletjes. Alweer Franklins nummer. De aanblik van dat inmiddels bekende nummer kwam me ijzingwekkend voor, net als de klank van Bobby's stem op mijn antwoordapparaat vijf dagen nadat hij was gestorven.

Ik stopte de beide boeken onder mijn arm en deed mijn auto weer op slot. De doos liet ik op de voorbank staan. Toen liep ik langzaam terug naar het gebouw. Ik liet mezelf binnen en trok mijn sweatshirt weer aan. Nu ik toch op de begane grond was, keek ik hier snel even rond. Ik bleef maar denken dat ik tussen medische rapporten zou vinden wat ik zocht – de revolver in een kluisje tussen de oude dossiers. Dit was ooit een druk ziekenhuis geweest en er moest toch ergens een kamer met dossiers zijn. Van St. Terry's wist ik nog dat de dossiers daar vrij centraal bewaard werden, waar iedereen er snel bij kon.

Op deze verdieping leken niet veel kantoren nog in gebruik. Ik voelde hier en daar aan een deurknop. De meeste deuren waren op slot. Ik ging de hoek aan het eind van de gang om en daar zag ik het: 'Medische dossiers.', in grote verbleekte letters boven een dubbele deur.

Ik voelde aan de deurknop, half in de verwachting dat ik nu een beroep zou moeten doen op mijn sleutelhaken, maar de deur ging open met een zacht gekners dat zo uit een geluidsstudio had kunnen komen. Een laatste restje daglicht viel naar binnen. Het vertrek lag kaal, volslagen leeggehaald, voor me. Geen dossierkasten, geen meubels, niets. Een verfrommeld sigarettenpakje, een paar losse planken, en een handjevol kromme nagels lagen op de vloer. Deze afdeling was letterlijk ontmanteld en God mocht weten waar de dossiers nu waren. Misschien waren ze ergens op de bovenverdieping van dit ziekenhuis in een verlaten vertrek, maar ik had werkelijk geen zin om daar in mijn eentje heen te gaan. Ik had Jonah beloofd dat ik geen stomme dingen zou doen en ik wilde me braaf aan die belofte houden. Bovendien zat me iets anders dwars.

Ik liep terug naar de trap, en ging weer naar beneden. Wat fluisterde dat stemmetje in mijn achterhoofd me in? Het leek net een radio die in een aangrenzend vertrek aanstaat. Ik kon alleen hier en daar vaag een zinnetje opvangen.

Toen ik in de kelder aankwam, liep ik naar het radiologie-lab en voelde aan de deurknop. Op slot. Ik haalde mijn sleutelhaken te voorschijn en morrelde wat. Dit was een van die 'tegen inbraak bestendige' sloten die je wel degelijk open kunt krijgen, maar die evengoed verdomde lastig zijn. Maar ik wilde weten wat daarbinnen was en zette geduldig door. Net als wanneer je je verbergt, is het een kwestie van in het proces kunnen opgaan. Ik was daar misschien wel twintig minuten bezig, en toen opeens voelde ik iets bewegen. Kijk eens aan, dat kreng gaf zich gewonnen... Ik slaakte een kreetje van verrukking. Dit soort dingen maakt mijn werk leuk. 't Is toevallig ook tegen de wet, maar wie wist hier nu van?

Ik glipte het kantoor binnen en deed het licht aan. Het zag eruit als een doodgewoon kantoor. Typemachines en telefoons en dossierkasten, planten op schrijftafels, prenten aan de wand. Er was een kleine receptiebalie met wat stoelen, waar naar ik aannam de patiënten op hun röntgenfoto's konden wachten. Ik keek wat rond in de hokjes achterin de ruimte, en stelde me voor hoe hier de opnamen werden gemaakt. Ik bleef voor de apparaten staan en sloeg een van de handleidingen die ik uit de auto had gehaald open.

Ik vergeleek de illustraties met de knoppen en wijzers op de apparatuur zelf. Dat kwam wel zo ongeveer overeen. Hier en daar een kleine wijziging vanwege een ander bouwjaar, merk of model. Sommige dingen die ik zag deden me aan science fiction denken. Een enorme neuskegel aan een krompoot. Ik bleef daar staan met de handleiding open in mijn armen, met de pagina's tegen mijn borst gedrukt terwijl ik naar de tafel en de loden plaat keek die wel een slab voor een reuzenbaby leek. Ik dacht aan de röntgenfoto's die twee maanden geleden, vlak nadat ik door die kogel geraakt was, van mijn arm waren gemaakt.

Ik kan niet beweren dat het idee in een flits bij me opkwam. Het verzamelde zich veeleer rondom me, als een warreling van toverstof die geleidelijk aan vorm aanneemt. Bobby was hier, net als ik nu, in zijn eentje komen kijken. De ene nacht na de andere was hij op zoek geweest naar de revolver met Nola's vingerafdrukken. Hij wist wie die hier had verborgen, dus moest hij zich ook een theorie hebben gevormd over de plaats waar die hem had kunnen verstoppen. Ik moest er wel van uitgaan dat hij de revolver had gevonden en dat hij daarom vermoord was. Misschien had hij hem zelfs wel weggehaald, maar dat betwijfelde ik. Ik was de hele tijd uitgegaan van de veronderstelling dat die revolver hier nog wel ergens verborgen was en dat leek me nog steeds een goed uitgangspunt. Hij had voor zichzelf aantekeningen gemaakt, dat nummer van het lijk in zijn rode boekje en dan nog eens in de radiologiehandleiding die hij had meegenomen.

De zinnetjes die door mijn hoofd speelden begonnen zich aaneen te sluiten. Als je nou eens een röntgenopname van dat lijk maakte, zei ik tegen mezelf. Misschien had Bobby dat gedaan en misschien had hij daarom dat nummer in het radiologieboek gekrabbeld. Misschien zit die revolver wel ín dat lijk. Ik dacht er even over na, en zag niet in waarom ik het niet zou proberen. Het ergste dat me kon overkomen (behalve dan gesnapt te worden) was dat ik hier mijn tijd verkwistte en mezelf belachelijk maakte. Nu, dat zou niet voor het eerst zijn.

Ik liet mijn tas en de handleidingen op een van de röntgentafels liggen en liep terug naar het lijkenhuis. In de gekoelde bewaarkamer zag ik een karretje bij de rechterwand staan. Ik deed nu werktuiglijk wat ik wist dat me te doen stond. Alfie Leadbetter was nog steeds nergens te bekennen en niemand zou me komen helpen. Misschien had ik het bij het verkeerde eind, dus misschien was het maar goed ook dat niemand wist wat ik uitspookte. Er was duidelijk niemand meer in het gebouw en het was nog vroeg. Zelfs al zou ik een fout maken bij de opname, ik kon de dode man geen letsel meer toebrengen.

Ik duwde het karretje naar de brits waarop het lijk lag. Ik deed net alsof ik in het lijkenhuis werkte. Toen deed ik net of ik een röntgenlaborant was of een verpleegster die precies wist wat ze deed.

'Sorry dat ik je stoor, Frank,' zei ik, 'maar we moeten 'n paar onderzoekjes doen. Je ziet er niet zo best uit.'

Ik strekte aarzelend mijn handen uit en legde die onder Franklins nek en knieën en trok hem met opmerkelijk gemak van zijn rustplaats af en op het karretje. Hij was verrassend licht, en voelde koud aan, ongeveer zoals een rauwe kipfilet die je uit de ijskast haalt. God, dacht ik, waarom kwel ik mezelf met dit soort huiselijke beelden? Op die manier zou ik nooit leren koken.

Er kwam een ongelofelijk gemanoeuvreer aan te pas om het karretje door de lijkenkamer de gang op te rijden en vervolgens langs de receptiebalie van radiologie naar een van de hokjes achterin het lab. Ik plaatste het karretje parallel aan de röntgentafel en schoof het lijk op de juiste plaats. Ik hanneste wat met de kegel tot die pal boven Franklins buik hing. Op de een of andere manier moest ik erachter zien te komen hoe hoog de kegel boven het lichaam moest zijn. Eerst moest ik echter maar eens zien dat ik een filmpje vond, aangezien het me tenslotte om een plaatje ging. Na wat rommelen vond ik een lade vol bakken met cassettes waar vierkantjes film in stonden.

Ik ging ervan uit dat Franklin geen bescherming nodig had, dus pakte ik de levensgrote loden voorschoot en deed die zelf voor. Niet dat ik ooit iemand in een röntgenlab er zo bij had zien lopen, maar ik voelde me zo veiliger. Ik richtte de kegel op Franklins buik, zo'n meter boven hem, liep toen naar het scherm in de hoek van de kamer en ging daarachter staan.

Ik keek nog eens de handleiding in en bladerde die door tot ik op een paar relevante illustraties stuitte. Ik zag talloze peilglazen waarvan de pijltjes met één druk op de knop naar de groene, gele of rode zone konden schieten. Rechts was een hendel waarbij 'aan en uit' stond, en die haalde ik over naar de 'aan'-positie. Er gebeurde niets. Ik snapte er geen biet van. Ik zette hem weer af en keek toen naar de wand links van me. Daar zag ik twee transformatoren met veiligheidsschakeling met grote knoppen die ik van 'uit' naar 'aan' verstelde. Ik hoorde een licht gezoem. Ik haalde nogmaals de hendel over. Het apparaat ging aan. Ik glimlachte breed. Te gek.

Ik bezag het paneel voor me. Ik zag een tijdschaal die van 1/120 seconde tot 6 seconden liep. Een peilschaal voor kilovolts. En eentje waarop 'milliampères' stond. Jezus, nou moest ik uit drie rijen groen oplichtende vierkante knopjes kiezen. Ik begon met alle standen ergens in het midden, dat leek me een behoorlijk uitgangspunt. Ik kon mijn resultaten bekijken en dan een en ander bijstellen.

Ik keek om het scherm heen en zei: 'Nu dan, Frank, adem asjeblieft diep in en houd dan je adem in.'

Nu, hij ademde in elk geval niet uit.

Ik drukte op de knop van de handgreep. Ik hoorde een snel snorrend geluidje. Voorzichtig kwam ik van achter het scherm vandaan alsof de röntgenstralen wellicht nog door het vertrek vlogen. Ik liep naar de tafel en haalde de cassette met het filmpje eruit. Wat nu dan? Er was natuurlijk een of ander ontwikkelingsproces, maar ik zag hier niets dat daarop ontworpen leek. Ik liep weg met de cassette in de hand en keek in de aangrenzende vertrekken rond.

Twee deuren verderop vond ik iets dat aan mijn doeleinden beantwoordde. Aan de wand hing een kaart waarop stap voor stap het ontwikkelen van dergelijke opnamen werd uiteengezet. Ik kon na dit alles hier vast wel komen werken.

Opnieuw moest ik eerst de elektriciteit aanzetten. Toen werkte ik in de doffe rode gloed van de donkere kamer-lampen. Ik vulde zoals was aangegeven de glazen bak aan de wand met water. Toen haalde ik de achterkant van de cassette en haalde de film eruit die ik in de bak liet glijden. Hij verdween geruisloos in het apparaat.

Verdorie, waar was dat ding gebleven? Ik zag nergens in het vertrek ook maar iets dat eruit zag als een vierkantje ontwikkelde film. Ik voelde me net een jong hondje dat zijn speelbal onder de sofa heeft zien wegrollen. Ik liep de kamer uit en liep naar het aangrenzende vertrek. De achterkant van de auto-

matische ontwikkelaar bevond zich daar, net een groot fotoco-
pieerapparaat met zo'n gleuf. Ik wachtte af. Anderhalve minuut later gleed een ontwikkeld stukje film naar buiten. Ik bekeek het. Roetzwart. Verdorie, wat had ik fout gedaan? Ik was
nog wel zo voorzichtig geweest. Ik bekeek het apparaat wat
beter. Het deksel stond op een kiertje. Ik gaf er aarzelend een
duwtje tegen en het deksel viel met een klikje dicht. Misschien
mocht dat baten.

Ik liep terug naar de andere kamer en pakte een tweede cassette, waarna ik het hele proces nog eens overdeed. Twee ron-
den later had ik wat ik zocht. Het was niet een al te beste foto,
maar hij was duidelijk genoeg. Middenin Franklins buik zag je
het witte silhouet van een revolver. Een akelig gezicht. Ik rolde
de foto op en deed er een elastiekje om. Nu moest ik maar
maken dat ik hier wegkwam.

Ik zette haastig de apparaten af en reed Franklin terug naar
het lijkenhuis, waarbij ik onderweg het licht uit deed en het
kantoor weer op slot deed.

Ik legde Franklin net weer op zijn plaats toen mijn oog op iets
viel. Ik keek naar de rij britsen boven die waar Franklin lag.
Een mannenhand lag net boven ooghoogte en deze hand zag er
verdacht uit. De lijken die ik had gezien waren krijtwit geweest
met een huid die net die van een plastic pop was. Deze hand
was te roze. Ik zag nu dat het lijk zelf maar losjes met plastic
was afgedekt. Had het hier eerder ook al gelegen? Ik liep er wat
dichter op af en strekte aarzelend mijn hand uit. Ik maakte
vrees ik zo'n zoemgeluidje dat je maakt als je een gil inhoudt.
Ik lichtte voorzichtig het plastic van zijn gezicht. Een blanke
man, van ergens in de twintig. Ik voelde geen polsslag, maar
dat was waarschijnlijk omdat hij een striem om zijn hals had
van iets dat zo strak was aangehaald dat het bijna in zijn vlees
was verdwenen, en zijn tong gezwollen uit zijn mond stak. Het
lijk was koel, maar nog niet koud. Ik hield mijn adem in. Ik
dacht even dat mijn hart ook zou stilstaan. Ik wist vrijwel zeker dat ik net had kennisgemaakt met Alfie Leadbetter, die
zeer recentelijk wijlen was geworden. Op dat moment maakte
ik me niet zozeer druk over de vraag wie hem had vermoord als

wel over de vraag wie de deur voor mij had opengedaan. Ik dacht niet echt dat dat Alf was geweest. Ik had opeens het vermoeden dat ik daar in dat verlaten gebouw had rondgebanjerd in het gezelschap van een moordenaar die ongetwijfeld nog steeds aanwezig was, die wilde zien wat ik te weten was gekomen, en die op een kans wachtte mij aan te doen wat hij die arme lijkenhuisbediende had aangedaan die hem in de weg had gelopen.

Ik liep zo snel ik kon die kamer ruggelings weer uit, met een bonzend hart dat duizelingwekkende straaltjes angst door mijn onder hoogspanning staande lijf joeg. Het was geruststellend licht in de lijkenkamer, maar o, wat was het er doodstil.

In gedachten stippelde ik een ontsnappingsroute uit en ging ik na wat voor mogelijkheden ik had. De tralies voor de ramen waren te dicht opeen ingezet om er tussendoor te glippen. De buitendeuren waren van dik glas waarin metaalgaas lag ingebed, dus was het zeer de vraag of ik dat kon inslaan. Eén ding was zeker, dat ik er niet door zou komen zonder de aandacht te trekken. De trap leek me nog het beste, dan moest ik door diezelfde dubbele deur naar buiten waardoor ik was binnengekomen, al moest ik er op dit moment eigenlijk niet aan denken weer de foyer in te lopen.

Ergens boven me sloeg een deur dicht, hetgeen me zowat een hartaanval bezorgde. Ik hoorde iemand de trap afkomen die een onsamenhangend wijsje floot. Een nachtportier? Iemand die zo laat nog had gewerkt? Ik kon geen kant uit. Het was te laat om iets te ondernemen, het was te laat om te ontsnappen en ik kon me nergens verstoppen. Ik staarde als aan de grond genageld naar de deur en hoorde de voetstappen dichterbij komen. Op de gang bleef iemand staan. Hij zong de eerste paar woorden van 'Someone to Watch over Me'. De deurknop werd omgedraaid en dr. Fraker kwam binnen. Hij keek op en leek beduusd mij te zien.

'Nee maar, jou had ik hier niet verwacht,' zei hij. 'Ik dacht dat je met Kelly was gaan praten.'

Ik blies mijn ingehouden adem uit en hervond mijn stem. 'Dat was ik ook, voor ik hier weer terugkwam.'

'God, wat is er met je? Je ziet doodsbleek.'

Ik schudde mijn hoofd. 'Ik was net op weg naar buiten toen ik de deur dicht hoorde slaan. U hebt me de stuipen op 't lijf gejaagd.' Mijn stem brak midden in de zin, net alsof ik een knulletje was dat de baard in de keel had.

'Sorry, ik wilde je heus niet bang maken.' Hij had zijn groene operatiekledij aan. Ik zag hem naar het werkblad lopen, een lade opentrekken en er instrumenten uithalen. Toen trok hij een volgende lade open en haalde er een flesje en een injectie-spuit uit.

'Hoor 's, er is één probleempje,' zei ik.

'Nee maar, wat is dat dan wel?' Dr. Fraker draaide zich naar me om en keek me glimlachend aan en opeens kwam Nola's uitspraak bij me op. 'Het gaat hier om 'n waanzinnige, iemand die echt stapelgek is,' had ze me toegefluisterd. Dr. Fraker keek mij strak aan terwijl hij de injectiespuit vulde. Toen zag ik het allemaal ineens zonneklaar. Ze had niet in dat huwelijk willen blijven, ze had willen ontsnappen en Bobby Callahan had in zijn naïviteit gedacht dat hij haar kon helpen.

Het stond op zijn gezicht af te lezen en lag in zijn lome bewegingen besloten. Deze man was vast van plan mij te vermoorden en zo te zien had hij alles wat hij daarvoor nodig had onder handbereik – een goeie werktafel met afvoer, zagen, scalpels, een afvalvermaler onder de afvoer. En hij was doorkneed in anatomie, wist precies waar elk botje en elke peesje lag. Ik moest denken aan hoe je bij gevogelte de vleugel terugklapt om het mes makkelijker in de bout te kunnen zetten.

Meestal begin ik als ik bang ben te huilen en ik voelde ook nu de tranen in mijn ogen springen. Niet van verdriet, maar van afgrijzen. Ik had van mijn leven zoveel leugentjes verteld, en nu kon ik op geen enkele komen. Ik kon helemaal nergens op-komen. Ik stond daar met die röntgenopname in de hand, en ik wist wel zeker dat de waarheid op mijn gezicht geschreven stond. Mijn enige hoop was hem vóór te zijn en tweemaal zo snel te handelen.

Ik schoot op de deur af en rukte aan de knop. Ik smeet de deur open en rende op de trap af, die ik met twee en toen drie treden tegelijk opvloog, over mijn schouder kijkend met een gekreun van naakte angst. Hij kwam de deur uit, met de injectiespuit losjes in zijn ene hand. Wat me bovenal angst aanjoeg was het feit dat hij zo traag bewoog, als had hij alle tijd. Hij zong zijn liedje verder waar hij het had onderbroken, een weinig muzikale versie die de gebroeders Gershwin geen recht deed.

'Like a little lamb who's lost in the wood... I know I could always be good... to one who'll watch over me...'

Ik was bovenaan de trap aangekomen. Wat wist hij dat ik niet wist? Waarom kwam hij me zo op zijn gemak achterna geslenterd terwijl ik me de benen uit 't lijf rende? Ik zette mijn schouder tegen de dubbele deuren, maar die bleven potdicht. Ik ramde er opnieuw tegenaan. Als hij me hier op tijd inhaalde, zou ik faliekant in de val zitten. Ik rende terug de foyer in, en zag hem bovenaan de trap verschijnen.

Stap stap stap. Ik hoorde zijn zolen over de tegels klepperen terwijl hij verder zong.

'Although he may not be the man some girls think of as handsome, to my heart he'll carry the key...'

Nog steeds doodgemoedereerd. Ik wilde het uitgillen, maar wat zou dat voor zin hebben? Er was niemand in dit hermetisch afgesloten gebouw. Het was donker, op het vage schijnsel dat vanaf het parkeerterrein naar binnen viel na. Ik moest een wapen zien te vinden. Dr. Fraker had zijn injectiespuitje vol met wat 't ook was waarmee hij me plat wilde spuiten. En hij was een beer van een vent; als hij me eenmaal binnen handbereik had, zag het er slecht voor me uit.

Ik vloog de foyer door, op de oude kamer voor medische dossiers af, en sloeg de deur zowat uit zijn scharnieren. Ik greep een plank, nog steeds in vliegende vaart, en rende de gang weer op, waar ik naar het andere uiteinde rende. Daar moest toch zeker een trap zijn, met ramen die ik kon inslaan, de een of andere uitweg.

Achter me hoorde ik die man die zo afgrijselijk vals zong:...

'Won't you tell him please to put on some speed, follow my lead, oh how I need, someone to watch over me...'

Ik bereikte het trappenhuis en rende de trap op, onderweg mijn situatie analyserend. Op deze manier kon hij me heel het gebouw door jagen. Het zou niet lang duren voor ik uitgeput was, en hij transpireerde nog niet eens. Dit kon zo niet verder gaan. Ik kwam op de overloop aan en greep naar de knop van de deur naar de gang. Op slot. Er was nog maar één verdieping over. Zat ik in de val of werd ik opgejaagd? Hoe dan ook, ik had sterk de indruk dat hij de zaak in de hand had, dat hij dit allemaal van tevoren had uitgestippeld.

Hij kwam net de trap beneden me op toen ik de volgende oprende, op weg naar de tweede verdieping, met de plank stevig in de hand geklemd. Dit beviel me niets. De deur op de tweede verdieping vloog open en ik liep de donkere gang op. Ik sloeg rechtsaf en dwong mezelf minder hard te lopen. Ik was buiten adem van al dit trappen klimmen en baadde in het zweet. Ik dacht er even over me ergens te verstoppen, maar veel mogelijkheden had ik niet. Aan weerszijden van me waren deuren die toegang gaven tot kantoortjes en zaaltjes, maar ik was bang daar in een val te lopen. Hij hoefde ze alleen maar één voor één te doorzoeken en dan kwam hij er vroeg of laat wel achter waar ik zat. Bovendien haat ik verstoppertje spelen. Het verandert me op slag in een klein kind en dat vind ik vreselijk. Ik wilde op de been zijn, in beweging, iets ondernemen in plaats van ergens wegkruipen met mijn handen voor mijn gezicht om schietgebedjes te prevelen dat ik toch maar alsjeblieft opeens onzichtbaar mocht worden.

Ik sloeg nog eens rechtsaf. Achter me hoorde ik de deur van het trappenhuis dichtslaan. Ik zag halverwege de gang rechts een lift. Ik zette het op een lopen en toen ik er aankwam gaf ik de knop met het pijltje naar beneden een klap.

Dr. Fraker was net aan een nieuw deuntje begonnen: 'I Don't Stand a Ghost of a Chance with You.' Ja, die man was behoorlijk gestoord.

Ik sloeg nog eens op het knopje en luisterde ingespannen naar het zachte gesnor van de kabel achter de deur. Ik keek naar rechts. Daar kwam hij, zijn groene kledij glansde bleek in het duister. Ik hoorde de lift stoppen. Dr. Fraker leek nu sneller te lopen, maar hij was nog steeds twintig meter weg. De liftdeuren gleden open. Jezus!

Ik zette mijn voet al naar voren toen het tot me doordrong dat er alleen een gapende liftkoker voor me was waaruit een kille tocht opsteeg. Ik wist me nog net op tijd in te houden voor ik dat pikdonkere gat in viel. Een zachte kreet ontsnapte aan mijn lippen terwijl ik me aan de wand vastgreep om mijn evenwicht te hervinden. Hij had me inmiddels ingehaald en greep me bij mijn haar. Hij sleurde me weg net toen mijn hand zich om de plank sloot. Ik deed een uithaal, maar hoewel ik hem raakte was het onder een ongelukkige hoek en kon ik onvoldoende kracht zetten. Ik voelde de naald in mijn rechterdij prikken. We gaven allebei tegelijk een schreeuw. Mijn kreet was schril van de pijn en verbazing, de zijne een schorre grauw toen mijn klap aankwam. Ik had een fractie van een seconde de tijd om hem een trap tegen zijn schenen te geven. Helaas, te laag. Op elke cursus in zelfverdediging leer je dat het zinloos is om je belager alleen maar pijn te doen. Daar wordt hij alleen maar kwader van. Tenzij ik hem onschadelijk kon maken, had ik geen schijn van kans.

Hij greep me van achteren beet. Ik deed een felle uitval met mijn elleboog maar wist hem niet te raken. Ik duwde hem weg en schopte hem keer op keer tegen de schenen tot hij me hijgend even losliet. Ik gaf hem met mijn plank een rotklap tegen zijn schouder en rende met bonzend hart de foyer door. Even struikelde ik, maar ik bleef op de been. Ik had het gevoel alsof ik in een gat was gestapt en besefte pas even later dat dit kwam doordat de injectie die hij me gegeven had, wat dat ook zijn mocht, begon te werken. Mijn linkerbeen voelde bibberig aan, het leek net of mijn knieschijf loszat, en toen verdween uit mijn beide voeten het gevoel. Diezelfde angst die ervoor had gezorgd dat de adrenaline zo snel door mijn aderen was gevloeid zette nu de injectie kracht bij. Als je door een slang gebeten wordt, moet je het ook niet op een lopen zetten, zegt men altijd. Ik keek om. Hij omklemde zijn schouder en begon nu pas in mijn richting te lopen, opnieuw tergend langzaam. Hij was duidelijk niet bezorgd dat ik hem zou ontsnappen en ik concludeerde hieruit dat hij de deur naar het trappenhuis had vastgezet toen hij erdoor was gekomen. Of misschien werkte die rotzooi die hij me had ingespoten zo snel dat ik tegen de vlakte zou gaan voor ik die deur bereikte. Ik begon het gevoel in mijn ledematen te verliezen en voelde nog nauwelijks mijn greep op de plank. Een kil gevoel in mijn huid begon mijn lijf binnen te sijpelen alsof ik in de vriesdroger was gestopt om God mag weten waarheen verscheept te worden. Ik zette alles op alles, maar de duistere lucht om me heen was inmiddels net bessenpudding en ik voelde me loom worden. De tijd verstreek steeds langzamer terwijl mijn lijf zich tegen de injectie verzette. Mijn geest was nog wakker, maar ik werd afgeleid door de rare gewaarwordingen van mijn lijf.

En dan die akelige details die eindelijk een patroon vormen bij wijze van een rotgeintje van je rechter hersenhelft... Opeens drong het in een flits tot me door, als een luchtbelletje in mijn aderen, dat het Fraker was die Kitty van drugs voorzag, en daar waarschijnlijk mee was begonnen in ruil voor informatie over Bobby's speurtocht naar de revolver. Die voorraad in haar nachtkastje had hij daarin gestopt. Hij was daar die avond geweest. Misschien had hij de tijd rijp geacht haar uit de weg te ruimen om te voorkomen dat ze uit schuldgevoel haar rol in Bobby's ongeluk zou bekennen.

De afstand naar de hoek van de gang werd steeds groter. Ik rende nu al eindeloos lang. De eenvoudige bevelen die ik mijn lijf nog kon toevoegen deden er te lang over om mijn ledematen te bereiken en hun tegenberichten bereikten mijn brein al niet meer. Rende ik eigenlijk nog wel? Kwam ik wel vooruit? Geluid deed er ook al langer over, en de echo van mijn voetstappen bereikte me pas eeuwen later. Ik had het gevoel dat ik over een trampoline rende. Toen een tweede vlaag van inzicht. Fraker had dat autopsie-rapport vervalst. Niks beroerte. Hij had de remmen onklaar gemaakt. Jammer dat ik dat niet eerder had doorgehad. Jezus, wat was ik een stommeling.

Ik bereikte strompelend de hoek en voelde hoe mijn lijf het liet afweten. Bij de hoek moest ik wel blijven staan. Ik klampte me aan de muur vast en snakte naar adem. Ik moest mijn hoofd helder houden. Overeind blijven. Ik moest als het even kon mijn armen optillen. De tijd strekte zich nu uit als draden caramel, lange strengen waarmee ik me geen raad wist.

Hij zong alweer, me onthalend op zijn eigen privé-parade van gouden hits. Hij had nu 'Accentuate the positive... eliminate the negative' ingezet... de woorden waren steeds trager en langgerekter, net een plaat op een draaitafel die is afgezet terwijl de naald nog in de groeve ligt.

Zelfs de stem in mijn eigen brein was nu hol en ver weg. Duiken, meissie, zei die stem.

Ik meende dat ik wellicht ineengedoken zat maar zeker wist ik het niet. Ik vroeg me af waar mijn benen en heupen en ruggegraat nu eigenlijk zaten. Mijn armen waren loodzwaar en ik vroeg me af of mijn ellebogen wel wilden buigen.

Je bent aan slag, zei de stem en naar ik meende zwaaide ik de plank naar achteren zoals ik dat van mijn softbal-minnende tante had geleerd, maar zeker wist ik dat niet.

De dag ging over in de nacht, leven in dood.

Frakers stem zong drenzerig verder. '*Acceeeeeeennnnntuate the poooooooosssitive, eeeeellllliiiiiiiminaaaate the neeeeegatiiiiive...*'

Toen hij de hoek om kwam, legde ik al mijn gewicht achter mijn slag en sloeg hem recht in zijn gezicht. Ik zag die plank zijn eindeloze baan door de ruimte beschrijven, net een serie trucage-foto's, licht tegen donker, de afstand stukje bij beetje overbruggend. Ik hoorde hoe de plank met een prachtig plofje zijn doel bereikte.

De bal vloog hoog over het veld en ik stortte ineen op het honk, met het gejuich van de mensenmassa in de oren.

EPILOOG

Later is me verteld, al kan ik me daar zelf weinig van herinneren, dat ik de telefoon van het lijkenhuis heb weten te bereiken, 911 heb gedraaid en iets heb gebrabbeld dat de politie naar het oude ziekenhuis heeft gebracht. Wat ik mij het levendigst kan herinneren is de kater die ik overhield aan die injectienaald vol barbituraten. Ik werd kotsmisselijk in een ziekenhuisbed wakker. Maar zelfs toen ik met bonzend hoofd over een plastic teiltje hing te kokhalzen, was ik blij dat ik nog leefde.

Glen heeft me vreselijk verwend en iedereen is bij me op bezoek gekomen, Jonah, Rosie, Gus en Henry, die met warme broodjes kwam aanzetten. Lila, zo vertelde hij, had hem vanuit een gevangenis ergens in het noorden geschreven, maar hij had haar niet met een antwoord verwaardigd. Glen bleef bij haar besluit zowel Derek als Kitty af te schrijven, maar ik heb Kitty Wenner en Gus aan elkaar voorgesteld. Volgens de laatste berichten hadden ze verkering en gedroeg Kitty zich beter. En ze waren allebei aangekomen.

Dr. Fraker is momenteel op borgtocht vrij, in afwachting van zijn proces. De aanklacht luidt poging tot moord en twee moorden met voorbedachte rade. Nola was voor doodslag aangeklaagd en had bekend, maar was niet in de gevangenis beland. Toen ik weer op mijn kantoor was, heb ik mijn rapport uitgetikt en een rekening ingediend voor drieëndertig uur werk plus benzinekosten, hetgeen afgerond op $1000 kwam. De rest van Bobby's voorschot heb ik naar Varden Talbots kantoor teruggebracht waar men dat bedrag aan zijn nalatenschap zou toevoegen. De rest van het rapport is een persoonlijk schrijven. Een groot deel van mijn laatste woorden aan Bobby betreft het eenvoudige feit dat ik hem mis. Ik hoop dat hij, waar hij ook zijn moge, onder de engelen vaart, in vrijheid en vrede.

Hoogachtend,
Kinsey Millhone

248